S

图书在版编目（CIP）数据

收藏家 / 谭越森著 . -- 北京：作家出版社，2022.1
ISBN 978 - 7 - 5212 - 1456 - 7

Ⅰ. ①收… Ⅱ. ①谭… Ⅲ. ①短篇小说 – 小说集 –
中国 – 当代 Ⅳ. ①I247.7

中国版本图书馆 CIP 数据核字（2021）第 121098 号

收藏家

作 者：谭越森
责任编辑：赵 超
特约编辑：赵文文
装帧设计：付儒佳
出版发行：作家出版社有限公司
社 址：北京农展馆南里 10 号 邮 编：100125
电话传真：86 - 10 - 65067186（发行中心及邮购部）
　　　　　86 - 10 - 65004079（总编室）
E – mail: zuojia@zuojia. net. cn
http: // www. ZUOJIACHUBANSHE. com
印 刷：北京盛通印刷股份有限公司
成品尺寸：130 × 185
字 数：200 千
印 张：10.625
版 次：2022 年 1 月第 1 版
印 次：2022 年 1 月第 1 次印刷
ISBN 978 - 7 - 5212 - 1456 - 7
定 价：55.00 元

我如果喝酒不失控，

我觉得人生仅喝酒就足矣，

写什么写，文学根本不重要……

而现在呢，不喝酒就是我最大的成就，其他皆虚空

……

序

  我们的时代如此之丰富，反而让小说家的笔调不知所措；我们的时代如此之单调，更加让小说家的笔调不知所措。福柯说："人终将被抹去，如同大海边沙地上的一张脸。"在这个时代，人没有被抹去，但被遮蔽；人没有被抹去，但被击成碎片。长篇小说越来越难以表达这个碎片化和被技术遮蔽的时代，不仅显得力不从心，而且往往昨是今非。由此，我越来越倾向于具有捕捉和截取能力的短篇小说艺术。

  一个小说家，就是对同时代的人性碎片的收藏（本书书名由来），也是对历史的缺憾的补充。对于一个写作者而言，世上所有的事情，共同构成了我们的灵魂图景。

  小说的常态是写梦，非常态才是写现实。如果一部号称现实主义的作品没有让你产生眩晕感和觉醒，那么这部小说仍然在写梦——我没有指非虚构作品。从梦中醒来，推开房门，是继续走向梦，还是走向我们感知到的世界，通常谓之真实的世界?

是尼采的真实?塞利纳的真实?卡夫卡的真实?布尔加科夫的真实?海德格尔的真实?汉娜·阿伦特说,如果人们不知道一个时代的整个政治光谱,不能区分不同国家的基本状况,不同的发展阶段、传统、生产类型和等级、技术、心智等等,那么,他们也就不知道如何在这领域中行事和表态。人们只会将世界打得粉碎,以至于到最后只剩下一件事——纯粹的黑。[1] 还是哈维尔的"活在真实中的真实"?文学的真实?哲学的真实?人心的真实?什么是真实?鲁迅抵达过部分的真实,王小波也抵达过部分的真实。什么是文学的真实?就是如在梦中被人指出你在梦中时的那种悚然而惊的真实。

非虚构并不能够表达真实。况且虚构的真实,能抵达一部分就可以了。虚妄全部的真实往往是失败的。

小说,体现了辽阔的叛逆和展示综合文体的能力。小说是世俗的,也是反世俗的。它没有价值,因为基于自由这一永恒和至上的铁律,它不能制定价值,只能谦卑——谦卑是它最了不起的存在根本。它是器,如同我们无法挣脱的生物本能,困于肉身的体制;它是道,可以建造精神的乌托邦和实现诗意的居处。它有原则,自由和审美严肃的判别;它没有原则,因它不可控,它是超越性的存在。任何束缚自由的工具,它必然加

---

① 引自汉娜·阿伦特《共和的危机》。

以嘲讽和唾弃；而对于一切美好事物的追寻，则证实了它的力量。它最能体现文学的精神——捍卫人性自由，以及对世俗永不停息的冒犯。

小说家介于诗人和哲学家之间，他永远无法自信，他只能怀疑和谦让。偶尔，他还要充当诗人、戏剧家、散文家或时评写手，他必须牢牢与时代保持一种紧张关系，即他需要确立自身所处的位置，同时担负他身处的时代所有的苦与无常。

小说是一个独立的世界。对作者来说，一旦完成了它，它会寻找一个属于自身轨道的世界。而对读者来说，它会继续在不同的人心中形成它的力量，它的世界。佛家说，十界互具。一部小说，它同样具有如此的规模和无限的心性。

小说总会体现一种"失控"感。在我们的历史长河中，在我们的美学经历中，在我们所了解的政治哲学，以及我们身处的世俗社会（即赖以轮回之基点），小说以它的方式，或嘲讽或怜悯，或预见或回溯，或摧毁或建构等力量介入，来为我们的庸常生活、我们的政治生存提供不同的答案，告诉我们：我们本可以另一种方式生活；或：历史不是这样的，政治也非如此。我们无非囿于各自的偏见中。事实上，转识成智方可让你获得通行世界的钥匙。

小说，只有打破习常的世俗之见，让你"失控"，你才能真正触碰到"真实"。

这些足够了吗？并没有。这只是一种显性的世界，还有更多的世界（比如隐性的世界）存在。我们所说的因与果，即生成或灭坏构成的秩序。六因迥异，果实各有不同，呈现方式亦为分别。

对小说家来说，一部小说完结得恰到好处，是一种创作的惰性和意志的匮乏，因为杰出的小说往往是绝地求生，穷尽它的可能性。那些说当代文学某某作品可以传世，皆为虚妄之言。一个小说家，只有在确立自己所处的历史、政治的位置，他才会真正了解自身写作的所有问题。一个作家最大的错误在于把虚妄当成实在，把实在当成虚妄。

小说，从来不是才子的事业。

……可是他
必须挣脱出少年气盛的才分
而学会朴实和笨拙，学会做大家
都以为全然不值得一顾的一种人。

因为要达到他的最低的愿望，
他就得变成了绝顶的厌烦，得遭受
俗气的病痛，像爱情；得在公道场

公道，在龌龊堆里也龌龊个够；
而在他自己脆弱的一身中，他必须

尽可能隐受人类所有的委屈。①

小说家，就是在人群中全然不值得一顾的一种人，包括忍耐和隐受。

_____

① 引用诗人奥登名篇《小说家》里的诗句，卞之琳译。

目 录

诗人与丧尸   1

雪一样不存在的城市   35

鳃盖   72

幽冥   81

背负沉睡的人   107

坏种老头   112

保姆   131

一生吃苦有什么用   136

偷小孩的老妇人   140

阵雨   149

劫匪   159

怒火攻心   203

少年   214

春播大战   256

死手怪谈   262

恐怖包子故事   292

提线娃娃   297

猴子和异乡人   304

汽车公墓   309

诗人与丧尸

> 我不敢下苦功琢磨自己，怕终于知道自己并非珠玉；然而心中又存着一丝希冀，便又不肯甘心与瓦砾为伍。
>
> ——中岛敦

一

他从后楼道出来，走到紧闭挂锁的公司前厅玻璃门前。

他手提着背肩包，边走边给袁俢打了个电话，打完电话，寻思着杂志社倒闭后自己应该干些什么，除了写诗还会干些什么，突然感觉一股椎心的孤单。眼前人来人往，车来车往，晃得他眼酸，他想他此刻死去，也没有人停下脚步看他一眼两眼，他是个无形、透明的人。没有人在乎一个人的生与死。

前几天他看到从二十四层掉下来的中年汉子，人们在观望，却早就失去了耐心和怜悯，只有乏味，这个乏味至极的时代和乏味至极的人群。但他可不同，他是一个丰富的人，所谓丰富，不是指活动的精力异常，而是指一个人的内心。

他认定自己就是个十分丰富的人，只是生活在一望无际的乏味至极的人群当中。

他摘下眼镜，揉揉眼睛，又挺了挺腰，一阵恍惚，周围的一切事物开始土崩瓦解，一阵讥笑轰然而起，捶打着他的脑袋。他像一只走兽，被一股潮湿的力量挤了出来，与这座都市格格不入。

夜幕降临，他走到网吧时，看着涂有联盟大战、星火燎原等鼓吹游戏的字样，一时一点儿心情都没有了，折返到自己住的小区地下室，在出口处的商店买了一扎啤酒，又买了两包酒鬼花生米。

他提着这些，走在昏暗的地下甬道，碰到穿着睡服的女人，端着洗脸盆，嘴角留着半截牙刷迎面走来。他低着头，从一开始入住地下室，他就看到形形色色同住地下室的人，操着不同的方言，干着不同的活计，但都那么的陌生，彼此不知底细。

他咬开一瓶啤酒，一口气喝光，再咬第二瓶啤酒时，头脑迸裂，身体僵硬了。

网店里的《史诗》一本都没有动，全天只有两个人浏览过。他看着床边摆着的几本《史诗》，每本都散发着稚嫩又耀目的光团，于是他用枕巾遮了封面上的书名。

他抑制不住，眼眶潮湿，热泪氤雾了眼镜框。他摘下眼镜，用手拭去湿气，又戴上，又被进溅的泪打成雾玻璃。他再次摘下眼镜，把它放在单薄的弹簧床上，随手拿起枕头旁的笔记本，以及一支中性笔，哀叹着，却一个字也写不出来。

在喝第三瓶的时候，他又清醒了起来，越来越强烈的混不下去的念头不可遏制地丛生起来，而回乡的想法一生起却立即被自己一张薄脸碰得四分五裂，他难以言明的羞耻感就是一颗悬挂在体外的心脏，充满着两种色彩：柔嫩和愤怒。

他摁了手机，手机里传来占线声，他便继续喝第四瓶啤酒，咀嚼着花生米，又摁住手机仍是无人应答。朦胧中，出现了几个句子，他尚未捕捉到手，这时，手机响了，他急忙摁了接听键。手机里传来袁修的声音——出来，我在门口，我带你玩。

李徵将半瓶啤酒一饮而光，换上鞋子，穿好衣服，走在地下走廊中，像走在挂着荧光灯的一个人的肠子内，左拐右拐地从长长的地下走廊钻了出来。

袁修开着那辆新买的本田轿车载着他先去了一个路边烧烤小棚，要了几盘肉串、肚儿块，又叫了两个蒙古口杯，边吃边喝。

——你来这儿这么久了，我还没有请你玩，今天赚了一个福建人的钱，我请你。袁修得意地说。

袁偬的车穿梭过一条街，左拐右拐到了一个城乡接合部的地方，街面变得暧昧起来，"一夜七次""成人用品"的招牌隔上很短一段路就能重现，袁偬的车缓慢地行驶，有打扮妖冶而恶俗的女人走近车前，瞄着他们，说有小姐，并报价格。袁偬终于停下车，说李徵你进去看看有正点的吗，李徵坐在副驾驶座位上一动不动，袁偬摇摇头，说你出来还是跟在虢略镇一个熊样，说完打开车门，径直走到一家洗头房里。

　　很快，他出来了，身后带着两个女孩子。没有开车，李徵紧跟在他们之后，拐进一个封闭很严的高层小区，他们坐上电梯，电梯升起，但发起嗡嗡的噪音，那一瞬间带给李徵十分异常的感觉。他拘束地看了看那两个女孩子，一个高些，嚼着糖块，夸张地发出毕剥的声响来；另一个矮些，穿着不太适合她身高的红色连衣长裙，身体像是用一块廉价的染色布料包裹着，显得俗不可耐。袁偬一只手伸在高个女孩子的胸罩里，而后，另一只手伸在矮胖女孩的胸罩里，嘴里比着大小。李徵显得手足无措，他感觉自己像个来自陌生世界的人，只能打量而不能介入。

　　电梯里的光线暗了。"咯吱"一声，电梯直坠而下，像一枚从石弩里射出的石块迅疾朝向地底。不知多久，电梯停了下来，他们陷入了一团黑暗之中。

　　——我写过电梯的诗。李徵对着黑暗中骨软筋麻、瑟瑟发抖的女孩说。

——真的，那读来我们听。两个女孩惊喜地说。

正当李徵要朗读自己的诗时，畏缩在电梯地板上的浑身是血的袁俊爬了起来，问道：

——这是哪里，阴间吗？

电梯停了下来，两个女孩走在前面，他俩跟在后面。

楼道很暗，散发着旧衣服上的死气味道。袁俊与高个子女孩边走边嬉笑着，他的手像一只蝴蝶灵活地翻飞在高个子女孩的腰肢、屁股上。

——你叫孙丽。那么你又叫啥？袁俊转过身问李徵旁边的矮胖女孩。

——孟洁眉。矮胖女孩回道。

李徵的心微微一颤，像有水滴落上了似的。但又看着矮胖女孩，只见到她粗粗的眉毛，没有半点洁净的样子。

门开了。是个两居室的套房，大间放着一张床，带玻璃的里间也放着一张床。除此，墙上还贴着一幅很旧的画，画是美国电影《异形大战铁血战士》的海报。

他跟矮胖女孩在大间，袁俊与高个子女孩笑嘻嘻地望着他俩。

他发呆了，而一只肥胖有力的手伸入他的裤裆之时，一阵哄笑。他羞辱地红着脸，这会儿袁俊拉着孙丽进了套房里间。

一阵后，袁俊整理着裤子出来，李徵坐在床边，孟洁眉突然拎起一只避孕套，像举着一件"战利品"，高呼道：

——哎呀！这么多。

李徵的头"轰"地一响，满脸通红，受到了沉重的打击，一个丰富的人遭受了乏味的人重击。

袁偆从裤子里掏出几张钞票，扔在孟洁眉坐的地方。

——让他再玩下。

李徵的羞辱感十分强烈，现在却转移到袁偆的身上，他起身摇了摇头，欲走出房屋。袁偆没有再坚持，就到床边拿回自己的钱。

袁偆用调笑的口吻说道——下次狠狠跟你们玩。

他俩从电梯上坐下来，袁偆问道，再喝酒吗？

——既然是人玩人的年代，就别把婊子当成了人。袁偆大笑，继续说道，当然，婊子也不会把我们当成了人。你的书卖出去了没有？

——没有。

——我有个哥们儿，在弄手机直播，操作很简单，只要有人打赏，一天下来打赏上千。你不想？

李徵惦记着地下室里的几瓶啤酒，想一个人喝，便摇了摇头。

他从袁偆的车下来，说了道别，返回地下室。

第五瓶啤酒刚一打开，李徵的电话响了，一看是爸爸打来的，电话里爸爸的声音突然变得结巴了。

——徵子，能不能立即辞职？原回到文化站工作吧。明天回家。

——爸，现在就回家吗？李徵问道。

——你爷爷今晚离世。

他感觉自己像是从阴道里挤了出来，落到了这个庞然大物的都市的边缘上，虽带着疲软之势，心又不甘地选择离去。窗外的树一株接着一株飞闪而过，K786火车带着他的疲软一路狂奔。唯一所庆幸的，他用不着为失业编造种种借口，来掩盖自己的无能。

在列车驰出这座都市的范围时，他尚且给予一个充满着轻蔑的微笑，将自己的乡土之境浓墨重彩地亲近了起来，没有污染的空气，朴素的乡亲，母鸡和公鸡都是天然的，嚎叫的驴子，可以直接喝的泉水，以及绿色的、干净的性，不添加任何金钱的性。有多少人卷起铺盖仓皇地滚出了这座城市。K786是个普快列车，每遇到一个站都要停几分钟，七号车厢里来回晃荡着走来走去和蹭座位的人，李徵坐在三人座位的窗口，他一直扭着头，望着窗外因隧道过多而断断续续的风景。这是个暮春时节，有零星的蒲葵树一闪即过，能看到水坝，有未知名的鸟一掠水面，而车厢到处洋溢着浓郁的泡面气味，间隔不久会有穿着铁路制服的妇女推着放置着各种饮料、啤酒、小瓶白酒，和盒装水果的恰能通过车厢过道的手推车，来回穿梭着。那些在过道中站着或蹲着的人，不得不调整身体或挤入座位当中，抽烟的人或提前到车厢连接处。

K786驶上了平原，挤进了一片连着一片的灰暗的草木，晚风袭来，各自摇落。是时，黑夜来临。李徵起身走到车厢连接处吸烟，车体晃来晃去，他愈发孤独无助，茫茫然吸着烟，又想着应该买一小瓶白酒，便随手将烟头掐掉。顺着这人与那人之间的空隙处，他挤进了八号车厢。八号车厢里的人与七号车厢的并无两样，过道依然拥挤着。座位上的人打着哈欠，有的吃着各种零食，地上散落的塑料食品袋子、果皮与陈旧的车厢色调相通。如果把七号和八号车厢的人互换一下，根本看不出有什么不妥，一张张均是陌生的脸。

李徵走到九号车厢才看到一个手推车，心里想，此刻买两个二两的小烧，可以一边喝一边回忆爷爷，算是对他老人家鬼魂的祭奠吧。然后靠着窗口睡到明早天亮，身体算是不乏的。

——小烧多少钱？

——十块一瓶，五十六度的。

——五十六度，度数太高了。

李徵心里想，要不要再买两罐啤酒，喝完小烧后清爽下？

——给我来两罐。他付完钱，提着两个小烧和两罐啤酒，转身向八号车厢时——喂，你喝酒不要点嚼头吗？推手推车的中年妇女喊道。

李徵转过身走到手推车前，中年妇女显得比他精神很多，好像一直都能保持好状态似的。

8

——拿两袋花生米吧。中年妇人用她的四川口音说道。要不，啃鸡翅膀？喝小烧有点嚼头好。

——两袋花生米。

李徵坐在窗口的座位上。列车正在驶过一座桥，一轮明月在桥上面，显得格外孤单和摇荡不定。车内的温度略高于车外的气温。那轮月淡红色，是一种不健康的、病态的红。

李徵拧开了一个小烧，他是用一种小心翼翼的、不易被人察觉的方式拧开的。他扫了对面——一个年龄大的老者坐在他的面前，半眯着眼。他拧开酒瓶时，老者也扫了他一眼。中间坐着的小姑娘，用耳机听着歌。她的小手洁净发光，袖口蕾丝上的蝴蝶像刀刻般立体，随着车体的震动似乎随时振羽而飞。李徵卑怯又欢喜地着迷了一阵。紧挨着小姑娘的是个长得壮实的小伙子，小伙子歪斜着头，打着鼾声，下嘴角时不时抽搐着。挨着李徵的是个中年女人，脸色苍白，嘴里不知在吃什么东西或在喃喃自语；女人旁边是个小个头青年，大学生模样，两条腿不停地抖动，他也塞着耳机听歌。

李徵用极快的速度灌了一大口，竟然把一个小烧喝到一半。他又喝一大口，喝完一瓶，准备打开第二瓶时，迟疑了，换了一罐啤酒，放在桌子上的金属托盘，并把塑料袋里的花生米也取了出来。他见老者看着他，就将花生米袋举向老者，老者温和地一笑，摇了摇头。他感觉气氛明显好转，空气好像开阔了起来，车厢里的人不再像石头那样撞眼。

但酒显然不够。李徵回忆起爷爷，已经只剩下一罐啤酒。他坐不住了，想到八号车厢吸会儿烟，或能等到手推车售酒的妇女。

他将喝空的小烧和啤酒罐塞进车厢垃圾桶，感觉又轻松了一些。他走到车厢连接处吸烟，不料里面已经站了两个人，烟雾弥漫。他只好立在旁边，掏出烟盒，点燃一支烟，装作没喝酒的样子，心里暗暗盼着俩人早点离开。却没想到这俩人彼此认识，看起来是同行的人。他们吸着烟，漫不经心地说话，听口音像是福建人。李徵听不懂一字半语，他俩不知谈到什么，突然间高声喧哗，并朗声大笑。李徵只好向着八号车厢连接处走去，走到时果然无人，他便一屁股坐在车厢铁板上，取出烟，掏出小烧。第二瓶小烧让他舒服起来，车厢不再沉闷，甚至空气中有了一丝喜悦在流动。车窗外大部分漆黑，偶尔有灯光显现。列车渐趋平稳，富有节奏，像一切都可以延续下去，而不是绝望。

在火车里的人，他想，每一个人都应有一个灵魂。每一个灵魂都在人皮的里面潜伏、骚动。我是谁？这是否真实？李徵眯着眼睛，想象自己的灵魂在冲开他的皮肉……如果突然冲出来呢，会不会把他们吓一跳？不，冲出来就死掉了。李徵的思绪起伏，可笑的人群，白痴，愚蠢。他又想起在都市时的人脸来。人都会死的，这点很公正。他的脑际浮出了空旷的田野，纯朴、缓慢的街坊邻居。——徽子，在火车上还喝酒，给我喝一口。一个鬼魂的声音在耳旁响起。李徽身躯微微一怔，眼泪流淌了下来。李徽的眼泪多得像撒出的豆，他一只手不够捧了。他垂着头，尽量朝着窗的方向。K786列车是一个人，他在一个人的内脏里。K786列车上的所有人都是在一个人的内脏里，内脏是晦暗、不明。内脏是隐喻，是无名生物，是潜藏的江河。

这时候，酒精便是一颗追捕记忆的子弹。一罐啤酒见底了，李徽的心脏微颤着，转头看向七号车厢，被一阵烟雾遮挡住了视线。他回过头看八号车厢，车厢里睡着的人多，反而不似前阵拥挤，但仍没有看到手推车。他不能这么等，时间已滑向二十三时。于是，他推开八号车厢的厕所，站进逼窄小的厕所里，他有些窒息，用手试着推下厕所的玻璃窗，不料竟然"嘎"地推开了，他的手颤抖了一下，因为一时涌进来的夜的气流，带着陌异感，又让他恍惚了一阵。他撒完尿，向九号车厢走去，在那里，他看到了手推车，像一座宫殿般熠熠闪着璀璨之光。这次，他又买了两个小烧，两罐啤酒，索要了塑料袋，再买了一桶方便面。他折返回到七号车厢里。

他睁开眼，看着窗外，一阵恶心。车窗外的黑暗如一条条鱼溜走在天际，直到最后一条鱼的消失，天清亮了。这时，离铁轨并行不远的一条土路上，驶着一辆农用三轮车，车上拉着白瓷的佛像，那佛像被几根绳子捆绑，但显得格外庄严。释迦牟尼结跏趺坐，面朝着列车这边，旁边是他的两位弟子，左边是迦叶，右边是阿难。这种突如其来的情形，让李徵有种说不上来的撕裂感，就像他以往听爷爷絮絮叨叨地说起往事一般，如堕深渊，又无可名状。他稍感懊悔，天竟然过早亮了。他昨天准备的一场宏大回忆的祭奠，现在化为了宿醉后的软弱无力和虚无。

从 K786 列车下来，他走出旅客通道，先找到一间诊所，买了一盒藿香正气水，取出一支咬开密封处，一口喝尽，才压住不断涌出的恶心。火车站离客运中心只隔一条街，他的心让一阵阵哀乐不间断地捶打，急迫感降临，坐上客运中心发往虢略镇的班车，恶心感又袭来，他连喝了两支藿香正气水，头脑涨晕，睡着了。

李徵看到他爷爷，那时还是虢略镇上一个干部，他扛着行李来到公路边看着前来后往的车，有许多的风。在焦虑的等待中碰到了一高一矮的两个民警，押着两个犯人。天色将亮时分，风息尘定，一辆汽车开过来，到他们等车的地方掉过头停下，犯人和民警先后上了车，他爷爷跟着爬上了车，两个民警只扫了一眼，问也没问。汽车到了地区公安处门口熄火，爷爷扛着行李下车准备离开时，同车的民警追来，不让他走，他讲什么对方听不懂，对方讲什么他也不懂，于是他被民警命令着跟着犯人走进了公安处大门，未经过审讯又进了监狱大门。他爷爷就这样莫名其妙地被关押了几年。

李徵惊醒了过来。售票的黑脸女人认识他，叫醒了他，说虢略到了。

他惊魂未定，手心全是汗，提起背肩包，到车厢存包口取了皮箱，走起路来有些踉跄。他没有走大路，径直去石头桥。在过桥时，他到桥下洗脸。桥下的水伴随他度过了童年，水异常清澈，每次玩耍时，他洗完脸总会眼睛一亮，随之景物也为之刷新一次。小河里的水暖如千手观音，他的手也因之触动了冥冥中的悲悯之力般，驱散了宿醉。他掬了一捧水，四周顿时明亮了起来。他站起身，时有鸟鸣，有隐约的草香。天地初立，估计也是如此吧。

李徵跨步上了桥，从桥上看河面，恍恍惚惚地看到了河面上的自己。

他掏出手机，给袁傪打了个电话。

袁傪在电话那头说——节哀顺变。你再不回京都了？

李徵回道——说不定吧。我先在家乡待一段时间，静静心。另外，我会注册个手机直播，到时你别忘记了给我涨点儿人气。

他拖着皮箱，时不时有人问他需不需要三轮车，他望着那些东一处西一处停放的三轮车，看到镇上出现了新的楼房和平房，还有穿着红色工服的陌生面孔。

李徵走到镇南头，小院披上了素白。穿着缟素的瘦弱母亲和胖表姐，她们在院内帆布搭起的帐篷里忙乎着饭菜，长脚凳上有两三个人吃着面条。母亲走过来，让表姐到里屋取孝服。李徵戴着长长的孝巾，然后是大孝褂，孝褂毛边的白线头垂在他身体周围，表姐帮他将白色的布条束在腰间，胖胖的孝裤裤腿再用白布条紧紧系住，他蹬上孝鞋，一阵白棉布的清香进入了鼻孔。他全身渲染起悲伤的气氛，有一种身份的确认。他试着走了几步，白色的线头在身体周围飘摆，他感觉获得一种灵动，仿佛现在具备了与亡灵对话的能力。他胃里的酒精尚在，脑海里又浮出一个夜晚，在守灵之夜，他潜入黑暗中，穿梭于小巷子，买回几瓶酒。

李徵的父亲穿着孝服，跪在灵堂的棚里，吊丧的远近亲朋拜祭置放着爷爷遗像的牌位时，他都得陪着磕头，李徵看着他父亲，父亲对他说——到侧房里休息，晚上还要守灵。

他听到有人轻轻地叩门。他打开门，忽地就将一轮月推到了中天之上。月光很白，一个女子，笑盈盈地说——李徵，我是洁眉。李徵仔细地看她，发现她果然有两道很洁净很俏的眉毛，眉宇间闪着月白。他跟着洁眉走，一路上静得连鞋子的声音也没有，风也似隐遁。他没有看到洁眉衣襟的飘动，一直走到山间一条小溪边，这时，一轮月照得溪水透澈晶莹似乎一块整体的白色瓷器。他不留神看了一下溪水，蓦然他的身体绷出了密密麻麻的坚硬的毛发，手脚突兀间像灌注了千倍的力，他

14

再一看溪水上的身影，竟然变成了一只虎。他惊惧地看着不远处的洁眉，却不料双腿似风地带着他走。须臾，他扑向了洁眉，利齿上已经沾上了鲜血……——李徵，有人喊道。他惊醒了，推开门，立即被喧嚣的各种器乐轰抬了起来。

院外临时搭了一个木板拼凑的舞台，旋转的霓虹灯，以及由电吉他、鼓、贝司、电子琴组合的嘈杂和混乱的器乐声形成一个小放射源，李徵像是一脚踏入了一个奇异的场景，他看到一群人嘴眼歪斜，说着含糊不清的言语，穿着各种混搭的衣服。在器乐声中，各种笑声此起彼伏，更多的掺和着结实的淫秽的交谈声，男人和女人都在说着下流的话。那旋转的霓虹灯五光十色，时不时打在夜风中飘荡的招魂幡上，到处飞扬着骚动的性器官，它们迸溅在纸扎的花瓣上，以及竹枝制成的花圈骨架上，与庄重的毛笔字写的悼词构成了叛乱的对峙。

舞台上浓涂艳抹的二八妹丽扭着腰肢，颤动着各自的肚皮，从妖红色的嘴唇里吐出的流行唱词，与人群中传出的淫秽话语和谐得天衣无缝。李徵愤怒了，毛发竖立，双拳紧握，立刻认为这一切都是给他设局，是为了玩弄他，嘲讽他，他遭受了极大的羞辱。正当他准备转身之际，喧嚣的声音又将他裹挟得不能动弹。

他看到他父亲李虎肥大臃肿的身躯撑着孝服，穿的孝服像被气筒打起来的气球，如一只晃悠悠的白色大气球升到了寒碜简陋的舞台上，在四个三点式妖姬中怪异感十足，李徵一时惊呆了，不知所措。

这一幕犹如地外天仙般竟然呈现了。李虎刚登上舞台，立即引起轰动式的效果。认识他家的左邻右舍们，镇上工作的、打工的以及个体户……凡参加丧礼的人，众人中有拍手的，有跺脚的，更多的是下流话像蝗虫般密集涌来。怂恿他赶紧脱了舞女的裤头，然后操了她们。

此时，李徵头脑里浮现出已成了鬼的爷爷，爷爷不再像往昔那般严肃又慈爱，而是流着口水，满脸红光，手舞足蹈，裤子褪掉一半，嘴巴吧唧吧唧说着话的恶老头……李徵内心继而燃烧成了一片火海，在熊熊烈焰的头脑里不停地闪动着家中的菜刀、汽油桶、擀面杖、开水壶、钢锯……生起旋风般的杀意。他冷冷地看着站在他身边的人，挨着他的是邻居家张老三的儿子大憨，是个短小身材的瘦子，三十好几，没老婆，整天游手好闲，喜欢玩骰子，押赌点。再过去是镇政府上班的一个黑脸膛干部，李徵只知道他姓管，遇到时只打过招呼，是计生专干。除此一无所知。

李虎站在台上，揭开孝服，从他平常穿的灰色夹克中掏了一沓子钱，分发给了台上的舞女。他笑呵呵地对着台下，跪了下来，磕了三个头，跳下台，转身到院里了。他的身后响起一片笑语。

李徵算是明白了，这个舞团是为爷爷丧事专门请来的。火焰顿时化为一摊清水。他从人群中悄悄地钻了出去，到巷口的一家商店买了三个小口杯，分别装在裤兜和上衣的内兜里。刚跨出商店，他迫不及待地打开一个口杯，灌到肚子里去，续上了昨夜火车上的宿醉。

他绕了几条街道，身上怀着酒让他感到温暖和一种力量。靠着这种力量，他走向了小河，那时河畔上还有几粒灯火。他一直纳闷，每次到小河总能看到这些微暗的几点灯火，火色弱得可以用一口气吹灭，也许人间就是如此吧。他在河畔湿地上找了一块大石头，然后坐在上面，将怀里的口杯饮尽。待他晃动着身体回到家时，院外的舞台不见了，人也散尽了，只有一地的彩色纸屑，闪得他眼睛生疼。

二

李徵走进灰色的夏天，在一片蒙蒙的薄雾，小镇尚处愣怔中，他穿着皮鞋踩在街道上，每一步带着昨晚的宿醉。空气中有水滴，时隐时现，贴在李徵的眉眼间。他走到虢略镇政府时，看到有一些人围成一个小圈子，像一堆灰色的瓦砾。

有镇上派出所老王和才调来不久的小张，以及几个镇民。在地上是一具尸体。

裸体男尸，头上右耳边有凝固的血痂，黑红的血痕从耳际到右眼上，后脑壳现出一个深洞，左眼微闭着，眼珠仁子露了一点儿。嘴唇上下很薄，铁青色，嘴唇薄得有种嘲讽的气氛，却是死去的嘲讽，凝固的嘲讽，自我的嘲讽，对生存的嘲讽——无可名状又带有恶搞似的嘲讽。

但嘲讽不在嘴唇而在男尸的下身，在一处蓬松的毛处竖起一根阳具，直冲冲地指向苍穹，像是不甘心的挑衅。李徵大吃一惊，一下子惊诧起来，脑海里想不出这如此怪异的图景，他突然想起有人说过，刚死的人阳具会勃起的。但勃起对于一个死人来说究竟还具有什么意义呢，难道是造物主最后对人的玩弄吗？

地上有一截硬起来的冷笑话。李徵头脑闪过一句话。

李徵打量周围几个人时，来了一辆普桑轿车，从车上下来一个穿着白大褂的法医和一位公安。他挪动脚步，给他们让路，却听到惊声尖叫。他转过脸，看到一个染着棕黄色的短发，穿着仿皮衣，下身着了一条廉价牛仔裤的女孩。她面容娇小，小眼睛，塌鼻子，眼睫毛忽闪忽闪的，在整张脸上，倒格外生动，像两尾摇曳的小鱼。

他认出了，是镇上卫生院华大夫的外甥女冯寅。

——啊。冯寅叫了一声。

这声尖叫像惊起了灰色的瓦砾，人开始说起话来。镇院里又来了一群人，哭天喊地，是死者的亲属赶来了。顿时一片哭声像一帘雨幕，遮得他眼前隐隐绰绰的，同时哭声也吸引一些无所事事的人从院外挤来。

那根嘲讽的阳具，慢慢地变恹了，收拾起它的骄横，它的恃己凌物之势，软了下来。

李徵漫不经心地看着地上的尸体，感觉那尸体显得大，瞠目结舌地呈现在地面上，与周围的所有，人和房间，都不融洽，但却没有办法或说暂且无力去除这种不融洽，这反而形成一种奇异的效果。不像童话，也不像人世间。

——你是李徵。正当李徵避开人群向院外走去之时，冯寅偏着头问道。

李徵心一动，连忙点头——你怎么知道？

——我在杂志上看过你写的诗。冯寅笑吟吟点点头。

这句话像月光般柔和美丽，他仿佛看到冯寅的裸体，突然间面红耳赤。

——哪……本杂志？

——我不记得是哪本杂志，只记得有这么一句诗：女人来自远古，男人来自未来。

在这样的语境中，李徵斜眼看了一下地上的尸体，也觉得异常美好，他深深地呼吸下，脸色恢复过来了。

——我还有一本诗集，叫作《史诗》。

——史又诗的，我是史，你是诗，我们在一起就是史诗。对吧？

他俩站在一具去势的尸体旁边，开始聊天。

那是从另一个镇过来的人，盗窃新开发的油区原油，被虢略镇派出所民警在追捕的过程中击毙在道路上。

虢略镇仿佛是一夜之间从石油中苏醒过来似的，在镇的远近山林中，开始耸立起抽油机，一处有一台，也有数台，一台台像机器人般永不疲劳地抽着地层里沉睡了亿万年的黑色油浆。镇街道上有了穿着红色工服的男女，购买镇上商店和集市上的鸡、猪肉。他们精力充沛，操着各地的方言。本镇的人也穿上红色工服，有些是临时招聘的看护工，有些则是索要的石油工人的服装。

——我很黏人，我喜欢你。

冯寅身体瘦削，一对乳房小而结实。李徽看着她光着身子的模样，肚脐眼到阴阜，有两条青血管形成的青线。他手指顺着那两条青线游走，冯寅就发出呻吟的声音，低吟地喘息，让他魂不守舍，时时想与冯寅做爱。

李徽和冯寅开始做爱。有时，躺在冯寅家的牲畜草窖里，正值夏季，田野里盛开着鲜花的植物充满着引诱，风一吹，引诱变成了坦诚的淫秽。人容易出汗，也容易犯懒，身上湿津津。冯寅分开两腿，举起胳膊，露出腋窝，毫无遮拦地从容承受着他极为单调的运动。周围散发牛羊的体味以及粪便味的混合气体，这种性看起来廉价，又让人迷恋不已。

他们走过镇街道，沿着小河走。夕阳下，河岸边，李徽牵着冯寅的手，暖风带着油气味阵阵拂面，仿若走在一幅超现实的画卷中，李徵完全感觉是踏进蜃界中。他又看着冯寅，一种非真实的轻盈质感充塞了胸膛。

他俩走着，走着。天空的星星越来越多，冯寅停下脚步，让他守着周围。周围没人，冯寅蹲下身子，褪去牛仔裙，在河沿边上撒尿。此时一轮圆月照着冯寅白晃晃的屁股，一个在天上，一个在地上。李徵一时惊诧不已，那硕大的屁股，几乎压住了月亮。

两人脱掉鞋袜，一起牵手蹚进河流中。河水能淹在小腿肚上，有些冷，河床有一些石子，更小的石头能夹在脚趾间。

冯寅的影子在水面上膨胀、晃动，伴随着她愚蠢的笑声，在李徵完全被流水魇住之时，她的笑声起来了。

——水，好痒人。冯寅说。

——你也好痒人。李徵喘着粗气说。

——啊，好一个风骚诗人！冯寅这时说出的话仿佛在模仿一个陌生男子的声音，但李徵只顾享受她喊他"诗人"的幸福之中，有些微醉。他从怀中掏出一小瓶白酒。

——你又喝酒。

——不喝酒不是诗人。

冯寅怔了怔。——徵，以后我们到县城里买房好吗，你能调工作到县城里上班吗？

——我想，可以吧。李徵说。

——你作首诗吧。冯寅说。

——我在你的身体作诗。

冯寅笑吟吟，歪着头仔细看着他。

——你讲讲你在京都的诗人生活好不好？

李徽僵住了，陷入一阵慌乱，结巴地说。

——我的《史诗》在京都举办过新书发布会呢。许多有名的诗人都到场参加。

——你记得南鸟吧，他是有名的诗人呢。

——他也到场了。我们当代很有名的诗人。但是我从来不鸟任何诗人，不信，我给你读一首诗：

名诗人

他的名气很大

你关注了

就等于

携带了一笼

包子？

不是，是一座

森林？

不是，是一根

电线？

都不对！

是鸟鸣

叽叽歪歪的

喋喋不休的

鸟鸣

正是如此

我暗暗

替他捏了

一把汗

都捏死了

一只鸟

——你这诗写得像说话。冯寅评价道。

——口语诗，现在诗歌写作的主流。

——你的诗集卖得好不好，挣了不少钱吧？冯寅问道。

——倒没有，事实上，现在没人读诗了。李徵羞红了脸，惭愧地说。

——冯寅，我喜欢你，你还读诗，仅此这一点，你与所有人，所有的人，不同了。

两人顺着河边走，走了一会儿，看到前面有一座废弃的小庙，李徵紧紧拉着冯寅的手，一起跨进那座小庙里。李徵打开手机上的光源，里面空荡荡的，地上长着人小腿高的一堆青草。冯寅说——害怕。李徵又掏出小酒饮了一口，扔掉瓶子，伸手要褪了冯寅的布裙。冯寅却左闪右躲，好一阵子，总是徘徊在想做不想做的钟摆之间。李徵终于气喘吁吁，将念头放了下来。

小河上停悬着一轮明月，近得仿佛可伸手触碰，他俩几乎让这个幻觉摄了心魂。远处的山沉默不语，黔澹如另一个世界，有多少鬼魅在其中生活和嬉戏。河面上闪了几道波纹，或是几只鬼魅从山中逃逸，跃过小河，留下几丝悲鸣，潜入人间里。

李徵牵着冯寅的手，心情愉悦，轻步前进，幻想这一切是真实的。

李徵带着一夜的宿醉，坐在文化站的办公室，他眼皮耷拉，浑身有轻微的酒气，他看着周围的同事，有些在聊天，有些在写公文。

一个人开始在内部凋零，可以清晰地看到他们的光泽一点一点暗淡下去，空洞下去，只剩下操控自己那具陷入黑暗的肉身。他在纸上写道，桌上的电脑文档打开着——他要拟一份站长的发言提纲：乡村公民道德公约。

他在网页上搜索"道德"，一个网页复制一两句话，复制了七八个网页……

——人都是跑到外面变得精明起来，这李徵……

李徵听到周围窃窃私语，办公室腾空起一阵夸张的笑声，甚至还有不怀好意的笑。

老李站长有一天叫住了他。

——你活在与我们不同的地方吧。

李徽内心一震。

——你那个姘头叫冯寅吧。别再来往了。你另外好好谈一个，如果没有合适的，我给你介绍。老李说道。

十五天后，冯寅从县城回来，给他打了个电话。电话里，她的声音像一处挂满刀片的铁丝网。

——二百元，冯寅说。

——再给我二百元。我不是你女朋友，而且……

她停了停，又接着说——我有男朋友，他在县上。他如果知道会杀了你。

李徽像是被玩耍了，不过这才是开始。

在虢略镇南端冯寅姐姐开的理发馆里，冯寅又一次向李徽索要二百元。

——你跟我干了多少次，每次二百元。冯寅说。

——我跟你谈恋爱。李徽微弱地反抗。

——谁跟你谈恋什么爱的，快拿钱给我。

在镇北端的一个便利店，李徽提着一瓶白酒，在等着冯寅。

——你喝酒了，我不想跟你谈。冯寅冷冷地说。我跟你妈的谈什么啊。拿钱来。

冯寅挡住李徽的去路，要二百元钱。

——我们到小河边谈吧，李徵说道，然后给你钱。

李徵和冯寅走在小河边，越来越接近那座小庙，他停下脚步，面带羞涩地说——冯寅，你看，我给你钱，让别人看到多不好，我们到小庙里好吗？

他感觉很害怕。

李徵试图去亲吻冯寅，冯寅侧着脸，有一丝阳光游弋进庙门，穿行在她的脸颊上，像一个小糖球。李徵的嘴唇触到冯寅的右脸，冰凉得如地下水，他内心顿时柔软了起来，直到她推开他，对他嘲笑地说。

——你是不是没钱？我的诗人。

顿时激怒了他，他俯身到那丛荒草里取出来放好的木棒，端在手里，全身的血冲向脑门，他一棒打在冯寅的右脸上，沉闷的一声，冯寅的嘴血肉一片，木棒上赫然有两行她小巧的齿印。

冯寅大喊一声，直扑向他，张开血嘴咬住他的脖子。他没有感觉到疼，想必是木棒起了良好的作用——没给她剩下几颗有用的牙去撕咬他，让他流血。但冯寅很快反应了过来，双手抓向他的脸，那十个小指甲像单刀刀片一般锋利而刚猛。他的脸立即血流如注，然后他又听到一根肋骨的呐喊，冯寅双腿跳起，膝盖劈在他的腹部。他跪在地，冯寅双手去争夺他怀里的木棒，两人都倒在地上。李徵拼命地一手护着木棒，一手捶打着冯寅，冯寅两只脚如同连环不停的旋转木马，飞快地轮流踢在他的脚上、胯部，踢得李徽几近窒息，眼前发黑。他呻吟着，不停地说。

——冯寅，我错了。

——我是爱你的。

得到的回响是——去你妈，你还是去死吧。

李徽在意识快要湮灭之际，在荒草地上找到了他上一次丢掉的酒瓶。

第一瓶砸在冯寅的脑袋上。瓶子碎了，他捡起一个玻璃碴，刺向了她的脖子。

呼呼呼。冯寅像是在打鼾，过了一会儿，不打了。她的灵魂走了。

他走出庙门，像个衰竭得快要死掉的人。

小河里的水冰而硬实，他用手掬了一捧，像捧出了他的骨骼。痛楚异常尖锐。

他看到那小河只有一个人的倒影，还飘浮着一股甜丝丝的血腥味。他一边筋疲力尽，一边兴奋不已。大步蹚过小河，向镇子走去。

时值黄昏。他走到离得最近的一个小商店，在跨进门的时候，他突然停顿了一下，于是他把外套脱掉，挽在手上。掏出钱包，四瓶？五瓶？他认真考虑了一番，买了四瓶小二，又买了干脆面、辣条以及袋装豆腐干，并要了一瓶矿泉水。买完后，那个五六十岁的店主，自始至终没有什么表情，这让他很安心，提上东西，他顺原路向小河走去。

虢略镇的早晨笼罩在一层薄膜中，像鸡蛋里的卵壳膜。他剥开薄膜，脚踩在软绵绵的街道上。

此刻的街道，像是沉睡在梦中，李微带着一身宿醉向着文化站走去，他衣衫邋遢，左侧衣角处还有几点血迹，不过已经变成深褐色。街道上的人出奇地少。他想可能是因为太早了，偶尔会闪出一两个人，却全然陌生，走路也有些奇怪，就像在梦的上面行走一般。

李微到达单位，单位上还没有人，他打开房锁，坐在自己的办公椅上。天仍然灰蒙蒙，一片混沌。

第二个踏进办公室的是老李站长，李微站起身，勉勉强强地问了声，李站长，早上好。

老李没有说话，甚至像没有看到他一样，看了办公室一眼，径直走到隔壁他自己一人的办公室里。李微甚为纳闷，他走出去，走廊上静谧得一片死寂，听不到任何声音。他看了看手表，时针已经指向八点三十五分。按往常说，这时候楼道应该喧嚣起来，紧密的人语声、脚步声宣告一天工作的开始。

李微有些惶恐不安，脑门上掠过一团黑暗。他坐不住了，便提上门后的拖把和水桶，走到水房……打开水龙头，龙头滴了两滴，就没水了。他原路返回去，这时，由远及近响起了鸟鸣声，听起来是划破内脏的声音，尖厉，歇斯底里，在楼顶上。

这空荡荡的办公楼需要什么来填满似的。李徵看到进来一个人，他于是长长地喘了一口气，但很快就发现奇怪的情形，那人蹒跚如幼儿学步，身朝前，头朝后，如同断了线的傀儡。李徵想是不是哪个村的智障残疾人，来要救济款的。待了一小会儿，那奇怪的人越走越近。李徵再看，长相是同事刘洪，他吓出了汗，转身朝办公室跑去，然后把门反锁上。一阵急遽的"咚咚……咚咚"声伴着喉咙破裂的"呼呼……呼呼"声，越发让李徵恐惧起来。他从桌子里找到一把扳手，把后窗的铁丝铰断，搬来一个凳子，踩到上面，从后窗一跃而出。

大院里已经有几个丧尸在行走，发着"呼呼"的声音，双眼尽是白瞳仁。李徵发现其中有个是在计生委工作的小陈，小巧身材特别招人喜爱，每次看到他会微微含笑低头而过，现在也变成了丧尸。她今天穿着桑蚕丝的灰色外套，头发有些凌乱，一半脸依旧明媚，一半脸露出肮脏的骨头。李徵疼惜地看了一眼，就东躲西藏，一路绕圈往楼后处奔走。后墙立着一把梯子，看样子，有人已经爬出了墙外。李徵有些激动，说明还有正常人，说不定自己翻到墙外就能找到他们，然后找到自己的家。

墙倒不高，李徵跳落在农田上，又在附近找了一根木棒，拿在手上，顺着墙根走，拐了个弯，贴着墙朝镇街道看。此时，街道像赶集一般，丧尸来来往往，哪有什么与他一样的正常人？

他只好一动不动，全身紧靠着墙壁，寻思到天晚时分再说。主意拿定后，他返身原地，还好找到了一捆玉米秆，打着火机，点燃了，玉米秆徐徐地冒着烟，过了好长时间火苗才出来。李徵想着爸妈，不知道他们现在怎么样了。

——难不成是我一个人活着，全镇上的人都死掉变成了丧尸？李徵如此一想，反而升腾起甜蜜蜜幸福的侥幸，他脸一红，觉得这么想实在太卑劣了。他又想，父母亲肯定也变成了丧尸。天黑之后，他得跑出镇子，然后到通向县城的路上走，指不定会遇到车辆的。那时，搭乘上到县城，他便是唯一的幸存者。政府派出军队来消灭丧尸，而他作为唯一一个幸存者，就是奇迹。

——天黑了，丧尸会睡觉？或许到时丧尸能看到他，而他看不到丧尸，反而更加可怕。到时一步入街道，他将被丧尸撕成碎片，成为他们嘴里的食物，然后他就在这个世界上不存在了，连骨头渣都剩不下。没人知道他，更没人知道他是一名诗人，仿佛他根本没有来到这个世界上。

——如果没来这个世界就好了。可惜啊，既然来了，就要难免一死，而死后，宇宙依旧在转动，万物依旧在生长，人依旧陆续出生。而他，却没有了，陷入沉睡中，永远都睡着了，永远无法再次醒来，成为沉寂的瓦砾，直至宇宙的湮灭。

玉米秆的火苗在燃烧，发出噼啪的声音，他一边在想，一边紧捏着木棒看着周围。

——如果此时刘洪过来，他会一木棒打破刘洪的脑袋；如果父母过来呢？他会躲开，会远离他们；如果小陈过来呢？他想。要是他拥有治愈丧尸的药物，注射到小陈的手臂上，小陈立即从丧尸转变成人类。那时，他要建造一个诗人共和国，所有生活在诗人共和国里的居民们，都拥有不朽的名字，与时间同等……他不由得作如此想，心生欣慰，脸在火光中泛了红色。

天一点一点地暗了下来，他在四处又找了几捆玉米秆。夜是那么的寒冷，他心里感到绝望，因绝望心生恶心，他又想到了酒。他看了看表，表针指向六点四十五分。还是到上次那间小商店，离他有点距离，他内心寻思着。他拍打了衣服上的土，提着木棒，从政府后墙根又向镇小学的后墙根走，走到小学的后墙。他想偷偷再看下街道的丧尸，看到曾经教他的初中老师——王儒。在初中一次作文课，别的学生交了作文本，大都是记述小事，唯独他写了一首小诗：

鸟殇

我从一只鸟的啼声

看出由无数小黄花编织的花环

在那紫蓝色的天幕下

　　寂寞地漂泊

那鸟的眼睛

从我心中流落

然后深蓝色的天幕里

显现出它弱小的尸骨

而我只是默默地数着星星

想象那只黄色的花环

　　王儒大为赞赏，也让他认识了诗，从那以后他成了诗人。而此时的王儒，那个带他走向诗的殿堂的乡镇老师，已然变成了行尸走肉，生命已经离去，灵魂已不复存在。他黯然看了老师一眼，而老师却没有看到他。

　　至今，他没有看到任何人，眼前的皆是丧尸。

　　他到卫生院的后墙，看到一个爬行着的丧尸，穿着病号服，只有一条腿，双手抓挖着地面，一点一点向前挪。李徵举起木棒打破了那个家伙的头颅，却发现没有血液流出——丧尸没有血。过了卫生院，十来步到那间小商店，到处是丧尸。

　　现已是满目疮痍、一片狼藉。

　　李徵看了看表，表针指着晚七点半，但天仍然灰蒙蒙的。

　　时间在前进，但天色却不动，像凝结在一片玄冥之中。

　　那一处果然没几个丧尸，对于现在只有他这么个活人来说，用不了多少恐惧的。李徵看到商店门开着，门上有血迹，李徵绕过几处散落的残肢，几步跳跃，进了小商店里。李徵掩上门，用手中的木棒顶住门框，在柜里找到几根蜡烛。一阵火光的温暖围绕在他的身上，商店成了一个独立又适宜人活的世界。李徵边喝酒边心里想，他想到冯寅，仿佛是他这次惨逃出都市，上苍对他最大的慈悲。这种性，干净、纯真、透明。让他感觉一点都不像是真实的，但却是真实的。然后他又想怎么在地下潜藏了这么多原油，怎么被发现，怎么来了这么多陌生人，操着不同地方的方言……一盅酒接一盅酒下肚，酒水泛着灯光，像一台时光机器。

一切都变了。他流着泪，喝着酒。外面的哀号声此起彼伏，反而让他有一种特别的安全感，一种真实感。

当他喝到半斤酒后，酒赋予他的勇气如同佩上一把锋利的剑，他的目光变得坚毅了起来，他找到一个布口袋，将货架上的白酒装了几瓶，就如同装上子弹一般。

活着的人，或说像他这样的人越来越少，甚至已经发现不了了。

李徵噙着泪，走出商店，他突然间饥饿难耐，双手双足猛地像被注上几千斤力量，脸上长出斑斓黄褐锦毛。他匍匐下身，宛然成了一只老虎，他扑向一个行走的丧尸。那些人已经不能像瓦砾撞疼他，也不能像针刺扎伤他，但他被尸臭味熏得后退了几步。

他打开手机直播，袁傪看到一只虎。大喊——李徵，什么，在动物园吗？

他摇了摇头，向着小河的方向奔去。

李徵将在那里重新与自己相遇——那河面上诸多凝结不动的尸体。

他望着河中自己的倒影，此刻越发孤独，在长啸几声后，奔入山林中。

雪一样不存在的城市

我走出二零二办公大楼，抬头遥望着漫天的雪，那纷飞的白色，无声无味，遍布着周遭的一切事物，笼罩在每一个在街道上匆忙行走的人，它在天空如此洁净，仿佛从来没有诞生过的尸体。

一具缓慢降落的尸体跌入我的手心，瞬息变成一个小湿点，我感觉像自己杀害了它似的，并且让它什么都没有留下，正如此时，小湿点也不见了。我体会自己身体的温度，我衣服的温度，这一切让我内心充满着安宁和喜悦，甚至还带有一些对未来的企盼。

我在想，我是不是如死在我手心里的雪粒一样，也是一具随时消失的尸体呢？一具暂时没有被杀害的死魂活尸呢？

我是死还是活着？我想着想着有些晕眩，街道上的人三三两两，雪渐渐大了，蒙蔽着我的双眼，有些雾。我踩在雪地上，有些人走着就不见了，像雪一样消失，有些人蓦然出现在

35

你的身边，恍惚又真实。

我在长春商店买了一包烟，走向一家名叫"客寄"的咖啡店。

下午科室主任宣布了第四季度的奖励，我获得了一百个学习积分，是科室里获得最多的人。这让我陷入一阵阵春心荡漾当中。

我的身后，二零二办公大楼是个旋转的大楼，有时我会在上层办公，比如在正某某层，有时我可能还会在负某某层，比如在负一百二十八层办公。我有几千上万个同事，但我却很少认识他们。我就像在一个蜂巢中的一只蜂，当然偶尔还是会遇到散落的蜂。但说话是极其困难的，除了对方的专业之外，还有一种语言上的问题。比如我遇到另一个同事，他在研发部工作，研一科？研二科？还是研五十三科？别小看这细微的编号，而每一科的差异如天壤之别。但生活上的事，都很简单。那么，我们说说生活上的事情。

你在某某科工作。

城市又变得清洁了起来。

你幸福吗？

……

当然，我们惧怕在谈话当中，突然现身一个表情管理监督局的人。他会盯着你的表情，看来看去，用热恋的眼神，用眼镜蛇毒牙似的眼神……

大多数时候，我与遇到的人就这样乏味地对话，一边彼此笑望着，一边聊天，内心却生怕冒出一个不恰当的词，影响了我们彼此的积分情况。以往的情况总是这样，我与一个人谈话，话说着就互相僵直起来，面上落了一层死掉的笑——傻掉了，然后彼此道了个别，匆匆离开，转眼各自忘却。

说说我的工作吧。打个比方，人其实是一件衣服，衣服是由无数的针线组成的。每一个研所负责衣服的一小处，有些负责衣领，有些负责裤筒边等等，是这么一回事。你明白了，对，我们是基因大楼，公司名称叫作基因与信息收集公司。企业性质：国企。我呢，当然是国企员工。

二零二大楼，有个诗意的名字：水的倒影，正好吻合我们的工作性质，人是一件衣服，我们来清洗它。二零二大楼地上有二百零二层，同样地下也有二百零二层，每到一定的时间，地下的楼层会以螺旋的方式上升到地上，比如，有一天你正在负四十五层工作，下班时就会发现自己突然到了正八十九层。如一位诗人的诗句：我从水面上走来。我们经常是从水底走来，或水上走来。所有的这一切，都是公司的头头对员工的关怀备至的考虑，且不容置疑。

这真是伟大的工程。在这座城市里，每个人都是无任何隔阂的，乃至干净到彼此无话可说的地步。缔造这座城市的先行者们，消除了许多我们以前认为的不明之物，但也消除了任何的童话。说到这里，我对我的童年一片空白，我是不知怎么就长成现在这样的，一个对社会有用的人，一个有益的人，一个服从工作的人，一个拼命挣积分的人。任何的妖精，任何的鬼怪，以及任何的宗教，基督教、伊斯兰教、天主教、佛教、道教都不复存在了。这里是海德格尔为之欣喜若狂的新世界，因为一片透明，一片洁净，一片澄澈。

但我其实很明白，除了这座城市外，还有其他的城市，那些其他的城市并不总如我们这般幸运，它们不如我们幸运，但它们也同样属于我们，或我们同样属于它们。正如二零二大楼，有时底层会旋转到上层，而有时上层会旋转到底层，在如此明白的命运里，如果有这么个情形，让命运增多了一些不安性，一种看不到鬼魅，尽管……实际上，造城先行者已经断绝了任何的不明，而在我内心却有着鬼魅的存在。我只是比较相信鬼魅是死去的信息流。正如伟大的先行者所言，每个人都是有用的，至少是一截载有信息流的城市公民。如果将所有的信息流都以有用的方式汇集到一起，那么我们的城市会是无与伦比的伟大城市。

我的父亲就是一个鬼魅。我记得母亲因车祸离世后，他也消失不见了。"一个人需要躲过多少审查，才能巧妙地度过一生啊。"这是我父亲口头上常挂的一句话，这句话时常响彻在我的生活每一个阶段。可惜，他现在消失了，也许他在躲避审查员，也许他已经成功躲避了审查员们那炯炯有神如同判官的眼睛的话，可能在另一个城市，郊区？或者小镇？地下？总之一个全然陌生的地方吧。比如说，这座城市是雪白，而另一座城市可能是全黑……

在他离开后，我的少年时期是在市立寄宿五校度过的。在那里，我接受了完整的教育，后来我的前任老婆也是出自五校，她比我高一年级。我想在我经常灵魂出窍的时候被她捕捉到了。在五校上学时，我常常会灵魂出窍，我怀疑我的父母亲根本没有存在过，我是一个人来到这个世界上的。洁净的城市，处处充满着轻蔑的笑声，无聊的笑声，这些笑声让这座城市充满十分感人的气息。

如今，当我们在学习伟大先行者著作的学习会上，当我们在广场上交流幸福经验时，当我们在咖啡馆里喝着咖啡，体会奇异恩典时，我却时时感受到一种恐惧，如同鬼魅掠身而过。

"你不约个妹吗？"我端着酒杯，一本正经坐在高脚椅上，就会有人来试探，而且是美女，而且是年龄恰好的美女，而且是身着时尚、先锋衣服的美人，而且是……她是不是审查员？在我看来，她就是聊斋里的各种动物、植物，甚至鬼变成的美女。她怎么知道我喜欢美女？我的酒杯晃动了起来，酒溅到了裤裆上。她翻了个白眼，走向另一座位……

> 怀疑与轻蔑是每个人掌握的生存能力。人人都在
> 怀疑和轻蔑中建立了联系或破坏了联系。

但我只是感觉，鬼魅我是没有见到过。在这个城市有人宠，说来这也是造城先行者的一个奇迹。我们城市的报纸名叫《如来先行者》，伟大的先行者让作家、诗人先是沦为无用之人，后来就让他们遭受了灭顶之灾。以前，先行者需要歌功颂德，后来由二等机器人撰写马屁文章（估计他们也对那些跪媚之辈感到十分厌倦），那些寄身于写颂歌的作家、诗人们觉得再也没有利益时，也各自改了行。我怀疑他们被二等机器人替代之后，有些人成了"人宠"，重操了这种古老的行业。

你要问还有一些不写赞美词的作家、诗人及民谣歌手去哪儿了？先行者已经告诉我们，他们去了该去的地方。还有一些在这座城市里进行写作的人，要么被重点监控；要么他们就写一些只有自己能看到的著作，或深夜里在地下室几个人唱一些他们自己谱写的自由之歌。这个我想可能性很小，审查员是非常有效的。反正我不是。

真正让他们消亡的时间是自"保护木材法则"出台后，纸张成了稀缺之物，出版行业纷纷凋敝，他们也如风而散。

城市报刊只留一份，即《如来先行者》。其实这份报纸，如果哪天发行出来上面没有一个字，我们也能知道它的内容——先行者的自信是无处不在的。

在街道上，你会偶然遇上这座城市的主人，主人的家人或亲属，有时他们会牵着"人宠"走在街道上。

有人对我的工作发出啧啧称赞，带着嫉妒和羡慕——这是个权力企业，或者比较靠近先行者的企业，这点，不可否认。但事实并不如此，每一个研室，与另一个研室之间有着天壤之别并森严有序。比如，我在研八十九，但并不知道研九十到底一天的工作是什么，而研九十也不知道我们。我们只是认为我们所从事的工作都是一样的，乏善可陈。

同事即敌人。

路人即间谍。

在这座城市里充满着许多虚拟的事物。一时你很难判别哪是真哪是假。如果有一天，我对别人说，我其实是虚拟的，是不存在的人。想必也不会有人感到惊异的。

一粒雪落在我的手上，这是真的吗？

这粒雪具有着温度，它让我感觉到自己是活物般确定。这种确定之感让我内心不由得发出质疑。在这里，我得解释一下，要不你会问我，你的工作不是"洗衣服"吗？疾病什么的应该如妙手回春般消除吧。感恩城市先行者们的指导和恩典，我们许多的疾病不复存在。你应该知道，人类的疾病与身体一样进行着新陈代谢，像人一样，旧人归了，新人来了。所以旧的疾病去了，新的疾病又孳生。

另外，在这尘世里，人是最脏的。你就觉得没有洗的必要吗?

说说我的晕厥症吧,这个伴着我童年开始的症状一直无法"洗"掉,事实上,这也是一种常见病症,至少在这座城市患有这种病症的人很多。怎么形容晕厥症呢?比如你每天踩在一片透明的玻璃上,俯身却看到无底深渊,你会晕厥吗?我小时候,父亲曾以充满着无限爱怜的眼光注视着我,说——你生性敏感,怎么能活得下去?

他的存在让我有种不存在的困惑。

当我躺在该死的白床单上,我知道医护导航将我导向了全市最贵的医院,"十界有爱"医院已经是我第十二次看晕厥症的地方了。

每次我都是将脸刷得快成西北风了。上次也就是第十一次在它那儿刷了七次,几乎将我三年来的积分和现金全部化为乌有。这次,我不敢去想。

我的腿已经在打哆嗦,我盯着腿,无比怜悯地看着它,就像它在怜悯我。

这时进来一个美人,她穿着薄纱白衣,手持医疗盘,款步而来。

她惊讶地看着我的脸,我浑身颤抖了。我想,她最好不要以为是她的美让我战栗不已。完全不是!我愤怒地看着她,又无奈地哀叹,如一头待宰的牛,在不认命又必须认命的情绪中来回摆荡。

"你是第十二次晕厥了吧？"她明知故问。

"是的。小美。这还用得着问吗？"我身体所有的东西，你们都备了案。我一边冷漠地回道，一边流下一颗哑泪。

她有些同情我，我看到她转过头了，肯定是恻隐之心让她不忍直视我。

你的思想、情感，包括你肉体里长驻的一个混混沌沌的灵魂，或一个不可摧毁的阿赖耶识，你的工作、经济收入，你的骨骼，你的血和肉，你的脚趾甲盖，你的蛋白质，你的尿液、粪便，你那每日都不停歇的造精工厂——两个卵蛋，都曾是你自己的吗？现在是你自己的吗？未来必然是你自己的吗？

你是谁，谁让你变成了你自己？你如果确定自己，纵然你能确定你就是你自己——"我"的存在，你也无法是你自己。

汪小美是个可爱的姑娘，她认定我被她的美深深吸引了。因为我看到她在其他病人面前基本寻常，保持着一个姑娘家的本色：矜持。但她一到我的床边，她就高耸着胸脯，时而高冷，时而用一种挑逗待宰家禽的眼色巡视我。

"叔叔，你能把我洗得再漂亮点吗？"她直盯着我，就像我是随时拔脚就跑的逃兵。

"小美，你其实很美了，不用再洗了。"我看着她说，但我内心却响彻着另外一种声音："小美，可以洗的，让叔叔好好洗你。"

我不能不对小美动心，这么可爱的姑娘，没人会不动心的。我自离婚后这些年一直单身，自讨苦吃，源于我有种恐惧感，对性？应该不是吧；对婚姻？这是个索然无味的形式。

　　我想是对命运的不确定性。我有时觉得自己的命运如同看得见的道路，宽阔无碍，一望无余；有时会觉得走着走着就一脚踩空，一种更高的力量会愚弄我跌入深不见底的洞，然后什么都没有了。

　　"叔叔，你是有书的人吧？"我不禁为之大骇，就像听到了警鸣之声。

　　这种询问实在是不寻常，因为她肯定不是在问那些"高级泔水似的、面目谄媚的书"，而是在问那些被具有对先行者敌视意义的书，地下的书，令人不安的书，无法归向这座城市精神的书——危险的书，一些消失的人写的书。在这座城市，有些人注定如雪花一般，融化得无影无踪。

　　我又想念起我的父亲。他融化到哪里了？

　　"我没有，小美。怎么可能有那些书呢？"我僵硬着微笑对小美说，"你想想看，这么透明的世界，我要有的话……当然也不可能有。我们都是很自律的人，对不对？另外，不要再叫我叔叔，好吗？"

　　"知道了，叔叔。"小美以一种很平静的语气说，就像她没有说过那么一句话似的。

　　这小美可真不简单。我心里想，她在某种程度上，比我成熟。

　　晕厥症属于精神一科。每天晚上八点，护士长带着她的护士们挨个儿查房。

　　"再有一周你就可以出院了。"护士长对我说。那是一个双乳像一对翅膀的妇人，很明显，从她白大褂下我不仅看到了斑斓，还看到多次整胸手术。

　　我看到的是一对低垂而沮丧的翅膀的轮廓。

　　她看着我转过头，将医疗预计费用表轻轻地搁在病床旁边的小柜上。

　　我从病房出来，走到消防通道，打开了关闭着的玻璃窗，探着身望向窗外，窗外一片雾蒙蒙，远近闪烁着雾蒙蒙的灯光。我打开烟盒，取了一支烟，点燃它。

　　"你能给我一支吗？"我转过身，有一个与我穿着一样的病号服的男子，三十来岁，瘦高个子。我递给了他一支烟，并给他打火。然后我们交谈了起来。

　　"我在一家虚拟编辑公司上班，"他自我介绍道，然后叹了一口气说，"我在为高积分阶层服务。"

　　"你们的游戏我可消费不起。"我笑了笑，表示我不属于高积分人群。

　　"你在哪儿上班？"他问道。

　　"基因与信息收集公司。"我回道。他听闻后脸色一变，带着轻蔑的口气说："干脏活儿的。"

这句话让我顿时羞愧难当，继而怒火中烧。这人可真他妈的奇怪！

"你不也是服务那些权贵吗？你就是为他们提供乐子的人。"我大声地说。

他便不言语了。

"我们还是少说为妙吧，小心这里有屏蔽装置。"我说道。

他点了点头，表示赞同。

我俩沉默着把烟抽完。

分别时，我们互相递了名片。我看了看名片，上面写着——正中虚拟游乐公司：柒夜（虚拟编辑师）。

一周后，我拿着出院结算表，来到刷脸台，有数十台刷脸机器，每台机器前都排着长队，轮到我时，当我伸着脖子朝着刷脸口，机器突然卡住了，网络缓冲故障？正在我迟疑之时，屏幕跳出了一行字——保持微笑，请端正思想。我刷了九次脸，到第十次，我的思想才算是端正了。走出医院门口，"嗨"，有人在叫我，我转过身一看，是小美。"我觉得你是个神奇的人物。"她说。

"有神奇的事情记得我。"她又说。

回到了办公大楼，我得继续工作，才能抵消在"十界有爱"医院刷脸的费用。如果不还，我的居民"积分"信用就会被禁用，这样，我或许会失去工作，甚至失去消费能力——

"刷脸"。如果连刷脸的能力都没有，会沦落成乞丐吗？不是的，这座城市会让你消失。

"你应当以躲避子弹般的身手和求生欲望来躲开审查员们那死神一样的眼睛。"我想起了柒夜的话，那个虚拟编辑师的话。

人生而自由却无往不在审查之中。

从我出生那一刻时，浑身裸露，丑态毕现，而他们，我的父母，让我受到了人生第一次审查。

我以赤身相见的勇气唐突到了这个世界。"是个男孩。"我的父亲说，他仔细看我的小鸡鸡，用手拨弄着，全然不在乎我的感受是何等不堪。"看这小眼睛，一看就是你的基因。"我母亲说。

可是我看到了无形之物，只是那时苦于无法说话，我用哭声表达我对这个世界的不安和惊恐。但我的父母亲全然不知，他们只是想着家庭又多了一个小小的成员而已。

……

——给起个名字吧。

——那就叫李游，他的眼神游来游去，一副发贱的样子。

我听见我的名字后用轻蔑眼神看了他一眼，他浑然不觉。

——就这样吧，你看他愁眉不展，一脸委屈的样子。

总之，我通过了他们的审查，成了家庭中的一员。

人生无处不在审查当中。"君子坦荡荡，小人长戚戚。"这是城市的座右铭。而我，则是那个长戚戚的小人。我从小就认为一些东西如同鬼魅一样存在，无所不在。具体是什么，我也说不清楚。但审查员是无处不在的死神，他甚至会藏在你的体内，不然为何我拿起笔，手却不听使唤？他是你灵魂真正的伴侣。女人会跟你离婚或你跟她离婚，女人会弃你而去或你弃她而去，但他不，他会一直跟随到你嗝屁的那一天。

每天东边太阳升起，而另一轮的太阳也在西边冉冉升起，到中午的时候，两颗太阳会合在一起，像一对通红的卵蛋，照耀着我们伟大的城市。我想，他们如果真的能把那亘古有之的太阳炸掉的话，那么他们一定会的。只留下自己造的太阳成为城市里唯一的光和热。那对蛋情侣般挨在一起然后又慢慢分离，各自按照自身的轨道一西一东而去。

晚上，我回到单身公寓。在梦中自动出现了一个固定的梦境，播放起美好三十分钟，是我从出生就会在睡梦中一直有的美好三十分钟，我不知道死后，在另一个世界，还有没有这美好三十分钟。我醒来，脸呈贤者的静穆，过几分钟后，脸才从贤者的静穆转换成俗人态。每一个人从梦中醒后都会经历脱贤入俗的短暂过程。我得喝上二两，心里这么想，坐在桌边，打开"白雪"牌酒瓶，倒了一杯，然后端着它走向窗前。窗外，超级大楼的灯光璀璨夺目，令人眩晕。我呷了一口酒，幸福感和优越感同时降临。当我喝到第十杯"白雪"时，我突然沮丧了起来，这时仿佛天凝地闭，在时空里如一口浓痰。我一直弄不明白，我为什么是我，而不是别人？我的蛋白质折叠了怎样的灵魂呢……睡吧，这一切留着明天去想。每当我遇到无法解决的问题，我往往推到明天，而明天亦如今天——你的个性并不重要，你的共性很重要。

雪白的被子自动将我卷起来，我像具雪白的木乃伊。

一个美女向我走来，她裸着雪白的身体，如同冰山上凝结的瀑布，轻轻问我。

"你是 AMJ71645 先生吗？"

她俯下身，我褪去裤头……

"你的梦不符合规定。"我被一阵呵斥声惊醒了。

我看着站在床头的两个白衣人。

一个胖胖的，尖头、大腹的人，他捧着一个骨灰盒。不对，是拿着一只白匣子，不用说，是"梦境检测仪"。

另一个白衣人是独眼龙，他出示了证件——"梦境审查员"。

"你的梦已触犯相关法律法规。你明天向你所在的公司请假，到我局接受审查。"

然后递给我一纸文书，上面写道：

公民姓名：李游。

公民编码：AMJ71645。

公民违法事实描述：违反公民法第十七款之"关于公民性梦正确规范"第六百六十三条，梦境不得出现口交场景。

违法等级：无危险性梦境。

待预审科类别：无危险性梦境审讯科，科零三六室。

备注：因不具有危险性，以教育学习为主。

它既像是隐身的，又像是透明的。它既像真理，又像虚无。费了好大的周折，我终于找到了它——梦境管理局。

一栋雪白的办公楼，楼里面进进出出的大部分是白衣人。

在旋转电梯旁有楼层使用图示：

一层：梦境扣分查询机器。

二层：无危险性梦境审讯科。

三层：一般危险性梦境审讯科。

四层：危险性梦境审讯科。

五层：严重性梦境审讯科。

六层：颠覆性梦境审讯科。

七层：预防性梦境指导处。

八层：如何正确做梦服务处。

九层：造梦中心（闲人免进）。

我知道找对了地方，踩在纯白地板上，真担心自己的脏鞋会留下一串串污迹。奇怪的是，我看了看左右前后，没有任何脚痕，包括自己的和此时在大厅里刷脸扣积分的人。

根据梦境审查员的文书内容，我上了二楼，刚踏到二楼入口时，中央有一个电子屏，上面写着——

梦，并不通向未来，但会通向犯罪。

我从科一室一路找去，找到了科零三六室。我刚走到门口，不料门自动打开，一脚踏进去，里面空空无人，只有一面屏幕墙，这时传来语音"公民 AMJ71645"。我不由自主地答应："我是。"

我羞愧地低下了头——那屏幕开始放映我昨晚做的梦。说真的，简直不堪入目，猥琐之极——特别是我那阵的表情，纯粹是一副流氓嘴脸，嘴巴大张，满脸通红，双眼射出兴奋的绿光……看来我是应该接受教育了。屏幕放映完，语音声音响起："公民 AMJ71645。请您到八层'如何正确做梦服务处'。你将受到再教育，希望你明白先行者的伟大，出门左拐是电梯。"

我到了八楼，只见七八个人——他们都是做口交梦了吗？

——呵呵，您老人家也口……我对旁边一个老妇人打了个招呼，因为我看她穿着得体，满头银发，内心一时惊讶，看来口交是人类断舍不去的性爱重大乐趣之一。她斜眼打量了结结巴巴的我一眼，仿佛她已经看了零三六室放映我的口交之梦似的，这情形太过于尴尬，弄得我一时手足无措。

"去你妈的口，还交什么，"老妇人腔调一开，立即显示了她尖酸刻薄的语言力度，"你瞧什么瞧？我他妈的什么梦都没有做，我活了七十多年，从小都不会做梦。而现在，我得天天来这鬼地方，接受如何正确做梦的指导，这就像让我再次怀孕，我还能怀得了吗？"旁边有人转过头来："老人家，别说了。""怎么的，我就说了，把我消失得了，把我传输到另一座城市最好，我犯了无梦罪。这是什么罪啊？"我暗自思忖道，这老妇人可真称得上英雄，她的话每一句都让我胆战心惊，如踩上地雷般忐忑不安，浑身发抖。

老人家正说着，突然一阵白光闪到她身上，然后，我再看时已经看不到老妇人了。

大家不寒而栗，顿时大厅里寂静如死一般，只有排队的脚步声，如同走在自己的墓地上。

"你的梦内容不堪，但无危险性，属于可教育和可纠正的一种梦境行为。现在我们先回放你的梦境，对它进行剖析，当然，你得先扣除违规的积分，再交纳两个积分和四百五十元费用。"第八服务处的工作人员笑里藏刀地对我说，那是一位二十出头的年轻梦境纠正师，递给我一张票据。他的手干净又白皙，像一把锋利的刀，在我身上割了一下——上面写着：

1. 梦境分析费； 2. 梦境纠正费。

在一楼的中央，有一台梦境扣分查询机器。我将脸伸了过去，五秒后，机器跳出一行字。

公民 AMJ71645，您的积分扣一分。

我拿到梦境处理通知单，又到另一台机器——梦境局收费扣除机器上，将脸伸了过去，刷了两个积分和四百五十元钱。我拿到收据，径直上电梯。

年轻的梦境纠正师让我坐在一把椅子上。他微笑着让我端正一下姿势，我看到椅子后有一个长形金属杆，好生奇怪，对他指了指。

"你要知道，现在我们使用的仪器是十分先进的，通过人脑对接，从而让你能够正确做梦。这样，你就不会越做越远，越做越黑，最后陷入无尽的黑暗当中。"他还在絮絮叨叨，"放松自己，就当是一场愉悦的旅程，或者说，这场旅程比你做的口交梦更加美妙，会流连忘返的。"

当我坐在装有人脑对接的椅子上，脑后触到那根冰冷的金属杆，竟然打了个冷战。这让我像是步入了二十世纪某个红棉花的国家。我头脑里浮现出从隐约到清晰的图像—— 一个年轻的母亲坐在椅子上，脑后抵着一根与我现在抵着的一样的金属杆，她的眼角流下一颗清泪……我顿时毛骨悚然，大喊一声，便昏死了过去。

我醒来时，那个年轻的梦境纠正师笑吟吟地看着我，他一定认为我是爽得昏死的，因为他说："你这种现象并不奇怪，有一部分患者是这样的——这是在极爽状态才会发生的。"

我下到了一楼。

"嗨，你好。"我身后响起一个女孩的声音。

我转过身去，惊讶地发现她穿着黑色的外套，在一片白色精液的环境里，她十分地扎眼且令人喜悦。

她一头短发剪辑了她小巧的脸蛋，她的脸色略微苍白却富有人性的气息。

"你好。"我有些激动，便礼貌地回道。

她看着我的脸，我也看着她的脸，我内心充满着喜悦而不是不安和自卑。通常我与我遇到的人会这样：他看着我的脸，我也看着他的脸，看着看着我就自卑了起来。我是没钱的人，钱都送给了医院，这该死的晕厥症！

"能不能谈谈？"她说，"是这样的，我也是做了一个违规的梦，审查员通知来这里查询并接受处理的。"

她有些羞涩，又有些遇到知己般的热情。

"好多人都不会做梦了。"她说。

"我也是刚发现，来这里的人很少。不过，现在人们不太会做梦了？我没注意到这种现象。"我说道，"我一向粗心大意的……"

"我认为我们应该聊聊，为我们会做梦……"她突然忧伤地说，"我快找不到会做梦的人了。"

她在引诱我，她说快找不到会做梦的人，那么梦境管理局这个机构怎么还存在呢？

她接着说，用解释的语气，并加以强调："我是指会做梦，不是指做梦的人。这是有很大区别的。"

"我叫袁悄，我的编号 MKD963545。"

我决定和她谈一谈。

我坐在夜凉如水的广场上，内心突然柔软了起来。我好久没有和一个姑娘见面。准确地说，是幽会。

我的心怦怦直跳，吓了我一跳，我从来都没有感受过自己的心跳。心还能跳？

此刻万籁俱寂。

不一会儿，我看到黑衣女孩，在夜幕中，她悄悄的如同黑暗的本身。

她坐在我的身旁。看着我拘谨不安的样子，她笑了，打破了四周沉寂的屏障。

"你好。"

"你好。"

……

"你怎么不发声了?"她问道。

"可我也没有听见你的声音啊。"我回道。

袁悄惊讶地张嘴,指了指咽喉,仍然不见声音。

我这才明白,广场上为何悄无动静,原来声音都被过滤了。这里有个屏蔽墙。

我拉着袁悄的手,一起跑了起来,跑出了广场。

"这个世界有鬼吗?"我和她走到白象公园,在公园门口,她问道。

"怎么会有呢? 我们这一切都是透明的。鬼是不透明的。所以即使有鬼,也无法在我们这个城市存活下来。"我说道。

"生活是透明的,但梦不是透明的。可他们一样监测得出来。你说,透明好,还是不透明的好?"

"当然,透明是不好,而不透明……"

"你说什么啊,到底好不好?"

"我感觉我说了许多话,你听不到吗?"

当我想说出真实的想法,我的舌头却像铁丝般绞在了一起。

我看着她伸着舌头用手指了指我,而这也是我正准备向她做的动作。

我俩面面相觑,一时竟然不知道说什么才好,我低下头,悲哀地做不出任何反抗。

"你说我是活着的人，还是死了的？"她漫不经心地说着，却像雷霆之声在我的头顶上炸裂开——这也是我一直在想的问题。

我是活着的，还是已经死掉了的自己？

人的存在好像变得丰富起来，但同时又异常的单调。据我所知，有些人是"人宠"，有些人是"打印人"，有些人是"复合人"，有些人是"算法人"等等，在这些人之上，是第一机器人，他们在拓荒其他星球，我们的先行者是这样说给我们的。

可我们又算是哪门子人呢？

"你怎么说这样奇怪的话？"我问道。

"我从出生时就已经死掉了。"袁悄仰起她那头短发，在夜色里，她突起的鼻子显得像可爱的精灵一样。她又笑了笑，左嘴角上扬，右嘴角下拉，让我着了迷，心里涌现着醉意。

这该死的口交未遂梦！

我一时内心悲愤，拿着科室主任交给我的"限制令"，上面写着——受梦境管理局审查，我公司职工李游因违反公民法第十七款之"关于公民性梦正确规范"第六百六十三条，梦境不得出现口交场景。本公司鉴于此，转发公民纪律审查局对李游做出的行政限制令，限制期限为七天，在限制期间内如若再有违法违纪情况，将延长期限。并上报城市公民纪律审查局。

我当然知道这意味着我这七天无法正常使用数字货币，即刷脸功能；也就是说，在这七天内，我是一个没脸的人，只能使用钞票，无法上班，只能待在自己的住处，年终的总积分会受到很大的影响，并有了前科记录……我嘴巴开始苦涩了起来，但我担忧的是我有可能会受到城市公民纪律审查局的专员审查，这一关很不好过……

　　"你叫李游，公民编号：AMJ71645，是吗？"

　　"是的，专员。"

　　我走出二零二办公大楼门口时，已经有两个身着黑色西装的人在等候着我。

　　然后指了指一辆黑色小轿车，其中一个人暗示我赶紧坐上去，看样子他们等候我好一会儿了，脸上露出极不耐烦的神情。

　　如果说，谁是这座城市上层阶级，城市公民纪律审查局算是最靠上的管理阶级，梦境管理局是属于他们部门之下的二级单位的其中之一而已。

　　那么，在这些管理阶级之上，就是如前所述，是你无法知道的背景和无法形容的出处，即这座城市的真正主人，或主人的家人和他们的亲属，牵着"人宠"走在街道上的权势者。

　　如果你要问，为什么这么透明和正确的城市，怎么还有权势者，听起来就是特权阶层，那你离消失就不远了，你会到你该去的地方。

你只须知道，对城市的管理者来说：

——你是透明的。

"你做了一个梦？"一个秃顶，脸色如雪落的白脸女人对我说。

"是的。"

"你对我们的城市有什么想法？"

"城市是尽善尽美，虽然以前有过曲折……可一点都无损我们城市的伟大形象。"

"那你为什么做一个口交的梦？"

我突然哑默了，不知道怎么回答专员们的提问。我该怎么回答？

——我一时在梦中犯糊涂？

——我贪图女色而起色梦？

——我极端性饥渴？

——我有对城市不满的情绪？

"你老实回答，坦诚交代。"

"尊敬的专员，因我一时糊涂做了口交这么十分下流的梦。但我保证，我没有任何其他想法。梦境管理局认定我的梦境的违法等级是无危险性梦境，以教育学习为主……"

"我们既然能找到你，你内心应该清楚，既然你的梦都是透明的，你的思想不能有任何不洁之处。"一个有着粗大鼻孔的、面色微黄的专员，他边眨巴着一对大眼睛边对着我敲着桌沿边说道。

"我没有什么隐瞒的，这只是一个下流的梦，也可能是我内心的折射，渴望一位女性的安慰。尊敬的专员，你们想必知道我是一个单身男子，而我想，这是正常男人做的梦。"我说道。

"一个下流的梦？渴望一位女性的安慰？"年纪稍长的女专员用冷嘲热讽般的腔调质疑我诚恳的回答。"你老实交代，这个下流的梦究竟隐含着你怎么真实的想法，是不是想恶毒地指桑骂槐？那个赤裸的女人代表着什么，还有她为什么要对你口交？而不是直接上？这种性取向，有何比喻？"

"这女人是不是代表我们的城市？"

……

"嗨，你可以走了。回去想清楚点，过后我们还要找你。"年纪稍长的秃头女专员对我说。

"请问，怎么称呼两位专员？"我填好后，从灵魂出窍又恢复了灵魂附体。

"你感恩吗？"秃头女专员问道。

我再无任何气力了，脸色潮红，眼神迷离，从椅子里滑落了下来。

我折叠好保密义务书，离开圆形建筑物，按照两位专员的指路线索，先是乘坐下山的专用公交车，有一个多小时，到达了山下。

在山下的坡道上，专用公交车停了下来，我从后车舱钻了出来，此刻，山顶如梦如幻，笼罩在金色的斜晖之下，处处林木茂盛，在绿色浓重之处，有几处各自独立的圆形建筑物，如同巨鸟孵下的蛋。我的心情有些激动，因一个梦居然在禁地待了一个多小时，在我的童年时代，我曾多次一个人跑到这里，只是在如今我站的地方向山顶眺望，始终未敢踏入警示牌后的一寸土地。那警示牌依然写着我记忆中的字迹：特殊地带，不得擅自闯入，行为自负。

走在街道上，头脑一片纷纷乱乱，此时城市的街灯渐次点亮，我想我一定是灵魂出窍了，让他们认为我一定是吓坏了，带着一脸傻掉的样子昏死在他们的脚下，所以放我回去……他们一定会继续审查我。想到这里，我心如死灰，心怀"感恩"的疑惑走在街头上，就像一截燃烧殆尽的影子。

感恩谁，感恩伟大的城市先行者，这是唯一的答案。

我眼睛有些湿润，望着明亮的街灯，我生活在一片透明中，我生活的这个时代被称为透明时代，那些明明暗暗的监视器，无时无刻不在提醒我，注意自己的形象，尤其是你的表情，保持端正——还有一个机构在等你，那就是表情监督局。而我此时无法抵制住自己的悲哀，无法抵制住来自那并不久远的回忆，我想我的脸一定是无比的扭曲，惨容潦倒，我有些紧张——生怕让监视器侦查到我不当的表情，于是低着头，一路快走，五内如焚，耳旁响起了袁悄的话：

"你感恩吗？"

"风有点大，你说啥？"

于是我又用严肃的语气对着袁悄说——

"你感恩吗？"

"不。我为什么要感恩，我感恩什么？"袁悄脸上露出不屑的表情说。"我没有亲人，我感受不到任何的温暖。这座城市看起来辉煌庞大，可是它已经死去了，虽然看上去，洁净无比，运转有效，但那只是一块干净的裹尸布！"

"干净的裹尸布？"我重复她的这句话。"你是说我们生活在一块裹尸布上吗？"内心还在纠结着城市公民纪律审查局对我的审查一事。

"你是一个软弱的人。"袁悄说。

我仰望着那些时不时跃进眼帘的飞人，心情一时糟糕透顶，但这七天还是要度过去的，公司是无法去的，到银行取些纸币，然后到商场采购几天吃喝用的，混混沌沌地宅在寓所里，睡觉。

"该人梦境含有激进时政或意识形态方面的言论及行为，刷脸账号被系统禁用。"我插入银行卡到取款机时，取款机屏幕上突然显示一行字，吓了我一跳。我仅仅是做了一个不怎么下流的梦，怎么会出现这么恐怖的定罪？我把卡片取出，又再次插入芯口，几秒后，依然出现同样的一行字。我气急败坏，有一种被人捉弄的感觉，转身就想离开这个鬼银行，转身之际，内心的声音叫住了我：你是没了脸的人，无法用脸消费，如果没有纸币，就等着饿死吧。

正在此时，中央银行一名女员工走来，她轻声向我问好，然后看到取款机屏幕上的一行字，面带鄙夷，冷冰冰地对我说："挂号到柜台人工服务处。"

我急忙向她解释，我的梦境没有什么激进时政或意识形态，在我们这座干净的城市，如果有，我肯定不会如此招摇过市大摇大摆地到这里取款。

"我只是做了一个梦，一个不太适宜的，含有暧昧的，算不上怎么下流和色情的梦。"我认真对她说道。

"挂号到十二号窗口处。"她根本不愿意听到任何解释。我想了想，她应该是二号机器人，心里顿时释然。

"你好，我取一千元纸币，最好大小钞票都有些。"我对着窗口里漂亮的银行女柜员说，她看了我一眼，接过我的银行卡。

"请输入密码。"

当我的手指触摸屏幕开始输入密码时，看到屏幕上显示着自己的手指温度是 36.5℃，血压 90/139。

一沓坚挺的钞票从窗口递了出来，一张张大小面额的钞票花团锦簇，每一张上面印着我们先行者的头像，好久没有碰过纸币了，反而让我有些欣喜，尽管在花去它们时，我会有些尴尬和羞愧不堪。我看着纸币上的先行者，他依然面色凝重，就像我小时候看过的样子，没有改变过。

我怀揣着钱，叫了辆计程车，刚走到车旁，车顶上的显示器亮着一行字："该人梦境含有激进时政或意识形态方面的言论及行为，刷脸支付功能限制七天。"计程车车主猛踩油门，箭一般飞驶而去，如此等了七八辆后，我快到绝望时，准备一路步行，结果第九辆计程车停了下来，打开车门，是一个三十多岁的瘦子，对着我说："老兄，别有什么心理负担，坐我车吧。"我坐上车，他笑吟吟地说："唉，我上个月也被限制了七天，过着人不人鬼不鬼的生活，这事不能全怪我们，对吧。只能说是倒霉。"

我也许不该问他出于什么事会被限制七天，但我又没有忍住。

"我们公司给每辆车都装有表情监督器。"他说道。

"这不奇怪，街道上的监视器都可以监视表情的。"我还以为他与我一样做了什么违规的梦遭受限制了。

"那天，公司领导讲话，通知我们每辆计程车车主都必须一边开车服务，一边听经理的讲话。"他说道。

"然后呢？"

"我面不动色，只是骂了句——谎话连篇，车上的监视器就报了警。车也不动了。"他说，"过了五分钟，公司纪律科的人飞了过来，把我带到公司大楼里，接受了训诫。"

在商场门口停车付费时，他看到我掏出了零钱，"不用了，"他又补充道，"这钱真他妈的不好花出去，想起就伤心。"

我向着商场走去，这时零星的雪片蓦然出现，它们的族群是多么的庞大，但每一粒都如此的孤单，在空中凌乱、渺小，无声无息降落，死在街道上、楼顶上、人们的头发上、衣衫上……我看着它们也让我无比的孤单，我只有恐惧。

商场的人并不多，在一个个长长的排货架前，稀稀散散地站着两三个人。我挑了些卷纸、香肠、面包和即热胡萝卜干面，又买了两瓶红酒和一提啤酒……心里想还是少花点钱。如果我去找袁悄，但我怎么去找她，我现在被限制了，七天之后解除禁令恢复正常上班再说吧。

收银处有十多台刷脸机，顾客用不着等待，快捷，便民。我焦灼地看着，却找不到哪儿有人工收银台，平常也没有在意——事实就是这样的，只要当你需要的时候，却找不到。我从第一台刷脸机走到最后一台刷脸机，愣是没有找到。

一个导购机器人，胖矮的身材，晃着大脑袋，脑袋上只有一对圆点般的小眼睛，闪着绿莹莹的光，向我移来。

"先生，需要什么服务吗？"导购机器人询问道。

"有没有人工收银台？"我急忙问道。

"没有，先生。"

"那我用纸币怎么付款？"

"我们商场尚无此项特殊服务。"它转动着小眼睛。

购物付纸币怎么成了特殊服务事项？我一时气得胸口疼，说："我只有纸币。"

"先生，你的脸呢？"它认真望着我，小眼睛一闪一闪的，像是审查到我在说谎。

是啊，我的脸呢？我长着脸呢，它的这一句话竟让我无从回答。我对它说，我的脸是假的，我的脸丢了，我没有脸……

"是这样，我是受到限制的人。怎么付费？"我只好老实交代。

"先生，请立即将你选购的商品放到原位。请配合。"它说着，胸口突然裂出一个口子来，一柄电子枪直指着我的心脏。

"好，好好……"我战战兢兢地说。

"我们商场不欢迎任何受到限制的人，请下次光临。"它说完，电子枪原回到它的胸口里，然后移向了别处。

他妈的！我怔了怔神，长吁了一口气。

难道我好不容易打车过来，又好不容易选购的商品，却无法带走它们吗？

我只好十分不快地把它们放到原位置，然后双手空空走出了商场，迎着风雪，一个人沮丧地走着。

大约有一个小时，雪越来越大，像雾一样，让人分不清周围环境。相比于雪，沮丧和饥饿更容易压倒我。我望到在前面的一个红色亭子，看上去也没有什么人在里面坐。我走了过去，抖了抖衣服上的积雪，打掉头发上的雪水，却发现瓷砖地上有一张名片，上面写着："朋友，你如果受到限制的话，别着急，我们尽其所能帮助你提供你需要的食物。"

我按照名片上的电话输入好我在商场那些未买成功的商品，然后望着雪天，于是有了更进一步的要求——送货上门。我写好住址，黄岭街区公寓 C 栋 3200 室。大约有十分钟，我收到了信息："愿意效劳。送货上门费用另算，如同意，请回复'1'"。我回复了"1"。我预计从现在走，有一个小时可以走回到寓所。于是又发了一行字："可否一个小时送达地方？放置门口即可。"

"可以。"

"朋友，你需要的食物和酒已按要求放在门口。在你限制令解除后，我们会联系你。我们是城市仅存的黑市，请勿举报，否则这唯一的获得渠道将永不复存在。欢迎再次购物，祝快乐。"

纵然你觉得走投无路之时，而另外的路会向你敞开。当你受到限制令的惩罚，还会有人帮助你冲破禁忌。我提着购物袋，就像提着奖品般坐上电梯，内心的雪荡然无存，反而让我想象外面的雪闪着点点光芒，与路灯相映成趣，构成唯美的景色，让人心醉，有一种久远的童年时代的感觉。那想象中的雪比真实的雪甚至比这座城市更加真实，因为真实可以被删除，被篡改，乃至被消失，而想象和虚构，则永远在你的心中，保存得相当安全，没有谁可以删除、篡改、消失掉它们。

当我打开第一瓶红酒，望着楼底来来往往的行人，我看不到他或她的表情，但我感受到一个个面无表情的冰凉，偶尔的饮酒会产生温暖，会有特别神奇的想象，就像自己可以创造一个全然不同的城市，一个不再透明的、可以放肆的空间，不再有人去审查你的梦，你的生活，你的工作，你的想法，你的文学——我只是偶尔喜欢写点分行的字，不是文学，文学在这个伟大透明的时代已经消亡了。不只文学，还有电影，没有人再去看电影，这些极其原始愚蠢的产物，人们通常只会努力听从先行者的教诲，努力挣积分，成为高积分人群，从而生活在更好的阶层，拥有更多的资源，那时会有更为辽阔而美好的游戏在等你。

我醉眼蒙眬中望着对面的高楼广宇的巨幅广告屏幕上，看到他们的广告词：只有在虚拟中，人生才是完美的。

只是想要进入他们的世界，积分的门槛太高了。不是谁都可以进入的，那些牵着人宠的高积分人，他们才是虚拟游乐的顾客，而柒夜只是为他们服务，去编辑高贵顾客们想要的游戏的命运，让他们体验各种时代：中国殷商时期的朝歌生活；古印度佛陀时代，在树下遇到释迦牟尼佛；古罗马时代的帝国阶段；或者可以在不同的星球，不同的人种……所谓十界互具，大抵如此。在正中虚拟游乐公司，所有的世界都为你敞开，已知的，未知的，想象的，曾发生过的，还没有发生过的，种种可能性，正如他们所说的：人，不仅仅只有一世；人，可以拥有无数的世间。

"人生无处不在审查中，这也是我的宿命。"我写出了这句分行。只是这时，我的眼泪滴在一团透明的纸上。它缓慢而艰难地消失在一行字中，像有所不舍似的。我突然感到彻骨的寒冷，就像我已经是获得了不朽之身的机器人，一个唯一的人，怀着一颗机械的心，有着清醒的意识，一个躲藏在机器里的灵魂。间于生与死，而永远无法生与死，旷世的寂寞与隔世之感无人倾听，那是最恐怖的事情。

但那又怎么样？如果我是一个在正中虚拟游乐公司工作的编辑师，我一定编辑一个阴间。

如果你问我，阴间与阳间有什么不同？其实没有什么不同之处。阴间无非是阳间的倒影。

比如去编辑一个死于惨烈车祸的年轻人，在阴间乐不思蜀，忘记了中阴身只能待地狱四十九天的铁律，只顾嬉戏玩耍。后来……直到有一天，大约是很久了，他才找到了他的归宿——阴间的虚拟命运中心，在那里，年轻人才开始认真考虑自己的投胎理想。

虚拟命运中心是一个为即将转世投胎的鬼魂们准备的热身机器，在这儿工作的人员被称为命运编辑师。

阴间吃喝拉撒与阳间并无不同，只不过吃进去的是食物，拉出来的是空气。

阴间的机构有金融中心，处理阳间来的烧纸等；有保安部队，维护阴间纸币；有义工，引导和让新来的听话；有各种工具和楼房，都是阳间烧来的；有沟通阴阳的老师……

我被自己的构想逗乐了。

我在笔记本上写道，一个男鬼魂 1 号，经过多次躲闪，到最后无奈地投胎，投胎后才发现，人类已经消亡，地球上全是机器人。

因为他投胎到了一个机器人的身上，获得了不朽之身，但无法再次返回到阴间，于是阳间就他一个人在游荡。

我喝了一杯红酒，又一杯，打发着漫长又无聊的七天限制期。

到第七天，心中起了恻隐之心，我写道：这么做对它们公平吗？

这时，纸上升起一团白雾，一个鬼魂悬在笔记本上，对我说，你把我设置成这样，我不能这样我又能哪样呢？

我在烂醉中再次晕厥。

"这世界上是没有鬼的，但地狱是真实存在的，而且不止十八层，而且每层都是透明的，如雪般雪白。"

我醒来见到了她，立即说了一句话。

袁悄看着我不出声。

我明白了。

"谢谢，我觉得我俩并不适合在一起。虽然……"她没有说下去。

我望着她的背影，痛哭了起来。

我负债累累，走出"十界有爱"医院。

看着街道上的行人。每一个人都是行走的骷髅，我也是其中之一。每一个人都是透明的，思想是透明的，行为是透明的，内脏是透明的，如何相爱、性交也是透明的……

有人看着我雪白的骨头。

我看着雪一样透明的大地。

鳃 盖

　　我到陈谊家的时候，我老婆已经坐在他家的大沙发上了。房间充满着嘈杂的声音，与颜色斑驳的各种陈设相互映衬。在他家的客厅里，摆放着九十年代的那种电视机，频道少，且无法遥控，需要天线。屏还是凸面的，机壳像只黑色的甲壳虫。甲壳虫壳上面放了一个小鱼缸，鱼缸里游着两条带红纹的小鱼。还有一张半旧不新的茶色玻璃茶几，一张耀人眼目的橙色仿皮沙发，似乎刚添置不久，就是现在高静正跷着二郎腿坐的沙发。

　　"别跑，陈五五。"陈谊老婆何小兰训斥着来回跑着的自家小孩，一个三岁大小的女孩儿。我低头看着小孩子，脸愧疚地红了，出门开着我的"保罗"，左拐右扭地进了这个以前是市毛纱厂的老旧家属楼，还抱怨老一阵子，怎么没想起给陈谊的丫头买点零食呢？

　　我只好摸摸她的幼稚小脸。顺着何小兰，她声音嘶哑，很低声地说着礼貌的客气话，坐在了她家新沙发的旁边，一张结实的老木头硬椅子上，椅子上还刻着"纱厂"两个字。

我不太善于言辞。想来大概有四年的时间与陈谊没见过面了，他结婚的时候来过我家。现在到他家，突然感觉很唐突。只能先从他们三人的对谈中找些蛛丝马迹，以便搭讪些话，避免自身的尴尬和无所适从。陈谊过得并不好，一个经常性的失业者，他从纱厂出来后，干过石油临时工，一个高档小区保安员，还在一家纯净水厂打过短工，干得最长的是在石油上当临时工，那是他从纱厂出来后不久托人找的，当时精神还特别好呢。现在他畏缩在一旁，手足无措，争辩一两句总显得无力。他一米八，半蹲着，像地上堆了一大堆灰色的肉。而何小兰则一米五，瘦弱，病态白。一阵责骂声中，我看到何小兰身体突然高大了许多。责骂声里夹杂着"逼"的语助词，频繁到了几乎每句都有，这个苍白柔弱的妇人，语速极快。我以前对她的印象是她始终沉默寡言，是卷入风中也看不到的一个女人。在她的 AK—47 冲锋枪般詈骂的火力中，听到的是陈谊又一次失业了，这点并不奇怪。陈谊有很严重的酗酒毛病，以前与他喝过一两次，他的酒量并不好。一次在街道上遇到，他拉着我在一个小饭馆里，喝了几个口杯，当时说的话早记不得了，只记得他醉了，趴在一个下水道口，太阳明晃晃地打在他嘴角的口水和鼻涕上。

"还怎么加了几个女人，自称是陈科长，"这时何小兰拿着他的手机给高静翻看着，"看看这东西，不要脸。"陈谊蹲在地上，红着脸："手机都是闹着玩。瞎乱聊天。""呸，你跟你老娘聊，离婚。"何小兰骂道。让人听了很不舒服，但陈谊一点反应没有。我进卫生间撒尿，看到马桶里的水上有几粒葵花皮，马桶旁边放了几个空白酒瓶，是本地一个酒厂出的几块钱的廉价酒。

陈谊家的客厅和厨房是相通的。五五就从客厅里头往厨房来回地跑，跑到中间，顺手打了我一下手臂，她手上黏糊糊的，像不断分泌着黏液。这孩子很调皮，笑嘻嘻又跑了，在不长的窄客厅里，来回跑很频繁。我心头异样烦躁，当即拉下脸，给她不好脸色看。那五五根本就领会不了，何小兰在中间喊了几句，也毫无作用。

高静进展得异常缓慢，感觉她的调解空洞得像官腔。我能察觉周围结冰了，冰层快要弥漫到胸口。而此刻注意力全部被五五吸引了，打乱了，停滞了。我像被魔住了。直到五五将她的小手伸入我的裤兜，翻出了单位钥匙和两个一元纸币时，我才恢复了紊乱的感官。

"全都是废话。"陈谊突然站了起来，声音像是一面墙坍倒轰地出来，我看到他扭着头，僵硬的姿势夸张地似乎用了全身的力气。

"什么废话？"何小兰也站了起来，"给我说清楚。"

这时高静也站了起来："陈谊，什么叫废话！当初我介绍

74

你们认识，你们现在把我当仇人了啊？"

小孩子站住了。我们仨相望了片刻后，沉重地坐回各处。

"我拿什么跟人比较，拿命来比较吗？"陈谊粗声粗气地说。

"跟我带刺说话是什么意思？"高静说完看着我。

没人吭声。

趁天色尚早，离开还差点火候，便各自翻看朋友圈。

"你看，这是我和小兰去云南的照片。"

我侧了一下身，连忙说："嗯，早已在朋友圈看到了，拍得真好，能感觉到你们感情真是融洽。"

"那你怎么没有点赞？"他问道。

他一问，把我彻底蒙住了。我看了看高静，却看到何小兰拉着她，指着手机给她看。

为什么当时没有点赞？我思索着，头脑里在寻求原因，没想到这么一个仅仅用食指点一下的动作没有做，对陈谊的自尊心的伤害竟如此之大，到陈谊家来也忘记了他家的小丫头，顿时羞愧难当。但又不甘心让他觉得我是一个不关心他的人。他邀请我们两口子来他家坐，便认为我和高静是关心他们的人，怎么能让他感到我的冷漠呢？我总不能这样说："陈谊，我对不起你，没有给你的照片点赞，在这里向你赔不是，请你原谅。"这也太小题大做，甚至是幼稚。

"我……我当时工作忙，给忽略了吧？哈哈，现在就点。"

我笑得磕磕绊绊，像是欠他的税。

"不是吧。"他回道，"你看着，我是三点发的，然后在三点十分，你就转发了一个链接。"他拿着手机，像举着一把菜刀搁在了我的下巴，分明一阵寒意。我只好装作无所谓的样子，顺着他的手指头，果然看到了这条链接——"有人帮乞丐画了一张像后……"千真万确，确实是在三点十分发的。但这说明什么？我看着他的眼睛："可能发了忙事情去了，就没有点。呵呵，这……这没什么吧。"他终于把架在我脖子上的手机撤了回去。

可是这时，高静陷入了困境，只见她面对着何小兰，一脸尴尬。"当然说明不了什么，"何小兰说道，"我们去云南，这一组……"她指着让高静看，"再看这一组……还是没有看见你的赞。"高静转过头望着我，像是在等救援。她目光焦灼，脸上充满着无辜和无力。

我悲哀地做不出回应。这时，陈谊的小丫头突然依偎在我的腿边，看着她细嫩的脸，她天真的眼睛反衬出我的冷血，我和高静的冷血。

"可能……是没留意，可能……"高静艰难地呼吸着，我心疼地看着她无招架之力。而何小兰一步步逼近，晃动着手机。

"还好朋友呢，是嫌我们穷，配不上赞吧？"何小兰眼里闪着某种凶光。

陈谊突然接过话茬："我们攒了好久的钱，这还是我婚前答应过的，要带小兰去云南旅游……"他语调里充满着乌云，渐渐汇合起来，沉郁的水蒸气凝结着，忧伤的小水点相互碰撞、合并，变得越来越大，大到乌云快要托不住，即将形成降雨。

他眼里有了泪光，是泪光。

我们又一次陷入沉默。只是陈五五在客厅里跑来跑去，像是捕捉她父母夜晚从睡梦中释放的梦想颗粒，不时停下来，怔怔地看着我们其中的一个，然后嘻嘻一笑，又跑来跑去。

我头脑里开始疯狂地倒带着，回想着，三月时，看到陈谊在朋友圈上晒他们去云南的照片，平时他发的诸如什么"两口子的暗语，笑死了……""酒店前台趣事多，笑死了……"，还有"毛主席诞辰，我哭了……""你睡前门反锁吗？……"，所以当看到他和何小兰出去游玩的照片，我还是特别留意了。但当时为什么就没点赞呢？他们经济情况不好，还外出旅游，晒照，这可能引起我的成见了？高静是不是也这样想的？我们两口子竟然没一人给他们幸福的云南行点赞，没有为他们实现婚前的一个愿望而赞美。

我暗中责怪，高静她怎么也没给何小兰点赞。女人应该对这方面更加体贴一些，而她却没有。

"时间不早了，"我一边说一边看着高静，"到云南，以前我一个人去过，好些年头了，那时单位上还组织学习什么的，她请不了假。所以，嗯……你和何小兰今年到云南旅游，我们很是羡慕呢。"

"当然，是羡慕，是我们羡慕你们这些坐办公室的，"陈谊说这话时，分明语气增了些怨恨，"你们风吹不了，雨也淋不了。高高在上，机关中的人。"我后悔刚才说了单位。

"旱涝保收，看看人家的，再看看你。"何小兰语调拉长，脸色在她家的荧光灯下显得十分阴白。

此时的我，犹如一条在砧板上被扒光了鳞片的鱼，每一动念即生刀割之痛。

我勉强挤出一丝笑："都是打工的，没啥两样。"说完，我自觉底气不足，恨不得自己没有单位，跟陈谊一样失了业。但事实并不是，我的确在一家地方单位上班，稳定，而且有闲，我的新车就在他楼下大张旗鼓地停着。

"小兰，我们都是普通家庭，没有什么高人一等的，现在我们还缴着房贷呢，虽说有辆几万元的代步工具，可……"还没有等高静说完，何小兰拉住跑来跑去的陈五五，尖叫着："我知道你们两口子为何不赞，就是瞧不起我们，我们没钱，有今儿没明儿的。"她拿着手机，夸张地扬了扬，在高静的脸上扬了两下，又直步走到我的面前，扬起手机，从下巴上开始扬到我的额头。我瞪着眼睛，对抗着来自她的强烈敌意。她的目光有种恶毒，仿佛一把锥子，企图刺破温暖的气泡，我惧怕着，竭力护卫着那层薄薄的膜。她的话语不再是话语，是一声声尖叫。我仅仅是机器上一个无足轻重的小齿轮，每天运转的动力仅仅来自一种虚空的优越性，郑重其事的悠闲和体面，可现在却如身披号草，她迸溅的唾液则是一滴滴可以淬火的汽油。

陈谊端起一只廉价的玻璃茶杯，茶杯因长年不清洁而结成的茶垢显得笨重肮脏。他起身到电视机旁的饮水机接水，热水孔里传出的沽沽声带着十足拿捏的夸张腔调让人异常急躁。他接满了茶杯，晃动着将杯口与嘴巴接在一起，像吸溜面条一样发出淫猥的低俗声，对着高静咂巴咂巴地喝着。

我的目光掠过他们，穿过墙体，过上若干年，这儿会被新的建筑物所取代，他们定然会消失得无影无踪。没有人会想起一簇蒲粉，那种斤斤计较的小心肠，在所有时间面前都将显得莫名其妙、荒唐可笑。

当目光再次回到陈谊的身上，他那张脸仿佛成了铜墙铁壁。

"瞧，看看人家都发些啥，不是你赞就是我赞，就是没见他俩给咱点一个赞。"何小兰继续以挑衅的口气说着。

高静眼睛有些花，被泪打得朦朦胧胧，她像一株濒死的小植物，低着头，带着不甘心的愤怒。

整个房间被陈谊和何小兰的言语充塞得到处都是。他完全像个吸血鬼，吸走了我的血，他的头晃来晃去，流光溢彩。我像个失血过多的人，双耳嗡嗡作响，双手颤抖，紧握拳心。

"天晚了，我和高静得回家去，家里还有一堆闲事在等呢。"我用最后的力气对着陈谊说，再也没有勇气去看何小兰那张惨白得什么都没有的脸。

我们夫妻俩像是两条惊慌失措的鱼逃命般离开了边境——陈谊的家，一块儿双双重新打开鳃盖，跃入河水中，贪婪地呼吸着空气。

"哈哈哈。"高静狂笑了起来，她面露狰狞。

"你怎么不给……看，那个垃圾箱点个赞。"

"你怎么不给树点个赞，看它长得多辛苦，你有没有良心啊？"

"你快去给邮政大厦点个赞，它端端方方，一本正经多可爱。"

"你给……广告牌，你看亮晶晶的多漂亮，点赞啊。"

"你给……国家点赞，你靠什么活啊，你死了吗？"

"全都这么欠赞吗？"我沮丧地冲着高静吼道。吼完，我算是明白了，只要还活在这世上，我就不得不向所有活着的人点赞，他们活在我的生活中；还要向鬼魂们点赞，他们不惊扰我的生活，那些死去的人。

幽　冥

我若不死，反而没有天理了。

离过年还有十来天，我还有一些事情去做。何暖的户口手续需要办理，还要到操场上看工程，还有……现在可以零碎置办一些年货，再拮据也要让孩子们吃好吧，有肉就多少有过年的体面和气氛了。

——你挡人家的财路，你不去死谁去死。

——杜总会来事，人又活泛，见人客客气气，说话也不躁不恼，低声慢语，你偏要与人家过不去，你死了也是天理所在。你不死，反而没天理。

这些天，总有一些人对我指指点点，戳我脊梁骨，好像我与荀城所有人为敌，说我是死脑壳，穷鬼命，不识抬举，老原则。他们说的杜总，我的领导，李校长的外甥杜一平，年龄也不小，比我小不了几岁，也有人叫他少爷。不知道他这个少爷是怎么叫来的。他们的声音高悬在我的头顶上，包围在我行走的前前后后、我的耳朵里。我有时用掏耳勺掏出他们的声音，或者睡觉翻身时磕出他们的声音，始终无济于事。他们会钻进我的睡梦中，在继续指责我，在说我，一张张脸兴奋或沉郁，排演着各种场景，但都指向我命不久矣，我在一次次梦中死去，反复演绎着我将死去，死于谋杀。

杜一平对我并不陌生，是我的熟人，也可以称为朋友。他的舅舅是我们可敬的校长，每一学期开学时和放假时，他都会召开全校大会，做开学演讲，做年级演讲，他的口才无与伦比，在我见过的人中，我还没有发现有人能超过他。他在校职工大会上，讲出的字词堂皇高大，他的讲话稿是校宣传科长拟定的。但他不念稿子时，即兴讲话仍如一篇锦绣文章，上下连贯，逻辑自成，毫无破绽，滴水不漏。他见到我和蔼可亲，谈吐间令人如沐春风，他说他听到宰杀两字便觉罪过，旁人家杀鸡他都害怕，见血即晕，所以从不杀鸡，总是比别人多花一两块钱由菜市场卖鸡的杀死的。

我现在走在长寿街道上，向着学校走去。一个小县城的人，你是个老师，难免有许多人认识你，向你打招呼。熟人社会，历来如此，盘根错节。提起一个人，再由几个人名穿线其中，由此及彼，一个县城人都能认识。

"邓老师上课啦？"一位迎面走来的四十来岁汉子向我打招呼，我并不认识他，但在这个县城许多人认识我，知道我是一中的老师，姓邓，名为行果。我点点头，向他回以致意："好好，老乡。"但他的眼神离开我的一瞬间，带着别样的信息，一种以早已料到结局的高人模样与我匆匆别去。

小孩子见我并不说话，倒往往向我嬉皮笑脸，再眨巴眨巴小眼睛。这时，我能说些什么呢？现在连一个小孩子都向我挤眉弄眼了，一副让你去悟吧的娘教的德性，看见我如见到还在走动的尸体，或者一具按天算按时算按秒算的垂死挣扎的必死之人。

"拿包湘烟，对，一块三的红盒。"

老板是个黑胖彪悍的中年妇女，她织着毛线，看着放在床上黑糊画面的小电视。当目光转向我时，那张黑脸顿时绽开诡异的笑容，先是"呵呵"，然后说："邓老师啊，你还好……你不说湘烟，我也记得你抽它，给你烟哪！"我接过烟，快走到门口，身后又响起她的声音："邓老师，你老是抽这便宜烟，过滤嘴一揉就碎的烂烟，也不想想抽抽好烟，五块钱的石林，七块钱的红塔山啊……"

我的老婆淑贞没有工作，一向老实胆小，又不喜在外头露脸，纯粹家庭主妇。邓冷和邓暖还在上学，家里全靠我一个人那么少的工资，不足四百块，我能抽什么好烟，抽抽能熏嘴的烟，只要不是树叶子草根子就心满意足了。我父亲抽了一辈子旱烟还不是照样过来了，我现在抽纸烟有什么不知足的。

我隔着门卫岗玻璃看到老许，他的头发湿漉漉的，看着电视，学校的暖气烧得不错，暖气片上搭着一条湿毛巾，毛巾散着热气腾腾的雾气。

"邓老师，今天也不歇歇，还恪尽职守。"老许还是看到我了。

"到工地上转转，看看工地。"我说道。

"不耽误你的话，进来抽烟。"老许向我招手，一脸笑眯眯。我其实内心挺喜欢这个老弟。

我抬手看了看手表，时间还很早，我是那种外静内急的人，如果有事，我会比别人提前到的，有时聚餐，我也往往比他们先到饭桌上，一个人坐着等他们，有点不太好吧……

"咱们这操场，全县人人都知道。"老许说道，我知道他在说什么，修建操场工程款项一百四十万经费，相当于我们全县财政收入的百分之四，大家盯在眼里，看着搁在县城上空巨大的一块肥肉，而像我、杜一平，校长李有琪就是在肥肉上跳舞，油腥之味，灌注全县，覆盖这个拥有二十五万人的苟城每个有耳目之处。

老许递给我一根他常抽的"汉江烟"，这烟远不及我的湘烟，太呛人了。

"咳咳。那是的，肥肉。"

"肥肉，过年肉准备好了？"

"是，提前准备，孩子们爱吃。"

"哈哈，是指操场肥肉。"

他眨眨眼证明给我看，像是说，他也是个明白人。

"老邓啊，你脾气太直，这若改不了，麻烦得很。现在都啥社会了。"

毫无例外，他也认为我应当去死，而我现在只不过去努力完成他们预见的事实罢了。

我憋着一肚子委屈和沮丧抽完他的烟，连告辞的力气也没有了，走出门岗房，径直向着工程指挥部走去，走到操场时，那个有一间屋大小的土坑，坑旁是辆推土机，车轮下还有一摊黑色机油，在土坑里还有一些积水，像是在等我……静候着以便吞噬我，我绕过张开的口，上了楼梯。

学校的工程指挥部设在一栋只有两层的简易楼上，早年是单身教职工宿舍楼，一楼各房间现在堆放一些学校体育器材和七零八碎的报废桌椅，在桌椅间长出了草。

"老邓，我正等你呢。"杜一平正与工地推土机司机黄生奇下着象棋，他抬头看到我，把一个士捏在手里。"小黄，你先出去下，过会儿我们再下棋。"头发乱糟糟、腿角染着泥土的黄生奇，在火盆里夹了两块炭，向我冷眼看了看，出去了。

我坐在小凳上，靠近火盆旁烤火，在等我的死神说话。

"老邓，你说你老是不签字也不是个事吧。"杜一平道。他不说我也知道，但我现在纳闷的是，李校长从来没有直接找我谈过什么。学校放假后，他不再来学校。我也曾找过他，提过这事儿。他只是呵呵一笑而过，说，你看着办吧。我能怎看，这操场明摆着是豆腐渣儿，我用水管一冲就把一处水泥冲掉了。我如果签字，这让孩子们怎么骂我，骂这个学校，这传到社会，老百姓会说我这个工程质量监督员怎么当的、管的？这又不是一天两天的事，让我后半生良心还能安生吗？

"老邓你犹豫什么啊？我舅对你不薄，你跟我过不去。我也知道，我他妈的用雷管炸了老赵家鱼塘几条破鱼，那老赵真是想寻死，也不问问我是谁，竟然找到我，我抽他跟玩儿一样。你倒装他妈的大善人，我也给你面子了，没与老赵计较。如果没你的话，老赵不折个胳膊腿儿，我就跟你姓了，你信不信？"他的这番话，已经给我说了不下十次。这些话意思是我不仅已经欠了他那十分宝贵的人情，而且，我的胳膊腿他可以随时卸下来，也包括卸下我的命。

"你做法不对。而且你炸老赵的鱼，是在工程期间。也就是说你人在学校的时候，干了什么不对的事，会让学校声誉受损。你想想你舅舅脸会往哪搁？"我盯着他的眼睛说。

"得，老邓，我不是看你是我舅舅的职工，你早就……你到底签还是不签啊？"

"不签。"我说道。

"这么简单的事，在纸上画了几个字，你好我好学校好。你非要把这么爽的事搞得一团糟。"杜一平又换了一副油腔滑调的嘴脸说道。

我的死神像是两张皮，随时随地转换自如，毫无违和。这半年多时间，我时时心神不定，日渐恍惚。而近来尤甚，我本性木讷，现在是越发如一截木头，我有治愈木头并给予它灵魂的技艺，却无法治愈自己这块木头。我也时时想，如果签了呢，责任全不在于我，我也可用受到胁迫等措词以应对，或又能获得李校长的青睐和照顾，在学校更加活得有滋有味呢。但我就放弃了本应守的责任和做人的良知。我还没有觉得如此简易明了的事情能够上升到良知的高度。像一加一等于二，工程不达标，就不能通过，没有比这更简单的事情。我曾数次向杜一平表示我的愤怒，他也不当一回事，合同签订后他和校长私自更改合同，在工程还没有完工的前提下便付了工程款一百四十万元。

我为此提出了异议，说不该支付这么多钱。李校长每次如打太极拳，一个字都落不到他的耳朵里。"李校长让你当监督员，你还真把自己当成了监督员，你就不想想李校长为何让你当监督员呢？"我老婆淑贞对我说，"你一个人对抗他们的千军万马。"我还嘲笑过她向来用词很不斟酌，但我现在已经看到头顶上的密集黑云——千军万马向我压了过来，此时此刻，简直像天兵天将。

那天我拉着李校长，在验收一堵用石头砌好的墙，我说这是豆腐渣工程，拒绝验收。为了证明给他看，我用水龙头冲了一下墙体，墙体当场坍塌。李校长脸色阴沉如死掉的天空，脸部塌陷，宛如黑洞。他一声不吭地走了。在他走后，杜一平当着在场的人，有初中部的物理老师马天章、高中部的英语老师王琪生，以及后勤管灶的黄炎，在后勤做饭的厨师向和德，清洁工吕小叶等人，还有施工队里的推土机司机黄生奇等人说——给你脸你不要，我要把你埋在操场下，让你天天监督，永世监督，也让你千人踩万人踏，永世不得翻身。

那些话不仅像黄鳝般钻进当场的每个人的耳朵里，也像乌鸦一般飞向了整个县城。无论白天还是黑夜，苟城里的居民人人皆知。我是在一块肥肉上如履薄冰，那么，如果我签字呢？我的处境得到了保障，但我活着又有什么意思呢，那与死去又有什么区别呢？

"张老板好哟。"我提着在菜市场称的二十斤猪后腿肉，走到张记腊肉店，我几乎年年此时会买几十斤猪肉到他那儿熏腊肉。

"邓老师来了。哎，去提邓老师的肉。"腊肉张自然是熟人不过了，我是他家丫头小苗的美术老师，又是老主顾。随着他的喊声，一个十来岁瘦小精干的小男孩从柜台出来，我把肉递给了他。

"邓老师放心，你的肉优先熏，你十天后过来取。"

"先谢谢你。我把钱给你吧。"我说道。

"别急，取的时候给。"腊肉张与他熏的腊肉一样，脸色暗黄而油光，穿着皮子衣，整个人都像被熏过一样。在柜台里面的屋梁上挂满了一条条腊肉，像整装待发的军队，格外有过年的气氛。

"老邓啊,我以后会见不到你了。"腊肉张突然说道,语近哽咽。

"你说什么见不到我?"我胆战心惊地问他。

"邓老师。你抓工程质量太厉害了……"他还没有说出下一句话,便泪水盈眶,身体缓缓往下蹲,抱头大哭。

离开张记腊肉,我看到王新,他朝我看了一眼,迟疑了一会儿,向我走来。他似乎有什么话要说,嘴角在扬动着。

"邓老师。"他还是张口了,其实我也知道,他要给我一些警示,发生在他身上的事。"你知道的,他……"王新说到"他",那肯定指的是杜一平。"他可不止一次扬言要人命。他心狠手辣,什么事都能干得出来。"大约是一年前,杜一平开了一间五金店,这仅是他营生的一部分,在这个县城里,他的手是够长的。王新是支行一名职工,说起县支行,我深有感情的,我的父亲在支行工作了一辈子。王新认识我,本是情理之中的事。那天,他与同事一起去了杜一平的五金门市部催要贷款。那时王新才调到支行,与杜一平并不熟悉。他的同事却一清二楚,到五金店门口时便打了退堂鼓,他只好一个人进店里。当王新说明情况,杜一平只是冷冷地回了一句"没有钱",在之后,王新又去催讨贷款,仍然得到的是"没有钱"。

"杜一平手下有一帮小弟。"王新对我说道。过了几天后,他下班回家时,在小巷里窜出来两辆摩托车,一辆摩托车是两个少男，另一辆摩托车是一少男一少女，四个少年年龄在十七八岁，稚气未脱。摩托车排气孔冒出浓浓的黑烟，伴着口哨声，挡住了王新的去路。

没等他弄清楚是怎么回事，其中一个少男手拎着铁链子，一链子打在他的脸上。眼镜碎了一地，他的脸灼热了起来；另外一个少男从他背后击打了一棒，他倒在地上。瞬间，密集的拳脚涌向他的身上。他护着头，蜷曲着，大喊救命。过一会儿，拳脚渐稀，他硬撑起身子，一把抓住离他最近的一个小个子，问道："凭什么打我？"

"你是支行王新吗？"一个少男问他。

"我是王新。"他抓小个子的手有点松了。

"你放开小点。你最近干了什么，你心里清楚。"

王新松开小点的脖领口，随后，他们骑着摩托车扬长而去。

在我回忆那天遇到王新的情形中，同样能够看到他讲述中的影像，这是成为幽灵之前所拥有的特异功能———一切皆看得清清楚楚，所有人的来历与生活思想，如果愿意的话，我俱能知晓，但也仅仅知晓而已。许多时候，知晓又能怎么样呢，无非加剧痛苦。人一旦知晓危险，就会停止向死的脚步吗？

"谁反对他就等于反对所有县城人。谁损害他就等于损害所有县城人。"王新说。

"你同样认为我不签字必死无疑？"我问他。王新抬起头望着天空，那奇怪而高的天空，我想上去瞧一瞧，土地的引力对幽灵仍然有效。

淑贞几乎以悲哀到愤怒的声音向我狂吼:"断人钱财就是杀人父母啊。"她也知道我必将付出自己的生命,将离开她,离开这个温暖的家。

"他的钱财是不义的。"我反而胆怯起来,说起话来有气无力,我的眼睛甚至不敢与淑贞的眼睛对视,我在躲藏,躲藏她的眼睛,躲藏她的绝望,躲藏她的言语,躲藏她每每溢出的泪水。只是她做的饭,我无法躲藏,对她端来的面条,我愧对万分。当她问我,你怎么狠心让孩子们遭罪,你良心何在呢?这句话便惊雷滚滚般轰入我的脏腑。但我又有所不甘,不甘心就此屈服于她,我的逆叛心始终让我遭受诸多磨难,是我所有苦难的根源。我只愿偏激地想,她也站在县城所有人的一边,是她在背叛我。我所庆幸的是,儿子邓暖和女儿邓冷没有明确反对过我。在如何做父亲的这种角色中,我一直深以为自己是成功的。我教他俩画画,培养孩子们对事物的观察力和想象力,没有比画画更加能够让一个人学会如何见微知著的本事了。我会领他们到河畔写生,观察右旋龙脑樟、罗汉松,认识各种花草,杜鹃花、月季、栀子花、红继木、虞美人、三色堇……让他们大声叫出它们的名字。万物皆有灵性,我告诉他们,只要喊出它们的名字,它们就会向你示意。你们的声音也会进入它们的生命之中。我教邓暖邓冷守规矩,甚至以一种独裁的方式，在吃饭时不能说话，在行走时必须挺直腰杆诸如此类。在这种严格管束下，邓暖和邓冷很难逾越我的尊严。

"爸爸。"邓暖怯生生地望着我，我回想他的眼神，是那种充满无限挽留的情感，他继承我的执拗和一根筋。我突然想问邓暖，你站在县城所有人一边，还是站在我这一边？但一念间我认识到了自己这个想法是多么的愚蠢和自私。

我在无数次的梦中惊醒后，淑贞依然会紧紧抱着我。结婚这么多年，她忍受着我的清贫和执拗，只是这一次，她对我的坚持反应过于激烈，让我无法接受。她对我的责怪，让我认为她已站在苟城所有人的一边，我的偏执竟然到了如此可笑又可恨的地步。

我时时在梦中惊醒，如同罪恶深重的人，简直无法心魂安定。我不知道是否有人像我一样，在自己的梦中悚然而惊呢。我穿上衣服，披上一件棉大衣，戴上鸭舌帽。深夜里天气很冷，星辰稀少到屈指可数，寒冷让它们离我很远，一颗颗看上去是那么的孤独，只是微亮地闪烁着。那种微亮刹那间便消失不见。易朽与不朽其实对一个人来说没有太大的差别。恒星与花木，奔跑的动物与流淌的溪水，我见到它们，或许在我注视它们的同时它们已经与我对视，一个另外的独立的时空。我燃起烟卷，为了避免过多的烟污染到室内空气，我靠近窗户，拉开一面玻璃留了一条指头宽的缝隙，尽量抽烟时让烟雾飞出室外。抽的时候，往往窗外的寒气也会进入胸中，但总比在梦中的环境好一些，在镇静且安静中，直到困乏时再次睡去。那时会离天亮不远，梦不会做得太久，人也不会在梦中待得太久。只是有些夜晚仍然会让淑贞发觉，她会陪我坐一会儿，看着我抽烟。她只是不停地叹息，较少言语。在我俩坐的时候，邓暖与邓冷睡觉时的呼吸声更加像摇篮曲，包围着我俩，让我有种很特别的感受，好像我和淑贞是小孩子，他们却像父母，在为我俩提供一个安全而温暖的环境。

"你若不在了，我带着邓暖、邓冷怎么办？"

"我会一直都在呢。"我看着她在流泪，她的眼泪从来泛滥成灾。

"我会哭瞎眼睛的。"她还是带着强烈憎恨的情绪，放声哭了出来，看到我在示意她别哭出声，她用手捂住了嘴。

我刚认识她时，她在县纺织厂上班，那时大家穿的都是一溜儿的青黄色服装，她穿着纺织厂发的职工装，蓝色，小西装带翻领，反而衬出别样的青春。我那时会到各单位画宣传栏，便与她相识，在她文静的外表下，却装着异常凶猛的性情，几不可驯。我想她定是贪图我会一点画画的本事，才会将她吸引且降服。时常只因一两句不合，或我说话没有在意她的内心，顿时她会自我营造一种凄风冷雨的环境，然后酝酿到不可收拾的地步，她便弃我而去。我到布满右旋龙脑樟的密林里寻找她，在沅水各个支流——平溪、西溪、中和溪、龙溪溪水边寻找她，在县城错落的各个小巷子里寻找她。在结婚之前，我是寻够了她，每一次寻找她，我会觉得这是最后一次对她的寻找，也是我俩最后的分别。但我俩还是结婚了。婚后，她再也没有离家出走过，反而日渐沉默。这次我监督操场工程，她的情绪变化极大，潜在她体内的野兽又被唤醒了——我去学校，她每次都会尾随着我，好言相劝良久她才肯走。

我的事业是教育。而她呢，所有的事业是邓暖和邓冷，以及这个三分多点地的小院子。柴米油盐、收拾家务构成了她全部的世界。如今我离开了她，她又回到未婚时姑娘家的性情，而且永无可期。我对她太过于残酷。

她睡着了，因歪着脑袋，脸上的皱纹越发明显，脖颈处的皱纹更为繁芜，她在变老，在向我的妈妈变化着。妈妈有七十多岁，她与爸爸在我的二弟家住，我明天去见见他们吧。

爸爸一生少言寡语。他退休后，几乎不出门，每天陪着妈妈，他见到我来，依然平静如常。对我说二弟出去营生了，二弟几乎没有休息日，他经营了一辆货车，从早到晚所有的时间和精力都放在车轮子上。弟媳带着我两个侄子，照顾着两位老人。我将挎包里的土鸡蛋递给妈妈，发现她的手一直在抖动。

"妈，爸，您二老多注意身体。"

"行果，他对女人都能下得了手。"妈妈突然脸色惊慌失措，犹如见到不祥之物，口沫喷溅，急促地说，"一个连女人都能下手……毁了女人的脸就等于杀了女人。那人杀人不眨眼，你一定要躲藏起来。一定啊。"

我的意识顿时浮现一个画面：一个深夜，一个打扮妖娆的女人，拎着一瓶红酒，踉踉跄跄走出霓虹灯环绕的 KTV 门口，走了几步，在街角一处呕吐了起来。吐完，又仰面喝了几口红酒。这时一个黑影闪过，站在她的面前。"你姓曹吧？"那黑影发出冷冷的声音。歌女骂道："小孩儿走开，别影响老娘喝酒。"话声未落，"嗞"的一响，她的脸燃烧了起来，一点点硫酸化成数条虫子往她肉里钻去。她捂着脸蹲在地上，那黑影随即消失不见。警察来到时，在现场发现一部手机，而那手机正是杜一平的。后来，那个黑影被判入刑，但人人都知道是谁干的。是的，人人都知道凶手是谁，我们又能怎么样，只是那深夜的女人哭泣与惨叫声让人揪心。"县城所有人都在为他做事。"妈妈绝望地喊道，"是所有人，不是一个两个，是县城所有人。"

"官僚是石头一样的鬼，你动不了，你只会像遇上鬼打墙，死在里面，毫无出路。这世上向来活鬼比死鬼可怕。"爸爸说道。

我没有说什么话，看着二老越发苍白，仿佛快熄灭的灯……但二老看我也是一盏快要灭的灯。妈妈和爸爸看我的眼神有些恍惚飘动，像是不忍心看到我离开，一个人走向黑域之地。

直到我走出二弟家时，我回首望着父亲和母亲，顿时有种异样的陌生之感。他们像水雾在我的记忆中恍来惚去，难以确定。

"老邓，我们把工程收尾工作再商讨商讨，后天要开全校总结会，我们老是这样拖不是办法。"是的，后天下午开全校总结会，李校长照例要讲话，会后照例要会餐，会完餐，这一年的工作就算结束了，该过年了。

我到工程部的时候，屋子里有杜一平、后勤股长武龙以及那个后生黄生奇。

"老邓，"杜一平揪住我的衣领，"我从来没有对任何人这么有耐心。"他凶狠地说。我一时怔住，一手抓住他揪我衣领的手，瞪着他，说："松开。"

"有话好好说。"武龙站起身，一手挡住杜一平，一手挡住我。

我又喊了一声："松开。"

"你居然到教育局举报我？你活不过今天了。"杜一平说。

"我没有举报，如果有的话，我会直接说，没有任何隐瞒的必要。"事实上，我不知道谁举报了他，这学校还有老师在为这件事行动，反而让我吃惊。

"你别装什么正人君子，明里装样子，暗里干偷鸡摸狗的勾当，你这种人我见多了。"杜一平说道。

"我认为邓老师没有举报，这事如果他做出来，他肯定会说，况且邓老师不会这么做的，你说是不是，杜总？"武龙说道。

"我还是不信，这话是说给弱智儿的。"杜一平说完，手松开了。

"校总结大会后天召开，老邓的字还是不签，又逢上有人暗中使绊子让我心情很不爽。"杜一平打开一盒烟，散给武龙、黄生奇，然后自己也点了一根，自顾自地说着。

我没有理会，自个儿取烟抽了起来。也许武龙觉得场面有些尴尬，他笑眯眯地说："老邓，来，咱们下盘棋吧。"

杜一平坐了一会儿，烤着火，斜着眼看着。我与武龙下了一阵棋，发现黄生奇不见了。过了一会儿，听到楼下有人在喊："武领导。下来，有事。"武龙放下棋子："干吗，喊什么？"杜一平眼睛来回看着他，说："是黄生奇在喊你，你下去。"武龙于是对着我说："你等下，我出去看看。"我在想，在以后的日子里，武龙会不会半夜如我一般悚然惊醒呢？

那天他下楼与黄生奇二人一同走到高中部教室过道门口时，黄生奇对他说："杜总要送柑子给你，你自己到市场上去选购。"武龙不肯去，转身要回工程部，却被黄生奇扯住衣襟，武龙还要走，却被黄生奇从后腰抱住。他挣脱着，喊道："别抱我的腰，放开手。"黄生奇笑嘻嘻，就是不放手。经过一番拉扯之后，武龙向工程部走去，当他走到楼梯边，杜一平站到楼梯上，挡住了他，杜一平说："下班时间快到了，快回家吃饭去。"

武龙迟疑了一会儿，想伸头看看，呆了半晌，就走了。

我坐在操场上。头上有一轮明月奇怪而高，在周围浮着撕裂开的小朵白云，而罗布着的星星坚硬似铁条。周围一片阒静如哑，二楼歪歪斜斜，像是一个匍匐在地的人。教学楼的阴影庞大无比，遮盖住了喷泉。没有风，而且不是很冷，再远一些，是绵延不绝的右旋龙脑樟林。可奇怪的是，我仿佛能一伸手就够得着一两片树叶。我的视觉在扩大吗？我不仅发现自己的视觉在扩大，我整个身体也在扩大，甚至变得轻逸，因为我感知操场地面不是很硬，反而像团棉花一般。我不仅变得轻逸，而且透明了起来。我想摸摸自己，确定一下自己是否在梦中。我的一只手穿过我的棉衣外套，穿过淑贞织给我的厚毛衣，穿过衬衣和背心，穿过胸膛后面。我想我一定在梦中，但我怎么会是在梦中？我记得自己在工程部。那时武龙离开，办公室里只有我与杜一平两个人。他对我做了什么？只记得我倒了下去，一头撞倒了烤火盆。之后，我像喝醉酒的人，断片了。我摸了摸头，头顶忽然凉飕飕，我的鸭舌帽不见了。

我为什么在操场上，而不是在河里？

正在我迟疑间，一股力量像巨石一般坠入我整个身体，我的身体开始往下沉，像融化在土里。黑暗而冰冷的土不断地带着我往下沉，吞噬着咀嚼着我的身体。我感觉肋骨生生发疼，快要爆破，而体内的心脏、双肺、肝、胃……那些不带壳的裸露的器官在不断地被土渗进，被土侵入。我不住地用手扒着涌来的泥土，但泥土越来越多，像密集的蚁群，不遗余力，尽其所能，灌注到我的脑袋、我的眼睛、我的鼻子、我的耳朵，再到我的咽喉、我的手臂、我的双腿，无一幸免。直到如铁的寂静再次降临，我不再下沉之时，我发现自己的身躯被压在一块巨大的岩石之下，如同封印。

我终于恍然大悟自己的超自然的由来：我死在杜一平手里。我被他谋杀了。

不行，我不能待在这儿，我的家人，我的邓暖、邓冷，我的淑贞，他们还在等我回家，我一定要见到他们。无论如何，无论我在何地，无论我是人是鬼，无论我在此世还是彼世，无论我在阳间还是在阴间。即使我是游魂，我也要成为归魂，我要远离这个操场，我要见到家人。我的帽子呢，一定在二楼办公室，那间还遗留着我的血的房间里。在坚定了寻找淑贞和邓暖邓冷的信念后，我的身体开始动了起来，像绳索一般，开始动了。我的头在缩小，我的身体在缩小，我的头在拉长，我的身体随着头在拉长，不断地拉长，拧结成一股细细的长绳，从土里向上钻，我受到明月的引力，铁条似的星辰的引力，人间的引力，邓暖的引力，邓冷的引力，淑贞的引力，李校长的引力，杜一平的引力，所有苟城爱我的和敌视我的引力。我钻出了地面，然后我又扩大了，变成一团的我，坐在操场上。明月依然在头顶。而我必须赶紧回家。找到他们，一家人团聚。

我尚未完全适应如今的处境，我该怎么办？

我尝试站起身来，却如此地艰难险阻，脚像脱节的异物，然后到双腿，软弱无力。我站了一次跌倒坐下，再站起再跌倒坐下，我看着校园的建筑之阴影在不断变幻、摇摆，我预知天快亮了。我会不会在阳光出来之时魂飞魄散，而后什么都没有了？恐惧感让我惊心无比，从一时慌乱再奋起站立。经过无数次在明月下挣扎，我渐渐学会了迈出第一步，就像人生第一次学步，彼时惊喜欢乐，现如今是恐怖万分。

我跌跌撞撞向回家的路上走去，走到校门卫房，我听见老许的打鼾声，抑扬顿挫，令我自卑又惆怅。我伫立了一会儿，此时备感孤单和无限落寞，我不知道杜一平是否也在舒适的梦里打着鼾，好像什么事都没有发生，安心睡觉。而我却困扰无比，只身一人，不安和恐慌，以及在死后世界中的不知所措。离开老许的门卫房，我算是离开了学校，顺着街道走，却与平时走的不太一样。街道变得飘动而晃乱。我感到一会儿身处溪谷之中，水淹没了身躯；一会儿又身在林中，落叶坠满全身。

路尽苍茫，我一步一高一低、一步一低一高穿梭过街道。恍然又看到撕裂成朵朵纸花流转在古道……前面，一棵老树枯藤转了身。我想起以前读《楞严经》，经文里说，万物皆有知觉。它们不敢看到我满脸的泪痕和无限的惆怅之恨吗？一会儿黑暗如铁，一会儿，又有了黄昏时的豁亮。我看到头上竟然有鸟在飞。是的，一只鸟儿静静飞过空中，仿佛是送葬的铃儿。一会儿，我又走在青石板上，摇摇晃晃，仿佛要摔倒我，摆脱我。

我破墙而入，以一个亡者的身份突如其来，立在了家中。淑贞已然安睡，我走到她的身旁，她的眼角似乎还有泪痕，我试图去擦拭那泪痕，这时，客厅亮起了灯。邓冷邓暖姐弟俩坐在一起，他俩在说话。看到两个孩子，我顿时不再慌乱，我不能想象自己失去他俩对我的打击。

我害怕他俩看到我会害怕。但姐弟两人毫无反应。我于是小心翼翼地向着他俩靠近，孩子仍然没有察觉。

"爸爸从中午再没有回家吃饭，他如果不回家，应该给家里打电话的。"姐姐邓冷说道。

"爸爸会不会通宵打麻将玩去了？"弟弟邓暖问。他幼稚的脸上镀着一层毛茸茸的光晕。

"如果不回来，也会给我们打电话说的。爸爸从来不让我们担心。"

我多么想对姐弟俩说，孩子们你们说得对，我若有什么事，一定会给你们打电话告诉你们的，不会不负责任。

"孩子，我回来了。"我低声说道，万分愧疚。

"明早爸爸就回来了。"

"是的，爸爸一定会回来的。弟弟睡吧，我也要睡。"

姐弟俩彼此安慰地说，熄灭了灯，各自回到房间里。

我待在黑暗里，产生莫名的悸动，寒冷又战栗，恍如隔世。

我必须认真对待自己是一个鬼魂的事实，去接受这个新的身份，接着开始一种新的生活。

一缕白色的光挤进屋内，然后更多的白光纷纷扬扬挤了进来。淑贞从卧室里走出来，她一脸倦容，明显是一宿未眠，双眼枯涩，身体有些晃荡。她走进厨房，打了两个鸡蛋，却把其中一个蛋液倒在垃圾桶里，把壳扔进碗里。我刚想过去纠正她的错误，但很快反应过来——我是一个鬼魂。等她发觉，她将碗里的蛋壳捡拾出来，又取了一个鸡蛋打好，点燃灶火，鸡蛋煎好后，她不停地看着手表，焦灼不已，来回踱步。而白光越来越强烈，我受不了，趁这时她稍微安静，我贴近她的背，慢慢将自己融进她的身体里。她的身体温暖如昨，还带着当初我认识她时的体香。好久没有闻过了，看来是两人相处太久，彼此的味道消失在彼此当中。我欣喜这种感觉，甚至为自己重新闻到她的体香而不再为自己变鬼而懊悔。

过了一会儿，她走进邓冷的房间，叫醒了我们的女儿，然后就离家向着学校走去。现在，她是我的一座移动堡垒，这也是我万万没法想到的。在生前，她是我的爱人；我死后，以一种附身的方式与她在一起。一路上，我又看到我所熟悉的街道，走过的每一处，看到熟悉的树，还看到熟悉的面孔、店铺和楼房。以前每天见到的驼背老清洁工，只是不知道他姓什么，依然恪尽职守，仔细将街道两旁的烟头、塑料袋、纸屑，

——清理到垃圾箱里。

一路上，我在想，我会不会遇上同样依附在他人身上的同类呢？从目前来看，我尚未遇到过，或许以后会遇上，我总不会一直如此。在生前，是异类；在死后，亦是异类吧。

这个县城的人，如果知道我已经死了，正如他们所预料之事，会怎么样，我很想知道这个问题。

淑贞径直向着操场上走去，越来越近，她的脚步像鼓点一般让我紧张，令我恐怖，我竟然十分惧怕了起来，那个埋我尸体的地方。

一台推土机在推土，被推土机推过的地方有两个坑，坑上布满着新土。淑贞停留了一下脚步，我感知她觉察了什么。她低头看着推过的坑上面有凌乱而肮脏的足迹，然后盯着推土机司机，也就是那个黄生奇。黄生奇在驾驶室里抽着烟，也看着她，上下打量着她，露出嘲讽的笑容："喂，我说那个婆娘，离工地远点儿，不要影响施工。"

淑贞朝后退了几步，扭过头径直上了二楼，敲了敲二楼工程部办公室的门，无人应声。她转身下楼梯，上了教学楼，向后勤处办公室走去。

"武老师好，老邓呢？"淑贞向着坐在办公室靠里面的一张办公桌上正在伏案的人问去，她认识武龙。

"老邓啊，"武龙站起身来说，"弟妹来了，我也正纳闷呢，昨天中午到现在，我都没有见过他。他没回家吗？"

"没有。"

"他也没有向我请假，我不知道他是不是向李校长请假了。"

我听到咯噔一声响，寻找了一遍，才知声音是从淑贞胸膛传来的。她身子晃了一下，双手扶住离她最近的桌子。

"老夫老妻的，怎么还不放心老邓啊？完全不必担心，他兴许打了一宿麻将没回家，找地方休息去了。"

"不，老邓他不是这样的人，我们结婚二十多年，他从来没有一次在外过夜，"淑贞说，"哪怕回来迟，他也不会在外过夜的。"

"他一定出事了。"

淑贞走出教学楼，再次折回到推土机的地方，推土机已经熄火了，停在新土上，司机黄生奇也不见了。她走向推土机，我战栗不已，几乎要从她的后背挣脱逃出，但她身体外的阳光凶猛，我向外露出一点就如遭到狠毒的一记鞭打，只能继续附在她的身上以求自保。淑贞来回在新土上踱步，面色凄然，我听见她的内心在喊我的名字。"老邓……你是不是已经在这地下了。"她惶恐着蹲下身来，抓了一把新土，如同那是我的衣襟，她要把我从地下揪出来。过一会儿，她松开手中的土，拍了拍手，站起身。"不会的，老邓还在。"她喃喃自语，突然仰起头。这时清晨之风拂过她的脸，光照之下，她脸上的皱纹变浅，肤色发亮，竟然一瞬间美丽如少女，头发凌乱飞扬，她的嘴唇轻咬。我感觉一种力量在她的体内开始蓄积，由弱变强了起来。她转身又向着校门口走去，到门卫房见到老许。

"你好，老许。"

"好啊，你来了。"

"老邓昨天最后几点离开学校的？"

"他昨天早上来过学校，但我不知道他几点离开的。我没有看到。"

淑贞对老许说声"谢谢"，便向四处找寻我。可我就在她的身体内，却眼睁睁地看着她在找我，阴阳之隔，竟如此地荒谬和残酷。但我又无法阻止她找寻的努力。早上她走过县城的大街小巷，所有熟人的家，一直到了晌午，邓暖和邓冷的出现，娘仨分头找，淑贞找溪水之处，邓暖和邓冷找凡有树林之处。直到暮色来临，我从淑贞的身体脱离，第二次回到巨石的底层，以免到晚间他们回到家把我也带回去，我不愿再给家里带来不祥的阴煞之气。而我也不能没有任何的归宿，哪怕是殒命的恶地也罢。

我漂漂荡荡在溪水面滑行，时不时遇到晚归的暮鸟，还有奇异的飞行的昆虫，甚至像木节一般的飞棍，某种不明飞行物。

一个佝偻的老头，像是在俯身垂钓，但又不是很像，我快速漂过他时，他突然脸朝向着我，像是看见我一般，一种地底的声音传来。

"你好，年轻人。"

我大为吃惊，他居然能看见我。民间通灵者，阴阳术士？

他要捕猎我？种种不祥的念头一时涌来，我需要紧急逃遁才是。

"不要奇怪，我与你一样。"

"你头顶上的怨气很大。"老者说，"好像能笼罩一个县城的怨气。"

"我被谋杀而死的。而且全县城人人都知道。"我沮丧地说道。

"你不应该与全县人为敌。"

"我仅仅与他杜一平为敌。我损害了他的利益。"我辩白地说。

"与杜一平为敌就是与全县人为敌。你破坏了良风民俗，破坏了千古定律。"老者声音越来越大，他的身体也遽然变得高大，压过远处山头的罗汉松。

"你将永在巨石之下。"老者声如雷鸣，我看到他脸色赤红，双眼狞猛如炽烈的白光，强烈地射向我。

我有些惧怕，身形也缩聚成一团。

过一会儿，老者身形像泄气的皮球，慢慢恢复成原来的人形大小。他剧烈地喘着气，越喘越小，小到一只虫子，然后不见了。我想他一定不是鬼，而是另外的东西。

我若有所失，在溪边伫立了一会儿，继续到巨石底下。

背负沉睡的人

袁未寐从床上爬起来时，他的肩膀上出现了一个声音。"唉，真是的，累。"那个声音说道。袁未寐巡视了周围，没有一个人。这些年他一直都是一个人过。"别看了，我在你的背上。"声音又响起了，那种腔调真是懒散之至。这时，袁未寐才感觉是他背上的一个人。"一个人？"袁未寐一节节崩溃，先是失去脚，然后到小腿、腰、脖子，再到头上，眼睛、耳朵、鼻子、头发，最后只剩下一张嘴。

"鬼咧！"他一经喊出，就晕死了过去。

他醒来发现自己倒在床边，头脑第一个反应上班迟到了。他匆忙看表，发现还有五分钟到八点半。他摇晃着到卫生间刷牙，打开水龙头，在湍急的喷头下，头脑又清醒了。袁未寐努力回想晕倒之前的蛛丝马迹之时，突然想到一个不洁又飘忽的字，他头皮发麻，差点动弹不了。想到要上班，他强力镇静着自己。

他一路狂奔，左避右闪地绕开一个个迎面击来的人，在一家肉包子店稍稍停了一下，割舍下内心的热爱之情和胃虚。快到地铁站口时，他忽然又听到身边有人在打鼾，"呼呼呼"地长吁短叹。他转身看了周围，头脑蓦地又浮现出清晨的记忆。他放慢脚步，走一步看一眼，发现没人注意到他背上有什么异样后，他加快步伐，向地铁口走去。

挤进二号线，他抓上扶手，掏出手机看，已经八点四十分了，心里一凉，想到这个月又拿不全工资了，正这么想着，他再次听到那个"呼呼"声，头皮发麻，左看右看周围的人，没有人露出惊讶的表情。

难道只有我一个人听到吗？他在想着，莫非我出现了幻听，劳累导致的？反正现在迟到了，不如打电话向经理请假回去休息？他又想，背上那个"呼呼"的声音听起来像是有人在我背上一样，太真实了。是不是我精神出了问题？我得找医生看看。医生问我，你怎么了，我说我背上有个人？医生会说我特么是来搞笑的吧……

"呼呼。"背上的声音又响了起来，他的全部想法顿时像被泼了凉水，头脑一片空白，直到地铁报站名时，他才撑起意识，下了地铁，直奔站口，边跑边胡乱给负责他的主管经理打电话请了一天假。请完假，他想找个僻静的地方，想办法弄清呼呼声到底是怎么一回事情。

他从大街道上向一条小街道上走，从小街道上向小巷子里走，从小巷子向另一条巷子走着，八九点的阳光，温煦地印在他的脸膛。他越走越快乐，直到后背又响起呼呼声。他才停下脚步，想起今日有个重大的问题，他壮起胆低声问，嘿，你谁？干吗在我背上？他等着背上的声音再响起，一分钟，两分钟，三分钟，期间他担忧着别让路过的居民发现他有什么不对劲的，或听到他背上的声音，四分钟，五分钟……十分钟，什么声音都没有，这是怎么搞的？他想想还得继续走，现在他也弄不清楚自己到底走到哪儿了，正如他不知道此刻他究竟位于人生坐标的哪个点上。他走出一个巷子口，到了一个建筑空地上，那空地上有一些零落的棚户，像一个小村庄。这时，他的眼里反映出一种清澈的幼稚。

　　"你是谁？"他问道。

　　"我是你。"背上的声音说。

　　"我？"他浑身发抖，看起来冷到了。

　　"是的。"背上的人尴笑着说，"你厌恶我了？"

　　"我不厌恶你。"他打起精神。

　　那你能不能显身出来？袁未寐问道。

　　那声音迟疑了一下，说："我不能显身出来，我就是你。"

　　"寄生物？"他一想，心中大惊。脑海里闪过几部血淋淋的恐怖电影，和几部恐怖小说的书名。

　　他下意识地往自己的胸膛瞄，害怕胸膛被撕开，蹦出一个

109

血肉模糊的恶心怪物。

"我不是。"那声音像知道他的心思一般，用诚恳的语气回答了他。

"那么，你以前一直在?"他问道。

"一直在。"声音回答道。

"一直在我的背上?"他有种说不出的愤怒。

"一直在你的背上，这没有什么不公正的。"声音回道，"每个人都背负着一个自己，只是人们不自知而已。"

"每个人? 那你怎么让我知道你的存在?"他试探着问下去。

"因为你一直沉睡，未曾醒过。我想，你是要一直睡下去吧，所以我就出现了。"

袁未寐慢慢蹲下身。

他站起身来，走出了空地，回到大街道上。此时万物显形，他看到街道上的人比往日更加清晰明了，每一个行走的人背负着一个人。他能听到那呼呼声有大有小，有细微有洪亮，有如地下发出闷响般，也有清洁如水般明净的轻吟……

他坐在台阶上，看着行人，他们携带着易朽的肉体，神情不定，慌乱踉跄地维系着一口呼吸，真是吃力得很。他的眼睛从来没有像如今这般清澈。

他回想背上那个人的话语:

如果你真正地醒着，我就沉睡了；

如果你沉睡着，我就醒着。

如果你和我同时醒着，说明在取代着彼此。

如果你和我同时睡着，那一定是你已经死去了。

他反问道——

你也与我一样吗？

坏种老头

上

一切崩坏了。

我去银行用哆嗦的双手取出了卡里所有的钱，找了一家旅馆住下来，接着到旅馆的隔壁馆子里喝酒。

第一天，我喝了十七瓶啤酒。在馆子里吐得乱七八糟，被老板和两个服务员连骂带架轰了出去。

然后，我天天在外面买酒到旅馆里喝。到后来，旅馆老板将我赶了出来，只见我每天提着酒瓶，却不见吃饭。再后来，老板趁我没在，见到他那个破烂的沙发上有尿渍，见到被子滚在一边，见到满屋子都是啤酒瓶，还有零星的小瓶白酒时，知道我是一个彻彻底底的酒鬼。我回来时，老板已经把房间打扫齐整，容不得我了。

我拎着包，仓皇离开了旅馆。到一个人行天桥下，在那里我又喝了几个白日和黑夜，昏醉了数日之久。

在某个傍晚，我悄然离开了这座狗日的城市，投奔我的舅舅，他住在离温泉有两百公里名叫孝化的城市。

舅舅的酒馆位于一个圆形建筑市场后开辟的美食街，一条仿古的小巷道里有低廉的各色饭馆，有面食、水饺、盖浇饭、小炒菜、蒸馍店，还有美发馆。店里平时就三人，我舅舅、舅母，还有个招来的小姑娘，叫徐小眉，胖乎乎的，一副缺心眼的样子。她平时端饭给客人。我舅则是大厨，我舅母管账。我说，我舅母好像不太乐意容纳我这个外甥，她当时听到我要过来，"嗷"地一声倒在地上不省人事。现在我过来了，她对我说话总是带着凶恶的腔调，比如，不叫我的名字，只叫"那个"来代称我，说"那个来一下""那个帮忙抬面袋一把""那个把刚才的客人钱收了没有"。我想不起来了，接了一句："不记得了。"只见她跳舞似的从柜台里站到了柜台上："那个，你藏钱准备买酒。"她目露凶光，光里还分明含有着——鄙视。对，还是十足的鄙视，她披着的头发与静电接触似的一根接着一根竖起。我实在没法忍受这混账女人（虽然她是我的长辈），她仿佛前世与我有仇，这世专来报复我，水火不相容。这时，我舅舅嬉皮笑脸地过来："别介这样了，别介别介啦。"于是，我舅母从柜台上落了下来，继续坐在柜台里，手里端起计算器，嘴里接上次中断的声音念叨着数字。

下午一点多到四点多，这一空当时间，我就到外面街道闲逛，熟悉孝化的城市构造。城市腹地像一架巨大的飞碟，飞碟一头伸出两股天线，是它临江上的两条南北跨江长桥。长桥过去，便是郁郁葱葱的远山。

约有半月时光，我正在洗碗刷碟时，店里来了一个怪老头。他穿着物业公司保安的蓝色制服，上面油渍好大几坨，在正午的充足光线下格外亮晶晶的，像英雄人员别在胸前一枚枚的勋章，夺人眼目。他嘴巴大张，双眼暴突，一进店，我立即看到我舅母看我时的那种异样的目光。她看他的眼神，与她看我的眼神如同复制般准确无误。这样反而让我与这个老头有种亲近之感。他与我舅母眼睛四目一对，他摇头摆屁股，径直朝我走了过来。他像一只狗在我眼前左嗅右嗅一两晃，煞有介事地坐在饭椅上，两只胳膊搭在上面，像患有数盲症的领导，对我吆喝道："来三两一碗的鸡汤面，两碗不加葱花。"

他吃相怪异，像鬼一样。他呼哧呼哧地吸着面条，一根根的面条连接着他的口和碗在飞速地消失。我站在旁边盯着他看那一根根面条夸张地消失。不一会儿，他连汤一滴不剩地喝完。喝完咂巴咂巴嘴，露出一副小人得志的模样，笑容满面，油光四溢。

"那呆呆的，是谁？新招的？"他对我舅舅说。这老头太无礼了，我心里骂道，恨不得一脚把他从四角凳上踢掉，打掉老杂碎的满嘴烂牙。

"他是我外甥，才来，来帮忙的。"

"你亲外甥？"

"我亲外甥。"

"我看他与众不同啊。"

"嘿，你吃太撑了。是吗？"

"是啊，肯定是。"

狗日的，这老头真不一般，翻云覆雨变得真快。

不过，等老头走后，我舅舅说这怪老头已认识两年了，时常赊账，十分无耻。但并不十分讨厌，因为赊账的钱很快就还了。我问这老头是哪里的，我舅舅说，不知道，可能是因为头脑出问题被他家人抛弃了吧。一天疯疯癫癫的，他有时会跟两个人一起来吃饭，那两个人管他叫作坏种老头。我看了舅舅一眼，觉得他不喝酒都比我醉。

这世道，没人是好东西，全都破碎得稀巴烂。自打我不喝酒十五天，我来我舅舅这儿十五天了，竟然整整十五天没有喝酒，天天都是新生出来的。可一切的感觉糟糕极了，如万物破碎，全都破碎得稀巴烂。

这个世道如此无法理喻。我干吗又要戒酒呢？

我连续几日怠工。用消极态度来对抗舅舅、舅母、徐小眉，以及这个酒馆。但他们好像均未受到丝毫影响，而我，却感觉他们每一个人都是刀山火海，酒馆里的每一样物件都是刀山火海。

"对。是他。"我舅舅见我带着嘲弄的语气后，讲了一年前如何遇见坏种老头，以及他身上发生的奇事。

舅舅打开了一瓶啤酒，给自己倒上一杯，我看到杯里泛起了淡黄色酒沫，咽了咽唾沫，听他如此道来。

一天傍晚，我舅舅在卖酒时内急了，到店后面那块白沙空地上解决。那时，傍晚的太阳悬浮在西山上，如一只孤零零硕大的睾丸（他说当时落山的太阳红通通像个卵蛋）将沉未沉，它酱暗的红显得既悲凉又咄咄逼人，史诗般呈现在我舅舅的眼前（他说，啊啊，真的很大）。"也许这就是命运吧。"我舅舅当时想。之所以会想到命运，我舅舅认为命运就是由不得我们自己把握的，正如他解开裤带，滋尿滋在白沙上之后，一团热腾腾的白雾从白沙上升了起来。白雾晃动着，像个妖娆的女人花枝招展左摆右晃。不一会儿，我舅舅见到从白雾中现出一个人脸，我舅舅吓了一跳，定定神再看，那白雾中的人脸居然说起话来："别介，兄弟莫怕。"声音极富磁性，完全是副大人物才有的腔调。我舅舅傻傻地张开了嘴，一时怔住。

"我知道你，你开酒馆的。我也知道你所受的苦。"那人脸说。

"你五岁死了娘，是吧？"人脸继续说，我舅舅点点头。"你是个老实人，当然也有些毛病，比如惧内，有时给散酒里掺水。"我舅舅脸红了。"还用地沟油，克扣雇工的工钱，当然这些不是什么大错。"那人脸说到这里，我舅舅完全臣服了。

"你给我下跪。"人脸说。我舅舅缓缓地跪了下来，抬头望着尿雾。"你的好运即将来了。"人脸说完便径自消失了。白沙地上空荡荡只有一片尿渍再无他物。

我舅舅站起身来，疯了似的跑回了店内。对我舅母说："我的尿是神，会说话。"说完这话，他算是完了。后来，舅母从王家蒸馍店的小孩那儿听说自己的老公有一天在店后撒尿，竟然干出了非人的举动，对着自己的尿下跪，让我舅舅到医院去查查。

"就是这样，"舅舅说，"这世上是有奇事的，你信不信都由不得你。"

"是有的。"我点点头，结合我目前的实际处境，当然会认可舅舅的说法。

"我回到店内，见到一个老头走了进来。"

那个老头进来要了一碗鸡汤面，吃的时候说他被两人劫持了。"劫持了？谁劫持？"我舅舅问那个老头，老头带着惧怕的声调说："是两个人。""两个人？"我舅舅问。"对。"他交给我舅舅一百元钱，说："谢谢你。我以后一直会到你这儿吃鸡汤面的。"后来，我舅舅和那个老头成了熟人。老头每隔几天就会来这儿吃面。再后来，我舅舅遇上了坏种老头说的那两个人。一天，在荧光灯下，两个瘦高个男人后面跟着坏种老头，他们进店要了三碗鸡汤面。当我舅舅端碗给那两个男子时，那两个男子微微向他示意，并掏出面额一百元的人民币给他。坐在一旁的坏种老头低着头，不像往常那么话唠，倒像是睡着了一样。

我和坏种老头成为熟人。坏种老头经常对我重复着这么一句话："比吃喝拉撒更重要的是领导人的安全。"他用一本正经的腔调在我的耳边无数次地重复着，我盯着他那脏兮兮的嘴脸问道："领导人是谁？"他回答说："就是飞行人的领导。""是和你一起的那两个男子吧？"我问道。"是，飞行人说领导就是站在我们每一个人背后，那个没有面容的人。"

我盯着面前的老人，他基本上来说是丑陋的，双眼暴突完全是癞蛤蟆转世，笑起来面部像鸡在打冷战，鼻子一抽一抽的，说一句话能滋一大摊白花花涕子。我问过我舅舅，这老头天天闲逛，编说有两个人劫持或者说控制了他，来蒙人混饭吃。

我舅舅说："可是，我的好运呢？"

坏种老头用郑重的目光盯着我看，仿佛来电一样激得我脊背发麻。他从怀里哆嗦着，掏出一张张皱巴巴的有字迹的旧纸卷。他的手特别哆嗦，像一个人从肚子里掏自己的油腻肠子，别提过程有多恶心。而他像一个处女献贞操般闭上眼，满脸荡红，双手捧着纸卷递到了我的面前。我眼前阵阵发黑，分不清是现实还是噩梦。

"世事难料为之奈何，在我当初接触到飞行人时，一切都如天地倒转了一般。"坏种老头认真地对我说。

我又眼前发黑，倒是挺符合他说的如天地倒转一般。

"在我未认识他们时，我有一种强烈的想法，就是把当时我看到的一切都记录下来。而且那时我也是这样做的。我感觉自己是个英雄，只是那个时代是一个容不得英雄的时代。我舍命一边记录，一边逃避审查，凭着自己的精明，居然没有逃脱一死的下场。"坏种老头说完抹了抹嘴唇，又补充道，"人生而悲苦，更让人不可接受的是，无法由自己做主地在一个残暴又荒谬的时代去做个人。"

"那又怎么样？"我问道。

"就像有人相信自己的尿就是神。"说完，坏种老头幽幽地向我翻了个白眼。

下

"我其实是个好人。"坏种老头说。

我们属荆楚之地，笑孔子的狂人传说就是我们镇上先祖，叫接舆，所以我们镇子叫作狂人镇，但生活的都是些老老实实的农人。老子在《道德经》里说过："圣人处无为之事，行不言之教。"我们这算个无为而得、无为之治的家园吧。

青石板，绿色石磴，黄桷树下聚集如情欲炽烈般生长的野草，空气潮湿又微甜，可以无忧无虑地做爱、晒太阳。我记得有一天在镇上鲁三酒铺，我喝了二两冷黄酒，晃着影子回到家里，一股杀气却临门逼来。我看到爱妻李庆香在拿着一把菜刀盯着看，那菜刀上散发着一团黏液的淫光，刀刃口有一部分脱落。爱妻眼神迷离馅色，双颧潮红（爱妻天生颧高），胸部微颤。我的爱妻是个虔诚的忠厚妇人——高度虔诚所致。我认为当时我的爱妻完全被附着在菜刀上的邪气入侵了。果然不出所料，当晚，她对我要求了五次，我只完成了三次。家鸡鸣叫第一声的时候，人已经虚脱了。一觉醒来，吃完早饭去河边时，看到徐铁匠铺的傻儿子宝根摇头晃脑吭哧吭哧地，在自家的猪圈子赶着一头猪向另一头猪身上靠，那头被赶的黑猪尖嘴巴张咧着露出一种嘲讽的笑意。我倒吸了一口气，继续往前走，一个小孩子蹦蹦跳着突然止住了。我顺着他仰头的方向——上空，竟然盘旋着一个冒火的大铁圆盘，快速地旋转，无序地晃动，随时有掉落下来的可能。更为可怕的，还发出了凌厉的响声：嘀——嘀——嘀，声波如铁锥直刺进耳窝里。整体的不安、持续的不安让我的心不停地跳着，我低着头小跑，经过镇上公社时，门口坐着三个黄脸婆娘低声絮叨着："狂人镇，出狂人，狂人是个杀人狂。"

终于跑到河边，我准备一跃到自己的小船上。河边已经聚集了镇上的许多人，三三两两地站在河边筑埭上，面色凝重，望着河的上游方向。

平常清澈的河水有了些浑浊，带着些许可疑的红色。我的头炸裂了，浑身颤抖，裤裆里全湿了。

死神驾到了。

上游的河面浮现出几个粽子似的包裹物，星罗棋布地排列着，像青蛙排在荷叶底下的一串串黑色的卵。而这时，一股油腻的恶臭味冲鼻而来，那恶臭味时小时大，潜入无声却无时不在，沾上了衣服、脸庞和地面，而且在一个相当长的时期——恶臭一直在。甚至我的骨头到如今还是臭不可闻的。这是人应该经历的罪吗？

那包裹物随着河水漂流着，渐渐地现出了真相。是死人。有几个胆大的用鱼钩去试探地钩拉着死人，那连在一起的死人，面朝水下，头发漂散在河面上，肩并着肩胶凝住着的样子。鱼钩拉的时候，又有人用鱼竿捣腾着，我瞄了一眼却瞄到一张年轻的女人的脸，她张着口，口里黑洞洞的。我又瞄了一眼，那女人的眼眶里黑洞洞的。那黑洞洞分明有一种强大的力量在吸引我，随时要把我吞噬。

我转头看到周围的人，镇上小张小王这两个干部吊着脸，眼神冷冰冰的。我又看到张民兵，他恶狠狠地也在看我，我禁不住打了个冷噤。我掉过头，脚步转到石头桥方向，准备离开。很快我发现，每一个人都充满着深深的敌意，那是死神驾到带来的杀气。

我去拿碗，碗打了；我去拿筷子，筷子像面条从一头软下来；我去捡鸭蛋，鸭蛋刚到手里就破碎了。那群鸭嘎嘎嘎嘎地

121

叫，探头探脑叫的声音就跟笑一样。我的爱妻开始不说话，看我时也充满着敌意。我怀疑所有东西都附上了深深的敌意，致命的敌意。天，闷而热，浮云荡来荡去，一会儿变成一把锄头，一会儿又变成一个人形的东西，那人形的东西又慢慢拉长着，伸出了无数的手，手里拿着棍状物。

这没法儿让人活了。

自从河水里发现死人后，河水天天总是能浮流数具尸体，有时多些，密谋似的出现好几堆，从河上游向下游明目张胆地游，明目张胆地从镇子里人眼皮底下游走。渐渐地，人们也不再害怕了，继续像往常一样出入在河桥上、河沿边，再没有人去游泳，也再没有人去捕鱼。

我爱妻充满敌意的眼神从早到晚一直保持着，打那以后我便不再与她做爱。

一天晚上，我一个人从床上爬了起来，坐在院子里的黄桷树下抽纸烟。那时，一轮发红的素月直挺挺地立在中天上。我的心情沉闷极了，现在连一个说话的人也没有。我的裤裆里软软的，一片沉寂。最要命的是，我现在连孩子都没有。我一个人在想着，一种活不下去的念头越来越强烈地刺激我的泪腺。

"活不下去就去死。"突然从后院角里荡过来了一句细声细气的话。我屏住了呼吸，心想，是不是邻居黄家愣头青黄子良在说话？一直以来，这坏家伙总是一见到我爱妻就多看几眼，我早对他心怀恨意了。

"死了好，一了百了。只是苦了俺辈了。"另一个声音响了起来，那声音仿佛是从地底下冒出来的，能闻到一股土腥气味。

"世上最悲惨的事是上班，还有没有比上班更悲惨的事？"细声细气的声音再次响起。

"比上班更悲惨的事就是天天上班啦。"土腥气回道。

"兄弟，俺辈这段日子特苦啦。"细声说道。

"干完活了也就不苦了。苦是永恒，乐才是瞬间。"土腥气答道。

"极是，极是。兄弟是个文化人。"细声说道。

"这小子年纪轻轻，怪可怜的。"土腥气说道。

"许多人比他更可怜。他还有个刚结婚的媳妇呢。"细声说道。

"可不是，过几日再来吧。我们先做个标记。"土腥气说道。

"好。"细声说。

"咳"，寂静如同一口倒扣的巨大的铁锅，里面的空气越来越稀薄。我难以呼吸，咳嗽了一声，那两个声音顿时哑然。刹那，一阵杀气骤现，我听到身体訇然闷响，它们便拂面而过。随即四大凋零，断花隐草，万鬼无声。

然后再听不到什么声音了，周围一片死寂。我一时怔住了，突如其来的穿心寂寞恐惧得让我流了泪，我想狂喊却不知喊什么，只能微微地低泣，只能感受到胸口那点微弱的热，以及周遭世界的冷。

杀戮之日很快就来了。

委员会召开了杀人大会之后。过往镇上的风就带着血腥的味道弥漫开，本来盛开得很旺的植物纷纷败落，诸如粉花凌霄、铁线莲、珊瑚藤、猫爪花、薜荔、五叶地锦、凌霄、络石、绿萝、木香、多花蔷薇、铺地锦竹草向地上缩，一点一点地消失着，化为一缕缕若有若无的绿灰，一缕缕若有若无的红灰。一派百花杀。那白日，民兵队长李一光带了五个民兵绑了十几个人等待委员会陈主席的命令。那白日里发生的一切我后来写进了《天生杀人狂》，它还有个副标题叫作"不光彩纪事"，正是你手里拿的这沓纸。

陈主席端着茶杯子晃悠地走来走去，脸上露出炫耀式的微笑。李一光脸上泛着邀功的红光，另几个民兵手持着步枪，站立在委员会临时搭建的棚子的柱子旁，棚上悬挂着"狂人镇审判法庭"的字样。

镇上其他的委员会干部都集合在十几个人周围。

"报告陈主席，请求执行死刑。"李一光雄赳赳地环视了干部和群众后，说道。

"立即执行死刑。"陈主席下达了命令。

"集合。"李一光一声令下，五个民兵小跑到他的面前，踩着碎步立正。

"开始。"李一光喝道。

五个民兵拉开枪栓。

"停。"陈主席说道。

李一光带着疑惑的目光看着陈主席。

"打死他们，岂不是要浪费我们人民宝贵的子弹吗？留下宝贵的子弹，时刻准备射向更加猖狂的敌人。而对于束手就擒的敌人——"陈主席边说边用手在自己的胖脖颈上做了划下的动作，"用刀。"

李一光愣了一下，向五位民兵的其中之一——一个名叫何鱼头的瘦小个子指示道："去到仓库取。"

何鱼头向后一转跑去取刀，不一会儿，他扛了一把一米多长的"关公刀"，那是镇上民兵排平日里练武用的兵器。他扛着到了李一光面前，等候下一个指示。

"你，何鱼头，去把他们砍了。"李一光下达命令。

"啊。我？"何鱼头"哇"地哭丧着脸说，"队长，我不敢，我家的鸡都是我爸杀的。"

"你这个尿包。"陈主席呵斥道，"换一个人。"

五个民兵开始推诿起来。

场面冷了下来，我们顿时感觉无比的压抑。大家面面相觑，又不知道如何圆场，彼此之间十分的不安，又十分的没办法。

"李一光，你去把傻子叫来。"陈主席说道。

李一光拍了一下头，迅速地跑向镇大门去。

我们在焦急中等待着，时间好像凝固了起来。大家一动不动，保持着各自的模样，仿佛为了保持凝固着的时间，担心谁动一下就会把时间重启。

傻子终于来了。

傻子流着涎水，歪着头，边被李一光拉着，边嘴里唠叨着："要杀人啦。"

傻子拿起关公刀，"呼"地跳了两跳。陈主席急忙闪到棚里，我们也向后退了几步，担心被傻子砍着。

李一光夺下关公刀，傻子瘫坐在地上。

这个傻子很早以前死了爹娘，靠着镇上的人们，吃着百家饭长大的。

陈主席从军装里摸索着，居然掏出了几块糖果来，啪啪地拍手，像哄小孩子吃奶，用温柔的声音对傻子说："来来来，这有糖果。想吃吗？"然后剥开一颗糖果，走到傻子的跟前，喂了一块。"爱吃吗？"陈主席问道。

傻子点点头，便身子趋附向前。

"想吃爱吃的糖果，你每砍一个人，我给你喂一块糖果，好不好啦？"

傻子转向地上被绑着的人，便弯下腰将关公刀拿起来，挥了挥刀。"这大刀不好使。"傻子说道。

陈主席见状，眼神暗示了李一光，李一光去镇大灶上掇出了一把菜刀，交给傻子。

傻子用菜刀在手上比划了几下，从被绑的左边开始，一个一个挨着割开地上的人的喉咙，不到一刻钟，傻子便把十几个人全割了。"呼呼"声此起彼伏了起来，渐渐地熄灭了。

陈主席一共喂给傻子十四块糖果。

人们散去了。三三两两，走向了暮色。

那些鬼魂并没有散场。

绑在地上的王大功是县城教书老师，前天我去过他家见到他父亲，还闲聊了几句。他父亲说大功这几日过来取干鱼片，还在县里说下了媳妇，说一同回来取。而靠近王大功的陌生女人，此时她的脸一侧匍匐在地，脸上沾着土粒和几根细微的草须。她的柔发在阳光下更柔更软，只是她的眼睛睁得大大的。

"让你不要回家，这下好了，我们的命全丢在这儿了。"女人说。

"我不是要你见见我父亲，你马上是我王家的媳妇，怎么能不先见见公婆呢？"王大功说。

他们的声音有些残破，夹杂着呼呼声。

"这下完了，我们成了孤魂野鬼，死得这么早，简直无法适应。"女人说。

"要不怎么说世事难料啊。"王大功回道。

她的旁边，是镇上有名的省吃俭用的张二和他的三个儿子，因为平时他那一家人都很节约，于是从贫农划到了富农。

"爸爸，你把粮都省了，可命没有了。"张二的小儿子说道。

"爸爸，你节省得让我们没舒坦一天，成天抠巴巴的。"张二的二儿子说道。

"爸爸，这下，用不着省了。"张二的大儿子说道。

"我们还要省。成鬼了也要省。"张二回道。

紧挨着他十岁左右的小儿子旁边，是许家小寡妇许香兰，人长得俊俏，还有一张能说会道的嘴巴。

"我终究还是死了。"许香兰单薄的嘴唇颤抖地说道。她死后的嘴唇，线条简约，有种别样的性感，勾起我倾听的欲望。正当我仔细屏气凝神地听时，眼前突然暗了几许，我听到了两个人数数的声音。

又一次听到了那两个声音，在此时空旷的镇中心空地上，格外显得惶惶不安。我一时木然地呆立，不知道如何是好，因为我看到了他们。两个几乎一样的身高和瘦长的身材，走到了死者的地方。他俩一个人拿着账簿，一个用手点着地下的头颅，却对我视而不见，好像我压根不在场似的。直到他们要离开时，其中一个瘦削的脸，我看到那双眼睛，仿佛是看穿我刚才的那番心思般。他嘲讽似的睨了我，我顿时羞愧难当。

他俩情侣似的手挽着手，飞走了。

狂人镇是个封闭的地方，其他的地方早就开展杀人活动了。

用菜刀割喉的傻子成了镇上最红的人，委员会上的干部，除了陈主席就是他，简直有些炙手可热。我们害怕这个傻子，因为随时可能被他割开喉咙。另外，他的黄衣服已染成了红色，每天有新血渍覆盖着旧血渍，他的身体散发着血腥的味道，远远地闻到气味就知道是他来了。我们不再叫他"傻子"，改叫"杀人狂"。我们有时用他的名字开玩笑，吓唬小孩子，但念"杀人狂"这三个字总要打个冷战，这玩笑开得充满血腥味。很快，几类分子被杀得差不多，但杀人的风气却像狂转的风轮一样，无法停下来。人人皆陷入自身难保的境地中。结果那天活该我倒霉，干了一件大不敬的事，我撕下报纸的一角当手纸，被一个小孩子发现后，报告给了陈主席。天才陈主席发明了一种刑法，叫作"坐飞机"，把人绑在椅子上，捆上一颗手榴弹，点燃导火索，然后听到"轰"的一声，人变成四分五裂，一团肉沫。

他们把我绑在陈主席的面前，我知道我的噩运即将来临。

"我竟然不敢相信自己的眼睛，没想到我们的委员会队伍也有败类，万万颗红心里出现一颗黑心分子。"陈主席说道。

李一光拿着手榴弹，打开导火索盖，塞进我的屁股底下。

我坐在椅子上，动弹不得。绳子快要将我勒得爆裂，这世上没有比死更恐惧的事情了，除非你没有经历过。当你看着别人在看你去死的时候，那情形太可怕了。他们面色轻松，说着李家长王家短的闲话，一边却露出迫不及待想要早早看到我被炸得四分五裂的样子，就像我过去等着看别人去死，然后赶紧回家吃饭、上床睡觉是一回事。

广播响了，播放出了音乐。一群妇女上场了，她们围着我跳舞，"呀呀嗨嗨"地喊叫着，我却无心欣赏，突然看到跳舞的妇女中混杂着两个熟悉的人影。就是他俩，那天数数的两个，一样的身高和瘦长身材的飞行人。他俩显然有些笨拙，但能感受到认真模仿的态度，也只有到了临死才看清他俩的面目：一个眉梢上翘，鼻梁挺直，白如纸；另一个扫帚眉，招风耳，黄如蜡。

广播声停止下来，他俩跳完舞，回到人群当中。李一光俯下身来，拉开了手榴弹的导火索。

一声巨大的响声，一道白光闪过，我在自己盛大的血肉中见到了那两个人。

他们拍着手，说：交差了。

保　姆

"身子俯得越低，听到的心声越真切。"

我们在做帮扶工作，三元村是我们的帮扶村，村部建立了宣传栏，到村头张贴扶贫富民宣传标语时，听闻这个小不丁点的村子里出了个大人物。这个大人物是一个叫小素的姑娘，说去年有一辆神秘的黑色轿车将她接走，是那种有着特别数字的车牌，接到了市里，又从市里换了一辆更神秘的、有着更特别数字的车牌的车，最终将她带到一个地方。云山雾绕，还是深宫大殿什么的地方，总之绝非寻常百姓所能料想到的。

"啧啧，是大人物，肯定与我们这些老农民不一样啊。你们吃公粮的，还不能理解吗？"我提着白粉桶，一位村民说。那个村民说得满脸放红光，他叫李德家，是一个老鳏大，最大的兴趣是走这家到那家，用我们的这边话叫作"串门子"。

"小素就是大人物。"李德家说。

"她只不过是去给人当了一阵保姆。是个小保姆。"我笑着

131

回应道。

"就算她是小保姆，也不是一般的保姆，是个在大人物家里待过的保姆。"他抱怨我对他的话不怎么在意。

"多么纯朴的村民啊。"我心中感叹道。

风和日丽，一只粉蝶在田园风光里追逐另一只白蝶，急着用它们奇异的性器去完成交媾，然后结茧包裹一个丑陋的自然之物。蛹破蝶变，变幻迅猛。相比较之下，对我这个成天待在办公室里写材料的人，简直就是一首带着魔幻色彩的田园诗。

的确不是一般的小保姆，我终于看到小素，这个在大人物家里当保姆的女孩子。在村道上，我和我的同事一块儿去一家帮扶户发表格时，有幸遇到了她。她穿着看似与这个村庄的其他妇女有点区别，但她长相太一般了，圆脸盘，还是个浓眉毛。从我们身边走过时，她向我们颔首微笑点了点头。我从她身后看去，她的背影在道旁的油麦菜地面显出另一个人的巨身阴影，遮盖了一片油麦花。

半年后，小素归来，她似乎带了许多钱，让这个宁静的村庄变得不宁静了。

"我家妞子不是一般人，提亲的，先照照自己的脸。"小素娘说道。她爹，那个常常到村道与镇公路接壤处的小卖部赊散酒的落魄人，现在不赊酒了，而是挺着腰杆每天站在自家新盖的大门楼下，叉着腰，端持酒壶，一脸笑眯眯地朝着太阳，见有人就拉住指指点点，有时还露出黑牙神秘一笑。她娘本来是个柔心弱骨的老实女人，平时见人低眉顺眼。可现在呢，高嗓门，一个农村妇女嘛，她的气势快要盖过村上的妇女主任了，东家长西家短，属她能说，张口就先一句话："我家妮子可在大得不得了的大人物家里当过保姆的。嘿，大人物，很大的官儿，说出来怕惊到你们。"

她还是回来了。村民王生元挺着腰杆说："那妮子被辞退了。"我停下步，他往我身边贴，我后退一步，他前进一步，一时间像打太极拳，才搞清楚是他的嘴巴想贴在我耳朵上，我笑了。多么纯朴的村民啊！"大人物的妈死了，就让小素走人了。"他在我退第五步时抢了两步，嘴巴搭在我肩头上说的。

"事情正在起变化。"许多时候，村民碰到小素，听她这样喃喃自语。

村里的年轻人开始纷纷向小素提亲，认为小素见过大世面，且一脸的富相，在村民眼里，是传宗接代旺夫吉相。可小素却给相亲的一种奇怪的感觉。村里的泥瓦匠李全有家境在村里来说是相当不错的，别人家里有的他家全有，育有两子，大儿子在县城里做生意，有房有车；小儿子二十出头，长得很精神，经营一辆小货车，叫李二有。李二有这个小伙子刚开始与小素谈的时候，完全被她的神秘吸引了。李二有对他爹说，小素有一种神秘的力量，因为他与小素说话时，小素经常是——"呵呵，你懂的"。可懂些什么呢，李二有看着小素的圆脸浮出的笑容，猜不出什么名堂来。

133

那天，终于出现了一点问题。订婚的那天，李全有带着大儿子李富有，李富有带着媳妇和他们的小丫头小丫，和准新郎官李二有，开着车，拉着酒和礼品，还有厚厚的一沓彩礼钱到了小素家。一切进行得很顺当，也很和谐。李全有喝了不少的酒，小素的爹，那个嗜酒如命的庄稼人，更是喝得满嘴找不到舌头，开始讲关于大人物家的事，说大人物就是大人物，一幢子独门别院，有警卫员，有勤务兵，有专职的医生……据说，他家从早上开始会不断地有车停在门口，一车走接着一车来，一直持续到晚上。正说着呢，李富有发现小丫怎么不见了，便起身到小素家院子里找。院子里没有，结果到左侧的一间房，从窗玻璃外瞧见小素趴在小丫的身上晃动着。他当时只是认为小素喜欢小孩子，没当一回事。回家后，越想越不对劲，总是一种很怪异的感觉。

　　两个月后，李二有和小素结婚了。半年后，他俩离婚了。据李二有说，他每晚好像与一个长辈在睡觉，确切地说，他和一位拥有宏大气场般的领导在睡觉。

　　小素回到她自己家后，村民发现小素一见到小女孩就会扑上去，压倒在身下晃动。从此，村民们见到小素就吓得远远躲藏了。他们都看到她的身体上空飘浮着一团肥大的人形暗影。

　　后来我下乡，偶尔经过她家门口，有时看到她一个人在院子里，踱着慢条斯理的步子；有时，她俯下身气喘吁吁地追着一只奔跑的母鸡；有时则全身压在一枝老树干上不停地晃动。

一日，我无意间打开一张半年前的旧报纸，一行行字跃入眼帘——"厅官涉嫌严重违纪，借母亲丧事敛财一百万余，与多名女性发生不正当关系，性如雄海狗……在接受审查期间，坠楼身亡。"

一生吃苦有什么用

十多年前，我在一偏远山区名叫恍惚镇上工作。工作的单位总共有五六个人，一天天地日子过得特别闲。山川和时间似凝结住了，令人产生长生不老的幻觉。我除了零碎地收购杂粮外，几乎天天睡大觉，做白日梦。

我那时候管灶，给我们做饭的是一个老光棍，姓张，五十多岁。我们常拿他消遣时光，开开荤段子讨风趣。这个老头子也不简单，在镇上瞧识了一个婆娘，婆娘家三口，在镇上卖菜讨生活。老张常叫我去那家买菜，当然他有时会给我称上二两酒喝。时间一长，两人勾搭上了，有时那婆娘到天黑的时候来单位小住一晚上，天麻麻亮时悄然离去。卖菜的老汉肯定知道，但奇怪的是，这种畸形的关系一直和谐无事。

单位上我们养了一口猪，这猪有一百来斤重的时候，突然得急病死了，真够可惜的。当时我们开会商议如何处理这头死猪，有人说为了节约起见，好歹这猪也浪费了许多的粮食，大家啃吃得了；也有人说干脆卖给私人小贩子用来大灶建设；又有人说扔掉埋了，死肉吃了不干净。这时，单位小头头敲定了，用盐腌了吃。

决定已下，是老张大显身手的时刻了。我们把这头死猪用三根木椽吊在半空，旁边支了一口大黑锅，老张手提割刀，活色生香，列子御风，三下五除二把这口猪处理得干干净净。

这天，我们一伙凑了点钱，打了些酒，一边冷喝一边就着死猪肉，边说着周边有个收购店里一个做饭的，做了一大锅子连汤面，锅里放了花椒、猪肉片子，总之这场面波澜壮阔，让人神往。结果大家美美胡吃了一番。到了最后，纷纷打嗝儿道饱，有人发现汤里漂着一只翻着白花花大肚皮的大蛤蟆……说到这里，从门口进来一个农民，背着一个褡裢，穿着一身水洗的黄土布制成的中山装，下身着一条打满补丁的蓝裤子。样子看上去有个五十出头，头发稀少，满脸是皱纹，像过不去的山坎儿。我们扭着头看，以为是卖粮的，说，过会儿，吃完了就收。那农民不言不喘，立在门口，满脸贱笑，弄得我们有点不好意思。

我站起身来，问道："你粮在哪儿？"

那农民仍一脸贱笑，不说话。

我心中着气，道："有粮还是来溜达的？"

那农民指了指地上扔的死猪头，说道："师傅这猪头卖吗？让我买下好哟？"

这倒奇了，我想，死猪头肉还人有买，问他："你不到外面肉铺子买，到这里买这个，这可是死猪猪头啊。"

那农民道："穷人嘛将就吃，有啥讲究的。"

我说："不知道给你算多少钱。"

那农民说："你多少比市场便宜点。"

我说："你能给多少给多少。"

那农民说："我身上有十块钱，只有这么多了。"

十块钱？一颗死猪头。

我说道："拿去吧。"

正说着，老张突然咳咳了两声，说道："算了，放下五块钱拿走吧。"

我想，十块钱如何，五块钱又如何？

我跟着说："拿去，不要钱了。"

这时，我觉得这老张人还是比我成熟。谁知这农民死活不干，连连说不，结结巴巴颤着声道："我一定要出钱，感谢你们了，谢谢……"他边说边抱上猪头，扔下了十块钱就跑。

我们相互大眼瞪小眼，半天没有回过神来。不过，老张拿起桌子上的五块钱，一个箭步追赶了上去。过了一钟头，老张给我交了五块钱。

我笑着骂道："老张你人也有病，同情他一分钱也别要，纯属折腾人！"

我将钱交给老张，老张却怎么也不肯收。

后来，老张说，这农民家中婆娘得了怪病活不了几天了，步阴地里之前，婆娘只有一个愿望：在临死要吃上一回猪头肉，但他们的日子又过得十分的恓惶，这农民打听咱们正好死了一头猪，按常理死猪肉价贱，便来了。

说到这里，我才知道我这人心太糙了，连老光棍都不如。自此以后，我想起那颗死猪头，会从胃里泛上来一丝丝莫名的恶心。

后来老张说，患病婆娘吃上一两片死猪头肉，才咽了气。咽气时还说了一句话，人一生吃这么多苦有什么用哪。话毕，笑着没了气息。一天后入的土，婆娘脸上还有笑容，那农民僵着身体在等。傍晚来了，笑容才缓慢地消失在土里。

偷小孩的老妇人

在庆祝大会前一天，起风了。春末的风卷起沙尘，游走在这个西部山区的小城里，漫不经心又十足张狂。细小的沙粒如同细发闪过人们的眼，恍若一根一根断续的针。

只有一间小窗口的审讯室里，因外面天昏地暗，室内光线不足，便全靠荧光灯打到每一寸地方。年轻的张警官望着铐在审讯椅上的老妇人，内心既轻蔑又仇恨，情绪异常疯长。他时不时地放下手中的笔，站起来，双手背着来回踱步，无视那个老妇人。在过去的一小时里，他的审讯笔录只有这个老妇人的姓氏和表意不清的地址——她是无根的浮萍。准确地说，是她儿子带着她来到这个西部小城的。

"柴萍凝，你是怎么认识人贩子黄素娥的？"张警官坐了下来，压抑着相当糟糕的厌恶心情，耐着性子问。

去年一个下雪天，老妇人带着宝宝在大象公园那边捡拾垃圾。那天雪下得真大，是要把她的记忆下失掉了。来往的人几乎认不清脸，一个个皆是白雾，一阵聚来了，一阵散去了。苍白的雪里，一团移动的白雾向她忽停忽游地靠近，她定睛之后发现是个着青色大衣的女人。在大象公园门口的雪地里，她和宝宝还有一只编织袋遭遇了一个陌生的女人。

"当时，黄素娥对你说了些什么？"年轻的张警官问道。

"她说，冷吗？"声音从那堆干草堆传出来。

"冷吗？然后呢？"

"我说冷。"

下雪的那天是腊月三九的第四天。真冷，每一缕风像剃人头的刀，冷把这个小城市打造成铁柜子，每走一步都能碰触到铁，撞得生疼。宝宝浑身上下裹得圆圆的，像一只点了两点的圆球滚在她的身边。张警官从烟盒里抽出一支香烟，点燃。在一团烟雾中，他燃烧的正义感在空前弥漫着，身体里膨胀的正义感像一股气流将他举起，使他高高在上蔑视着老妇人，并且让她也能强烈地感知到正义的无处不在，从而自惭形秽，类同畜辈，从而否定她自己的一生，那低微龌龊的生命。但这时，从那堆干草中传出"咳，嘀嘀"怪异的声音，与其说是一种暧昧的呻吟，不如说是一种荒诞离奇的笑声。

张警官一时错愕，继而感到自己遭到嘲弄。他愤怒地站起身，大声斥责道："笑什么！"

"她说她叫黄素娥，"老妇人说，"她问我冷吗，递给了我一百元钱，一张崭新的大票子，新得割手。"

一张崭新的百元钞票，在一个寒冬的雪天地，柴萍凝颤巍巍地接在手中，浑身颤抖，那张钞票像一个滚烫的新生婴儿，她双手捧着，世界霎时温暖了。她流下混浊的老泪，自从她儿子不在了，她的躯壳再也没有出现升起的热潮。泪水打在了新生的婴孩上，她的大女儿出生时，她抱在怀里，一个崭新的小人儿；她的二女儿出生，她抱在怀里；她的小儿子，也就是孙小宝的父亲，她抱在怀里，一个个都是崭新的生命，温暖的人肉。

她因幸福而痉挛。张警官突然发现那堆干草堆发出颤抖的波动，像一根竹竿上绑着的破布絮在夸张又无力地摇摆，并带有挑衅的意味，他恶心了。

"黄素娥为何给你一百元钱？"他问后并在心里预设了老妇人的口吻——"因为她要我帮她拐骗儿童。"

"小黄给我钱，她说她在大象经常遇见我，说我像她的老妈妈。"老妇人这时仰起了干草，露出了一张人脸，肮脏的脸上绽出了慈爱之光。

穿着青色风衣自称黄素娥的女人，跟着她向折返的方向走了，身后公园门口的两只大象甩在了大雪里。

走过两条街道，她们仨拐进一个小巷子里，在高楼围绕着的世界的腹地，隐藏着一小块低矮而谦卑的平房院落，在寒冬里蜷缩着像只温顺的生物。而在这个生物体内寄生着更多的生物，无名无姓，来历不明，琐小而又存在的生物。这些看似杂乱但却自成秩序有生存规律的生物，拥挤但又陌异，慌乱却又顽强的生命力支撑起一团活气。雪把许多人下消失了。在一个周围堆放着垃圾的简易平房，她掏出钥匙打开门，脸上流露出贫穷的羞涩，但那个风衣女人先跨进了房间，之后，帮着她打扫脏乱不堪的房间。这一点，让她产生了将黄素娥当成自己女儿的幻觉。

"她去过你住处几次？"张警官望了望手腕上的表，不耐烦了。

"就一次。"枯草下的人脸又一次隐藏了，潜下去，尔后一堆枯草浮起来了。

"就一次，再没去过你住处吗？"张警官用笔点了点桌面。

"我和素娥一直都在大象。"

雪停之后，残有的旧冰从大象身躯上脱落，化成污浊的水。黄素娥再次来找她时穿着一件红色夹克羽绒服，见到她时喊了一声"柴妈"。然后拉住她的手，拉着宝宝，径直走至街道对面的饭馆，走了一家又一家，一路上只见黄素娥摇着头，说不好，又走一家又是摇摇头，嫌乱，嫌店面小。

"那真是像做梦一般，真好。"从干发堆里闪出了人脸，发出了一句话又倏忽隐了下去。

张警官睨视了一眼她。这个终生卑微的老妇人仅为一顿美餐便失去了人性，形若两足畜类。低贱之人必有可恨之处，此话总结得太好了。他想着这阵妻子待在家里，怀抱着他的果儿，前两天刚过了一周岁生日。他在一个明亮的世界和一个黑暗的世界里穿梭着，他要守住明亮的世界，击溃黑暗的世界。这么一想，他体内升腾了一幅景象。他的世界，与她的世界永不相交——一个光明的世界没有义务将光分给黑暗世界，并且永远地摒弃黑暗世界。对这个可恨的老妇人不能有半点怜悯之心，必须把她隔绝于光明的人间之外。他得守护住果儿。

那是一家新装潢有档次的餐馆，当柴萍凝一脚踏进光亮可鉴的地板上，她感到自己污脏的灵与肉都摔到了地板上，笑盈盈的服务员用娇滴滴的声音说着欢迎。她瞥见地板上一堆分离和肢解后的自己，看到贫穷被脱光衣服显露出原形，一个萎缩、衰老、风中残烛般全身起着褶皱的肉体。

大厅里音乐像铺开了的泉水，骤然渗进她的躯壳，哗然劈开她的脏腑，侵入她维持生命机体的七八斤的血液中。一切像梦一般，她用餐后，浑身颤抖地号啕大哭了。她的儿子将宝宝留下来，已经两年杳无音信。

"那顿饭真是好吃。"枯草的头发近乎骨灰般的白，从那白中又露出人脸了，在布满褶皱的污漫的脸庞上竟显出了幸福的、羞涩的光亮。"漂亮的，还带着花纹的桌子，碗儿碟子能让我当镜子用，我一辈子没吃过这般好吃的饭菜，好看得害怕吃下去。我吃啊吃，不愿回去了。吃得我差点忘记宝宝，我拧了自己的大腿，赶紧让宝宝多吃些，吃了再没有了，要好好吃。"

这番话更加激怒了张警官。

他骇然起身，从墙上取下一把锋利的长刀，一刀劈掉了她的头颅。那么轻的头颅滚落到地，头颅上的嘴巴张开，像是不明白发生的事情，小眼睛一睁一闭，转来转去。

"年轻人，你咋把俺给杀了。呜。"

"就是要杀你这个老杂种，不是人的老东西。"

他一脚将枯草头颅踢到了一边。接着，用刀划开老妇的胸膛，黑污的血顿时涌了出来，甚至沾在他的皮鞋上，他心疼地蹲下来拭净鞋上的污点。然后，将两只胳膊砍下，两条腿也照样砍掉，地上的尸块七零八落。他找了一个煤筐，用长刀一块一块地挑起来，丢进了筐中，然后走出门，倒给了院后的那只警犬。可任凭他怎么喂也喂不进狗嘴里。他折返回，看到头颅蹦蹦跳跳，在找平衡点。

他指着头颅说："你的肉，狗都嫌脏。"

这时从干瘪的嘴巴发出悠悠然的声音："你就不脏吗？谁肚子里没一堆屎啊，屎啊。"他颤抖着，努力挪动着双脚，挪到了头颅，对着像条软体虫的扁形的嘴巴一脚踏了下去，踏出一摊黑污血。他恶狠狠地瞪着老妇人，看了看表，已经快到下班的时间了。

"钱是从哪里来的？"

"他卖肾了。"

"钱呢？"

"不知道，他花了。"

"人呢？"

"死了。"

"怎么死的？"

"今年春节前他回来了，然后就死了。我可怜的儿。"

老妇人抬着头，泪流了满面。

"我在问你儿子柴春风具体是怎么死的。"

"喝酒死的。"

冰结在河面上。太阳下刮起冷冽的寒风，柴春风趴在河沿边，衣衫凌乱，旁边放了几个小口杯高粱酒。

"一万元挥霍一空，然后喝醉冻死了。"张警官心里在想，穷人的悲剧来自咎由自取。坚决不能同情这些人，这些卑劣的外来户。

张警官脱口而出："活该！"

"你说什么？"

枯草下的人脸竟然发出凌厉的责怪声。

"我说活该。"

"你再说一遍！"从枯草堆扬起了一张愤怒的脸。

"你这条老狗，活该！"张警官恶狠狠地说。

那铁椅咯吱响动，继而那堆枯草里发出低沉而撕裂的声音，似有一个邪灵从那瘦小干老的躯壳中行将冲出来。

"你侮辱谁呢？"老妇人尖厉的声音刺破审讯室里混沌的空气，"我活不了多久了，你吃国家饭的，不懂得尊重吗？"

"尊重？"张警官冷笑道，"你贩卖五个孩童时想到过尊重吗？尊重两字你也配！"

"我只觉得贩卖少了！"

"你还是去死吧，你个老娼妓！"张警官颤抖地说。此时他像是拼命保卫身边的无忧果儿，绝不能让黑暗侵袭她一寸细嫩的光芒。

"你们生活过得太好了，所有的好全被你们城市人占据了，而我们活得像猪狗一般。"愤怒的人脸叫嚣着，"我们烤香肠去卖，你们的人把我的儿子打得跪在地上，大小便失禁，把我关进狗笼里，一关就是一整天。把我的宝宝吓得当时哇哇大哭。那时，我们有尊严吗？"

张警官脸色阴惨地站到了楼梯门口，风将几缕细沙吹到了自动玻璃门的门缝之间。他点燃了一支香烟，心情一时坏透了。

老妇人此时绷紧着身子，脸向前倾，瞪着枯竭的眼，盯着他走进审讯室。

"第一次在几时？"他问道。

"那时已经过年了。"柴萍凝回复道。

零星的鞭炮声，风中飞扬的纸屑，楼层间梯道透着对联的红。柴萍凝拉扯着宝宝的手，在紫都小区的喷泉一侧。傍晚时分，小区内的孩子三三两两在蹦跳嬉闹，大人们则着盛装以备元宵之夜狂欢，此刻，她让宝宝成功变成一个诱饵，将一个三四岁的小女孩诱骗到手，她抱上小女孩，拉着宝宝离开了小区。她将小女孩交给等待已久的黄素娥，黄素娥塞给她一沓钱后，用一个军大衣包裹住小孩，坐上一辆商务车。车上的中年男子，扔掉手中的烟头，迅速发动车子，霎时消失得无影无踪。

从那时起，一直到老妇女被审讯的前一天，柴萍凝在幼儿园抱走一个大约四岁的女孩时，那个女孩大声哭闹，引起送小孩上学的家长围堵，她一个人抱着小女孩，宝宝紧紧贴在身边，人们七嘴八舌质问，而她却看到一片虚无。民警来时，她前言不搭后语，神志混乱，双目无光。民警说："大娘，这天冷，两个孩子手冰凉冰凉的，还都在哭，不如送到车内暖和暖和。"

张警官收拾好笔录，装上案卷，交给小陈，走出了审讯室。天空开始飘雪，雪和细沙交缠在一起，侵袭着他的脸。但他像个得胜的英雄，毫无惧色地走着，一直走到一座人行天桥底下。他看见一个畏缩在地面的老乞妇，一头干枯的头发下有一张像用尽了哀伤的脸。他心中泛起一阵阵恶心，大步跨了过去。他走过一个商铺，回过头又下意识去看那地上的枯肉，却再也看不到了，好像陷到什么别的地方上了。他迟疑地望了望周围，人来人往，他有点不适，又走了两步，胸脯里"咯噔"响了一下，他感觉是自己身上掉了样东西，就像一盏灯里的灯芯让人拿走了。

阵 雨

我正睡着，在一片蒙眬中听到一个男孩尖厉的叫喊声，是叫我的名字——"怀安"，对，而且还是我的小名。我睁开眼看到窗外一枝苹果枝条倾斜而来。

"怀安，赶快啊！"男孩的声音短促又急切，还带着恐惧的声调。"你家的鸡被人杀了。"他这一句骤然打消了我还被缠绕着的一丁点儿的睡意。骨碌一下，我跳下床，踏着白球鞋从里间跑出来打开了门。喊我的男孩站在门口，穿着他哥的旧衣服，前长后短的夸张的暗棕色西装。他穿着非常滑稽，清晰明了的滑稽，像只调皮的猴子穿着过去朝代的"官袍"。喜文是我家从小镇搬到县城后的第一个小伙伴。

他的模样没有旧，像一滴清澈的水立在了门口。

我和喜文跑到房头背后我家的鸡舍，果然看到了惨景：两只鸡头固定地安在砖头的空缝当中，在半截墙砖上，并排儿地露了出来，眼睛还睁着，像活着宣告它们的断头之冤呢！我的惊恐催生出满天的朝霞，肩膀不安地抖动，然后大地颤动——我的头皮发麻了，但最后还是从体内冉冉升起的羞耻感占据了主要情绪。我大喊道："报复！一定要报复！"为我家两只惨遭不幸的鸡进行一场伟大的复仇行动。当我表现出一种来回不间歇的走动时，喜文若无其事地盯着我看，眼神分明流露出轻蔑的神色。我觉察到了他与我有一种距离，异常得像是另外的人。我断定他站在了邪恶的那一面，我掩饰不安，继而激发起我熊熊燃烧的怒火。

我去找一切可用做报复的材料了。喜文紧跟着我，一起准备了可能得到的一切我们认为有用的，带有锋利的、束缚的物什，在我家的套房外间，我找到几股塑料绳和一把单刃刀，喜文在他家找到了两盒图钉。在我们父亲单位的垃圾堆上，我们每人捡到几个玻璃酒瓶子。这时，勇臣走过来，说："捡瓶子，卖钱啦。"勇臣比我和喜文大，我们的爸爸都是这个单位上的同事。他有十五六岁，瘦个子，黑黝黝的肤色，是一个有传闻的有名的少年，他有着一种天赋，就是坏的能力。我和喜文没搭理他，一个劲儿地注视着垃圾堆，寻觅其中隐藏着的利器。勇臣笑了两声，怪模怪样地走了。

这时下起了阵雨，在大院子里形成明明亮亮的大小不同的水洼，洼里的水反射着光。不久，水在洼里越来越微弱，熄灭了，不见了。我和喜文将玻璃在一块石头上打碎，用找到的一个废弃纸箱装好，费了好大的劲，拎到了我家鸡舍旁。我们把一根塑料绳系在鸡舍毗邻的两棵白杨树上，高度设定在一人的脚腕之处，图钉撒在鸡舍的喂食槽下，以及砖缝间隙当中。纸箱子的碎玻璃碴，则匀称地布满了鸡舍与两棵树的过道。做完了这一切，喜文从他的西装兜里掏出五毛一包的廉价劣质"人参"牌香烟，他划着了一根火柴，我俩低头凑近吸着了烟，吐着烟圈，欣赏起我们共同的劳动果实。我扬扬得意，踱着步转来转去，偶尔俯下身将玻璃碎片捡起重放，做着进一步细节上的完美。喜文右手夹着烟，食指中指夹烟的指头熏得黑黄。半晌，他说："白费劲。"

"平时舍不得吃它们，可现在一下子丢了两只鸡。"我心中的声音愤愤不平地嘟囔道。

"你看他们多辛苦，自家孩子都不让吃，这下子好了，节俭的结果还不是替别人养着？哈哈，说不定已经被人家拉屎拉出来了。"另一个声音打趣。

我喂完鸡，天空暗了下来，暮色潜着它的踪迹站在了身边。

我和喜文坐在沙发上抽烟，无人惊扰，喜文搭着二郎腿。"你瞧瞧，这是好孩子吗？"我心中的声音再次发问。我没有搭腿，只是看他有些别扭。喜文说着许志信竟然给他爸告状，说我们翻墙到苹果园里偷摘苹果，他说一定要报复。我听后心里美滋滋的，因为此事我被我爸罚站过，后来又关在屋子里写作业。我为那失去的自由耿耿于怀了好一阵子。

爸妈去银川，我一个人既忧惧又兴奋。我翻着《三国演义》连环画，可心却因为那两只鸡被恶人杀害而陷入了不安。我和喜文抽了两根烟，他又被他妈叫回去了。

为了不打草惊蛇，我准备了一只手电，将里间和外间的电灯都关了。

我拼足了全力跑在农田里，身后被一个大人紧紧追赶着，他拿着棍棒，像能捅到天的大棍棒，边追我边喊道："打死你，小东西。"我边跑边看看周围的瓜蔓和马铃薯茎叶，看能否有个藏身之处。我气喘吁吁，快要支撑不住了，而道旁的瓜蔓随着我跑动变得越来越高，越来越高，高过了我的腿胯；另一边的马铃薯的茎叶喷着绿色黏稠的汁液，粘在了身上，越来越密集地粘起了，让我变得沉重起来。我无计可施，重重地跌倒，那个持棍棒的大人一把将我拎起。我惊恐地看到我的爸爸卑微地趴在地上，像个罪人，而我妈妈大哭着，抱着那大人的腿，替我求饶："怀安还小，我给你我家的鸡，放过他吧。"

我惊醒起来，眼泪在眼眶里打着转儿，我擦了擦泪水，发现到了胸口上的一点热。我起身又坐在沙发上，手里紧紧攥住手电筒，怅然若失。我仍然没有拉开灯，但内心害怕极了，我在想偷我家的鸡的那人再来的话，被塑料绳绊倒，手上扎满图钉，脸上全是玻璃碎碴子戳得血流如注，匍匐在地上。我打开门，站立起很大的样子出现在他的眼前，而他窸窸窣窣像一条野狗，说他自己再也不敢了，甚至他还会说"停一下"，给我建议，让我手里握着一根粗木棍才对，他在我的骄傲的木棍下颤抖地说："前晚偷的鸡按实际价格来偿还给你，求求放我这条狗命吧。""停一下，"他又要给我建议了，他说他还有羞耻心，他毕竟是大人，哀求道："你千万不要告诉给别人，我们大人的脸皮比你们小孩子脸皮要薄得许多，大人们都是非常爱面子的人。"我的木棍没有落在他身上，因为我是小孩子，小孩子淘气又善良。我让他保证，他立即保证："我以后会成为你的人，谁敢欺负你我就揍谁，我马上会去揍许志信那个小孩，让那个爱告状的孩子受到拳脚的疼痛，让他明白怀安的厉害，以至于以后再见到怀安连大气儿都不敢吭一声，怀安把我这么大又那么坏的人都收拾得服服帖帖。"正在我血脉偾张之际，屋门外响起一阵脚步声，伴随着说话声，我分辨出有三四个人。

喜文和三个少年进屋来，动手将我家写字桌搬到外间屋的中央。其中一个少年从背包里掏出麻将牌，那些牌就是一堆带着夺目禁忌图案、印有稀奇古怪图案的精美小方块。他倒到桌面上，让我内心绷了一下，兴奋又害怕。他们抽着烟，偶尔会递给我一根，我纳闷喜文怎么也会玩牌，而且从他扬扬得意的表情来看，很老手的样子。"你看这孩子，现在都会玩坏东西，那将来还了得？不知有多坏。"我心中的一个声音又出现了。我望着那堆桌子上的精美小方块，内心羡慕不已，又感觉逼近的威胁，那分明在引诱着我，去揣摩这些坏东西，它们像循环的彩色环形带，首尾不断、绵绵不绝地生起再湮灭，再生起再湮灭。不一会儿，我在环形带中睡着了。当我睁开眼，喜文在收拾烟头，并笑嘻嘻地扔了一包一块三毛钱的"芙蓉"烟。那可是好烟呢，我爸平时才吸七毛钱的"金丝猴"。然后他就走了，我一个人站在门口，夜风微微的暖，吹得我打瞌睡，我跑到里屋床上接着睡。醒来时，天已大亮，看到摆放在外间的写字桌时，我头脑骤然飘零了阵雨。它失去的秩序，撂得我不舒服。我想等到喜文过来，就一起再搬到里间屋子里。

喜文坐在沙发上，用他那熏黄的两个手指头掏出一支"芙蓉"烟，递给我一根。他嘴里悠悠地吐了一个烟圈，说，昨夜几个全是勇臣的哥们，说到"哥们"两个字时喜文特别加重了一下语气。但这个词对我很生硬，富有入侵的意味。"那都是学坏，从小都坏，长大了是社会渣滓，还哥们，那就不是正经人家。"我心里的声音说。我说："那就是朋友。"喜文点点头，说："勇臣真厉害，有好多哥们，那些哥们都听他的，想揍谁就揍谁，一天还少不了上贡的。"他脸上荡漾着歆羡的光彩，接着说："勇臣走到哪儿都不怕，没人敢惹他，人人怕他，一直以来都是他在欺负别人。"喜文说完，低下头，看到裤裆那冒出了烟，他哇一声喊，跳了起来，抖着裤裆，喊着烂了烂了，他弹烟灰时把烟头弹落在裤裆处，烧了一个黑洞。我们就哈哈地笑了起来。最后他一个人苦着脸，说千万别让他妈看到，看到会用鞋底打他的脸。我到里屋找到我妈的针线盒，找到一根黑线，穿上针，他捉起自己的裤裆开始缝了起来，又说，认识他的好哥们，就等于我们也是他的好哥们。我们昨晚跟他那好哥们打麻将是好事。以后别人再不会欺负我们，而我们可以欺负别人。我说，我们不是认识他吗，还是邻居呢。喜文挖苦我，那是他当我们是小孬种，也就是说他眼里根本不放下我们。我们跟他的好哥们在一起他就会觉得我们不一样。"以后没有人敢告我们的状。"他说。

傍晚，太阳悬停在西山一个豁口，晚霞映照在粮所边的一片田地上，我和喜文钻进了玉米地折了几根玉米秆，剥开秆皮，嚼着秆心。甜心是可以寻见，青绿色的，成熟度好，结实的秆一般是糖分好的，用铅笔刀挑开秆头和秆尾，留下中间几秆节，嚼起来与甘蔗无二区别。我们留下一堆肢解破碎的尸体后就离开了月光下的宁静。我从衣兜取出一支"芙蓉"牌香烟，点亮此时一个少年的魂魄。我需要镇静，以度过一个搏斗的夜晚。

子夜时分，他们又来了，喜文依次领着他们进来，搬桌子，又将那刻着符号的精美小方块摊开。他们打了几圈，停下手中的牌，说："到外面去，这么打没劲，弄点喝的和吃的。"我还听到他们提到勇臣的名字，他们的话里带着敬意又调侃的语气："弄得好的，给人家上贡。"他们的意思是不让我和喜文去，留下来。跟着他们没用，又目标太大。喜文朝我挤了挤眼睛，他们刚踏出房门，我俩就跟在他们后面了，他们没表示反对，尽管窃窃私语，相互说着我们听不太清晰的话。他们走得很快，我和喜文紧紧跟在他们的身后，一种冒险的感觉充塞在我的胸腔中，激动的心跳怦怦响得让我害怕他们能听到。

我们从老城走向县城的中心，他们停下来，相互递烟抽了起来，看到我们跟着他们来了，却没有给我们散烟。喜文掏出烟，我俩也一并抽了起来。夜风稠热，而此时街道阒静如哑，像躺着昏昏睡的样子。无风，手一展开，好像许多东西都潜踪遁迹。

当黑子用砖头将"新华书店"门上高窗的一块玻璃敲碎，我看到敲打出的一个神秘入口。两个人俯身蹲下，双手连接另一双手，搭建了一个方形平台。黑子踩着这个"平台"，一手攀在窗沿边，一手将碎玻璃碴子一点一点地剥落，从裤腰里掏出一块黑布，抹去残存的碎片，他低声喊"好"。俯身的两少年趋身将他递高，他像条青蛇就溜了进去。在外面，偶有一两人走过，像鬼魅融进另一片虚空。高个少年有点不耐烦，骂道："怎这么久？"他走到门前，敲了两下，咳嗽了几声。敲门声在空荡荡的街道回荡，一种空旷，像响了一两下钟。稚嫩的咳嗽声显得不是那般的明亮，而像街上的耗子一瞬即拐入滑稽的一角。一会儿，黑子又像一条青蛇蓦然出现，嘻嘻声从他身上剥落到我们的面前。

高个子问道："黑子，得手了吗？"黑子嘿嘿笑了："里面黑漆漆全是书。""书店可不尽是书吗？""尽是书，可也没钱，人家下班把钱也拿走，给咱哥们可一分不剩。""那你贼待里面这么久干吗?"高个子问。黑子回答道:"进去憋屎了,就地拉了一泡,还撕了一本书擦了屁股。"说完,他们哈哈大笑,准备离开了。我和喜文还站着,怔怔地不知跟还是不跟,于是另一个走路颠高颠低的少年指着我说:"你俩回去。"

他们还是回来了,带着一只报纸包着的烧鸡,两瓶白酒,还有一些花生米等,让我和喜文摆好桌子。我俩按照吩咐去摆好桌子,他们掏出几根红色的蜡点燃,又摆上一个供香的香鼎。做好这些,他们开始你一言我一句说话。他们在街道上转了一圈,好像是从盘旋路一路转到西河滩,在西河滩李有三的小卖部,停下他们张望的脚步。他们先让黑子翻门进去,黑子说里面还有一个套间,他还看到一幅活春宫,还认得那个女人是隔壁的沈春花。这场偷情戏他是一边欣赏一边窃走抽屉里所有的钱,还随手牵走了两瓶白酒。黑子有声有色地说着,并演绎当时的场景,那三个少年发出别样的笑声。黑子从门里翻出时,说李有三和沈春花还在继续做。他们拿着钱到农贸市场敲开王烧鸡的门,买了一只烧鸡,折返到那个走路颠颠的少年家,又取走了一个香鼎。就这样,他们获得了这一切。这一切只是为了勇臣准备的。

勇臣露出了他少年王者的风范,一进门就看到桌子上的酒和烧鸡,说道:"让兄弟们久等了。"说着将一把匕首插在桌子上,我心一疼,心里的声音又响起:"桌子上怎么有刀划了?""或许爸妈不会注意吧。""不注意,但桌子是你家的,怎么可以让人给破坏呢,爸妈不在,你就是这家的主人。"我顿时有些不悦，但他们太强大了，而喜文望着面前这情形，手忙脚乱给他们倒酒，给他们点烟。一切结束时，他们走了，桌子上还有半瓶酒，喜文嚷嚷说道："我们喝。"

当我醒来时，头疼欲裂，满怀愧疚的罪恶感。我站在鸡舍旁，想起了那两只鸡带给我家的耻辱让我火烧火燎。撒在鸡舍边上的玻璃碴子和图钉还在，缠在树上的曲曲折折的塑料绳子还保持着原样。我是一个从小镇上来到县城的男孩。当我在小镇的山野间玩耍时，一个人站在昏黄的某个山坡望着县城的方向，我看到车辆接着车辆向县城驰去。我那时感到我触到了一个宏大的时光，一个巨大而闪耀着光焰的城市，一定在那儿等待着我。当我站到县城夜晚的路灯下，一片惨淡，看到街道任由我们去偷盗，让我若有所失。

二十多年后一个下午，我又一次见到了勇臣，他跛着一条腿，面容黝黑，比他的实际年龄要显得大很多，他的右腿是在戒毒所用刀片割了脚筋所致，然后他回到家。听说他现在很安稳地过日子，偶尔打打小牌，成了一个地道的农民，生活全靠他乡下娶的老婆照顾。

那晚我家的鸡就是他偷的。

"现在喜文呢？"我问道。"他关在看守所里，"勇臣说道，"已经是长住客了。"他说完斜眼打量了我一番，嘲弄般对我发出一连串的尖笑。

我的脑袋訇然作响，一瞬间万物共赴寂灭。

劫　匪

　　穷人是世上最简单的人。

　　大巴车越来越慢，雨却越下越大。白路透过车窗玻璃的雨帘，侧脸望着前方，一辆接着一辆的大巴车，各种牌子的轿车，不同大小的货车，说不上名堂的工程车，车辆的队伍无边无际，形形色色的鸣号声此起彼伏，络绎不绝。车厢里的人，也纷纷嘈杂起来，各种怨恨、粗口如同窗外的雨水一般翻滚着，愈加令人烦恼不堪。他真想砸碎车窗玻璃，纵身一跃，然后逃之夭夭。与他坐在一起的何道平，半眯着眼，似睡非睡，一脸平静到了满不在乎的样子。他捅了捅何道平的胳膊肘，明知道他并没有睡着。一双浑浊的眼睛闪出几分逆来顺受的光彩后再次闭住，似不愿意放弃修炼出的平静心态，只是他的嘴像挨了别人一拳似的，在平静中有着鼓鼓的憋屈。白路站起身，久坐已经让他腰酸背疼，并夸张地伸展手臂，却被行李架的铁栏击回了。直到他听到车厢有人说，H市已经封城了，由一两

159

声像发出不同声音的复读机一般播散开；直到他看到前面的车一辆接着一辆在掉头，并一辆接一辆驶过他们；直到他看到驶过的车辆里的人，那些咒骂声，莫名的嘻哈声，以及一副副无奈又沮丧的纷乱的人脸，他才相信 H 市是真的封城了。这时，何道平坐直了身体，他吭了两声，艰难地咳喘着，过一会儿才停息下来，脸色涨红，说道："坐这车坐得腰都快没了，等下我站起时帮我拉一把。"白路"嗯"了一声，说："H 市封城了。我们到不了 H 市了。"何道平没有言语，揉着眼睛。白路扭头朝着窗外再望去，外面的雨和逆向驶行的车辆，都让他感到心里冰凉——这趟门出的，钱是无法挣了，还要赔上路费。他的头脑里浮出妻子王芯慈，料想着返回到家时面对她的奚落和叹气，还有晨曦期盼新手机的眼神……这一切都被莫名的疫情泡了汤。焦虑感和无力感随着天色的暗淡和不间歇的雨在增强，同车旅客的哀叹声更加渲染了此时此景的氛围。襁褓里的婴孩的啼哭声和叫喊声不仅令人烦躁，更像刺耳的鼓点逼人想从车窗上跳下去。一两个旅客开始爆粗口，从暗讽的口吻，到破口大骂——X 你妈的，能不能哄崽子别嚷，还让不让人待了。抱着孩子的妇女红着脸，低垂着头，旁边的男人努力给孩子塞上奶嘴，但无济于事。

"旅客们，请安静。通向 H 市的高速公路已经封闭了，大家也是知道的，由于疫情突发，H 市封城，我们的大巴车将停在 Y 服务站。大家做好提前下车的准备，给大家带来的不便，敬请谅解。"

一时呈现了一片沉默，甚至婴孩都停止了啼哭。

"退票吧！"一个声音响起，然后带来了无数个应和之声。

退票退票退票……

"旅客们，请安静，我们只能退高速公路的一段路，到时每位下车时会安排退票，请大家放心。"

大巴车在经历了几十分钟的煎熬后，掉头缓缓地跟着其他的车辆向着原路返回，像把病毒抛在身后。车厢里的人一边庆幸没有到 H 市与病毒面对面的运气，一边又气急败坏。但不再起哄，只有零星的打电话，抱怨几句，嘟哝几句，安慰几句，自嘲几句，如此而已。

经过了一个岔路口，车辆的长龙像一条长河的分流注入不同的河道，大巴再通过一个隧道口，隧道口上写着"开垦种田，自力自耕"的标语，让隧道显出几多沧桑来。车厢里的人蒙受暂时的黑暗后，又进了雨地里。陆续开始有人下车，这样使得车辆更加缓慢和停顿。大巴停靠在路边，在雨水中的草木萧萧悲鸣，一两个、两三个的人，下了车，旋即消失在灰蒙蒙的冷雨中。其中有一个模糊的身影，白色羽绒服套在单薄、弱小的身躯，淋湿的头发让白路恍惚地感觉像是自己的老婆王芯慈。白路手指冷凉，欲站起身下车，再次看那个孤单的身影，已经看不见了。他叹了一口气——每当他出门在外地打工，无论是多长时间，都会被王芯慈遗忘掉。除非他给她打电话，否

161

则，手机是不会响的。除非他回到家，她看到了他，才会知道他的存在。白路已经习惯这种生活，无论是外出打工还是家中，他都是无足轻重的存在。白路悲凉地咽了口唾沫，仿佛在品尝自己。

车又停了一小会儿，白路厌恶地看了看何道平，推了推他——我们到哪儿下车？他的语气含有着"怎么办？"的意味，只是老何继续眯着眼睛，明显在努力摆脱这个"怎么办"的问题。

在快要到达 WX 的高速公路路口，又是一辆接一辆的车在折返，公路上停靠在匝道上的车辆望不到头。

"也封了，高速公路都封了。"

"各区和县城也在封。"

"连乡镇都在封……"

司机手握着方向盘，踩着油门的脚却在一点点地退缩，然后车停靠在路边，他抽起了烟，嘴里骂着混乱的脏话。他扔了烟屁股，一头栽进雨中，过了一会儿，又回来发动引擎，车晃了一下，开始掉头。约莫有半个小时，行驶到一个岔道上，过了不久，出现了一个乡镇。当白路看到"举全镇之力，集各方之智，打好精准扶贫攻坚战""相互举报是群防群治、自我保护的最好办法"的横幅贴在一个门框形巨型铁架上，大巴车从铁架下穿梭过，进了一个街道上，他突然有一种游离的感觉，像进入一个让野兽占领的废墟。

大巴车左拐右拐，在街道上行驶着。街道上看不到什么人，偶然会闪现一两个仓皇行走的打伞的人，显得十分清冷的寂静。

　　这时，大巴车停了下来，车上的人还有二十多个。

　　"WX的高速公路已经封了，没法上了。现在只能停在这里，我总不能把各位放在路上，这里还是有落脚处，也有吃住的地方，现在天也快黑了，这是实在没法子的事情。"

　　"这是你家吧，你就在这儿住吧？"有人叫嚷了起来。

　　"如果不是我是这镇上的居民，估计大家也进入不了，现在连乡镇都在封呢。"司机慢悠悠地说道。

　　"为啥把我们丢在这里？我们要投诉。"

　　"投吧，尽管去投好了。"

　　"要退票的抓紧，前面说了，只能退不能上H城高速公路那截的钱。"

　　"X你妈。"

　　司机黑下了脸，不再搭理车上的人。这时，雨分明停了下来，只有零星的、脱离雨阵的雨点惨淡地滴落着。一个穿着红羽绒服的小姑娘在车厢门口，她的脸小巧，眼睛也不大，但很精神，给一个个下车的旅客退票。

　　白路与何道平在车厢没几个人的时候下了车，到车腰的行李厢取上自己的行李。

　　"我手机没法子收钱，丫头，你用现钱给我吧。"何道平对站在车门口的姑娘说道。姑娘也没搭话，只是从衣兜里掏出一小沓钱来，数了几张递给了他。

车厢里的灯已经暗了，周围只剩下他们三人，司机也不见了。白路用手机收到退票的钱，眼看着手机只剩一格电了。姑娘低着头，走向了别处。

俩人莫名其妙地突然降临在这个陌生的小镇子上，一时回不过神来，彼此诧异地看着周围的环境。

"我们吃点东西吧，饿死了。"白路说。

"疫情有这么严重？"老何向着四周张望，努力适应陌生镇子的环境。

白路内心反而感觉到小镇敌意重重，布满了与他们不同的物质和气息，他俩像与这镇上不同的异质生物。

两人走出车站，抬头望去，头顶上五个飘红的大字——"双定镇车站"。小镇街道上行人稀少，隔了很长的距离才看到戴着白色口罩的路人。街道上商店关的多，有一间半开着卷帘门。白路的行李是个红色背包和一个破旧的蓝色拉杆箱，老何的行李是一个老旧的黄色大帆布包，再就是一个塑料条纹挎包。他们一同走向那间半开着的商店，站在门旁向里张望，听见里面一个妇女问要什么。白路说："四包烟，两瓶纯净水。""婆娘家，有老白干吗？来两瓶老白干，我们能进来吗？"老何接着问。"啥子婆娘家，你别进来了，你们说什么东西，把钱放在门外就行了，社区通知商店关门了，发现就会罚款。"

白路和老何分别把钱放在潮湿的地面上，过了一会儿，那妇女将酒和烟递了出来。老何揣住酒，表情立即活泛了起来，语气也变得亲切，笑呵呵对着白路说："兄弟，我们赶紧找家饭馆，解决肚子问题。"他的腿也变得轻盈了起来，在白路的前面快步行走，白路三步并两步紧跟其后。走了约莫半个小时，在冷清的街头上，都是一间间紧闭的门。白路有些泄气和恐惧，而老何却像个行军的士兵，继续寻觅着饭馆。果然，有一家饭馆门开着，白路松了一口气，也欣喜了起来。两人一同跨进门槛时，店员拿着测温器，用冷峻而含有敌意的眼神打量他们，说："不许进——你们没有戴口罩。"白路还想争辩，嘴巴张开却没发出声音。这时老何说："我们想去H市打工，H市封了，困在这儿了，行个好，卖几个馒头让我们吃吧。"那年轻店员迟疑着，店里的一个秃头胖子走来了，满脸横肉，看了看两人："进店不行，馒头可以。"店员拎出装满馒头的塑料袋，里面的馒头有七八个。

"原想那个胖子匪里匪气，一看就是个混社会的黑社会。"白路提着塑料袋，眼睛闪着明亮的光泽，语气轻快地说。

"是人不能看长相吧，长得忠厚的一肚子坏水，长得歹的，反而菩萨心肠。"老何笑眯眯地从塑料袋里捡出一只热气腾腾的馒头，深深地闻了下，撕了一大块，如吃猪肉一般吞到嘴里。只见他一手揣向怀里，取出白酒，拧掉瓶盖，咂巴地喝上一口，用袖子擦着嘴："这天冷，喝点酒暖和又去晦气。"白路看着馋，从塑料袋里取了一只馒头，摇了摇头又点了点头："你吃得让我馋了，我不喝酒。"白路三口五口就把一只馒头吃光，肚内便有了火光，温暖如家。

"寻家便宜的旅馆吧，然后明天想办法回家。"老何说。

白路没有吭声，雨只是缓慢而分散地滴落，雨点与雨点间隔的距离很大，他用手摩擦着头发，仿佛手是台烘干机，而眼睛在寻找药铺，搜索着一条街道的左右两旁，走到镇政府楼时，才看到在卫生院旁有一家诊所。他把背包交给老何说等下，就只身而去，那间诊所不是很大，但门口都站着人，只听见里面的人说："口罩已经没有了，需要过几天才有，具体时间不能保证……"

老何看到白路唉声叹气，笑着说："这阵口罩肯定被人抢光了，囤光了。我们找便宜旅馆，好好睡觉，工是没法儿打了，人可是要好好舒服起来。"白路没有老何的豁达，闻着老何满嘴的酒气，一阵阵失落感袭来，王芯慈和晨曦同时闪现在他的面前，一想到这次出门怎这样晦气，便五内皆焚，不由得叹起气来。老何一巴掌打在他的背上："老是叹什么气，遇事太少了。好歹咱们现在还有馒头，吃饱为上不想家。"两人继续走着，白路的手机响了，手机里的老婆问他："进 H 市了？""H 市被封了，"他打断老婆的话，"现在与老何在一个镇子上，没法儿去了，只能回家。"手机里沉默了一下，说："赶紧回家吧，在家里想点事情做吧。"他问晨曦呢，手机里回道："在外

166

面玩，还没有回家，肯定玩游戏去了，你找到住的地方了吗？"他回应道："与老何正在找，找好了说。"

手机挂了，正好看到一间旅馆，从外观看，符合他们心里想的那样——便宜。那是用廉价霓虹灯装饰的招牌，招牌上的布絮掉了好几条，露出了几根发锈的铁杆。两人一同走进去，只见一个戴着口罩的妇女挡住了门，瓮声瓮气地说："身份证。"

白路和老何把各自的身份证交给那个妇女，妇女靠着灯光，仔细看来看去，说道："镇里已经下令了，不许有外地人入住。"

"大妹，你行行好，这雨天我们又没有地方去，再说我们入住又是交钱的，你就登记一下，让我们住吧。"老何说。

"不行，让你们住，明天我就得关门。"体形如一口大瓮罐的妇女说。

"你用别人的身份证给我们登记，只是一个晚上，哪儿会有人查呢？"老何说。

"一个晚上，让我们住吧。"白路搭腔道。

"不行。你们走吧。"妇女说完，转身进去里面了。白路与老何对视着，然后再看小旅馆，已经是一座浇铸成铜墙铁壁的城堡了。

白路把行李堆在旅馆的台阶上，坐了下来，对老何说："我们今晚得露宿了。"

"我们现在返回到车站，再没办法了。"老何说。

"从车站出来，再回车站，现在连个小旅馆都住不了，还说车站上那家大旅馆，根本不可能了。"白路说道，"找个有长椅的地方，睡一觉得了，现在雨也停了，估计是老天看咱们可怜。"

"不是找旅馆，是找车，我们离开这鬼镇子。"老何说着丢下白路，朝着返回的路走去。白路愣了一下，站起身背上行李，大步追上老何，与老何肩并肩时，说："老何，是找黑车吧？这是个办法。这破镇没人情味儿，走哪也比待在这儿强。"

车站的灯光仍然通彻地亮，但没什么人了。他俩从车站后院走进去，在一辆辆并排的大巴中间转来转去，听到了依稀的人声，顺着声音找到了几个人。他们压低着声音，方言腔浓郁，虽听不太清楚，但让白路和老何看到了希望。他俩内心喜悦着，跟着这几个人一同走出了车站，拐了一条街道，看到一辆白色面包车和一辆七座 SUV。

"交钱上车，我们只到 G 县，到 G 县你们再寻车吧。一人五十元。"一个壮汉，看上去三十来岁的样子，另外有四个人，两男两女，其中有一个女人怀抱着睡着的孩子，看上去六七岁。他们应该是一对恋人和一对夫妻。

"到 G 县就 G 县吧，"老何说，"到 G 县。"

白路有些恍惚，这个双定镇，与即将去的 G 县，都是些与他没亲没故的、没有钱的地方。他弯腰钻进面包车内，与老何一同坐在最后一排，面包车机器显然是有些老化，司机发动着引擎，只听到十分吃力的沉闷轰鸣声，然后面包车起程了。

这时候，白路望着窗外一点点消失的双定镇，灯光越来越稀少，像有人用很大的力气甩出了它们，又像是它们自身在逃逸。他忽然感觉到一股寒冷袭来，在从肌肤上扩散，而寒与饥往往是一起来的。他掏出手机，说道："没电了。"老何发出嘿嘿的笑声，说："我是超长待机。"白路无奈地将手机揣到衣兜里，与老何一起拎出馒头吃了起来。白路给老何递了一瓶纯净水，老何摇了摇头，说他有酒。白路喝着冰冷的水，将一个馒头吃完。老何吃完馒头，又掏出酒瓶哑巴了几口，打了个饱嗝十分满足地眯上眼，嘴巴哼哼唧唧像在唱什么歌，处在似睡非睡的状态。

这时天已经全黑了下来，在前排坐的一双恋人和一对夫妻时而悄声说话，时而也吃点东西。那个在母亲怀里躺着的小男孩，重复问着："妈妈，到哪儿了？"

"喂，你他妈的给老子说什么，哪儿又堵住了……"面包车开始晃晃颤颤，从感觉上是进入了一条土路。司机一手握着方向盘，一手拿着手机大声说话，震醒了全车人。车里的人听着司机在说："我们在绕路，走小路，大道肯定不行了，你说什么，不能走了？……"

司机边说着，边将面包车的速度降了下来，但颠簸的幅度更大，几乎让人从座位上弹跳起来，而座垫儿又是仅包裹着一层薄纸般的人造革。阴郁又黑沉沉的车厢，再也让人无法安静下来。"大哥，照顾下孩子，开稳点儿！""收那么多钱，让人安稳地坐好吗？"在前排的夫妻说道。白路之前听到他们在谈论着学校，心想这是在G县教书的一个教师之家。

"你们还计较这？马上走不动了，我哥们说，前面的路已经被村民用土堆起了个路障，"司机恶狠狠地说，"我哥们不会骗我，我们走到那地方，如果过不去，老子也没有办法。"

这话很快得到了验证，面包车颠了十多分钟，停了下来。

司机和车上的人都下了车。全车人顺着昏黄的车灯，看到前面堆了一个小土丘，有两米高左右。七人各自打开手机照明灯照着小土丘，向前靠近着。在土丘旁还立着一个用红颜料写的牌子，上面歪歪扭扭地写着：疫情期间，此路不通。

"小心点儿！"司机大吼了一声，"不要命了就继续，那底下是悬崖。"白路猛地扭头看去，只见一男子跌坐在湿地上，旁边的女人在拉他起来，白路突然间听到了湍急的水流声，不用说，那是悬崖下的河水在宣示它的存在。在路的左侧，是黑暗中的密林，或是密林中的黑暗，根本搞不明白。

"大哥，你收了钱，总不能把车这么一搁吧？"女教师说道。

"你莫非瞎了眼，看不到这土堆吗？"司机不客气地回道，嘴里顺带了一长串不明就里的脏话。

"师傅，你怎么说话？"男教师说道。

"嘿，我怎么说话，我愿意怎么说就怎么说。你们有种，你们把车扛过去，我就继续给你们开。扛不过去，就别他妈的给我废话了。"

"大哥，你心直口快，是那种脾气暴心肠好的师傅。我们一起想想办法，去 G 县吧？"响起一个女孩清亮的声音。白路判断出女孩一定是学音乐的，她的声音具备一种强效镇静作用。果然，那司机缓和了情绪，说道："好，一起想办法，可我真没什么办法，你们想，想好跟我说。"

沉默了一会儿。那河流的声音从悬崖底升腾了上来，淹没了此时的人声；一团黑暗凝结成沉重的冰块，封印着此时的人心。

直到面包车熄火，一个男孩哭泣的尖叫声响起，才启动了停滞的时间。司机拿着手电筒用光柱打着六个人的脸和衣服，女教师紧紧地搂着男孩子，嘴唇吻着男孩的头顶，轻声地吟语。男教师和那对恋人开始向密林处用手机照明灯寻找着什么，不一会儿，分别拿着树枝。白路看到，也到密林处寻找树枝，走到密林旁，几条树枝划了脸，他内心有些惧怕，蹲在边沿上用手拨拉了几处，找了一根树枝……老何一动不动立在土堆旁，白路知道他又在喝酒，司机也没说话。

白路与那三个人，用树枝戳着土堆。

只是当男孩的哭泣声再次戳破了这场无意义的泡沫时，几人唯有无望地叹息，相继上了车。

"师傅，现在离 G 县远吗？"老何问道。

"要返回就上车，老子做好事积功德，免费送你们回双定镇。"司机说道。

"师傅，"在一团黑暗中，老何再次问道，"离G县还有多少里路？"

"很近了，也就是二十来里路。"司机有些不耐烦，"快上车，赠送回程。"

老何从车里取出自己的帆布包和条纹挎包转身下了车，对白路说："取包，我们步行到G县。"白路迟疑了一下，心想，如果到G县，离家也就不太远了，便上车取了行李。

"师傅，你没有送我们到地方，这五十块钱，多少退点给我们。"老何说。

"你们走到G县？"司机笑了起来，"你们要走到G县，好好，你们是明白人，真等解封那等到猴年马月了。待在双定镇，说不定扎根下来另娶了老婆孩子……"

"就是，等解封等到几时，谁知道这鬼疫情会有多久呢？"老何说，"师傅，你也是个痛快人，退点钱，别耽误大家时间了。"

"老何，不要钱了，"白路说，"师傅，我们不要退钱了，这儿黑灯瞎火，你的手电给我们吧。"

司机摇下车窗，手电筒在老何和白路的脸上晃了几下，交给了白路，说："算你们运气好，我怎么说是个好心人吧，手电给你们。祝你们别躲过了病毒又掉落在河里喂了鱼虾，赶紧走吧。"

"白路，你听到什么在怪叫？"两人高一脚低一脚踩在湿浸浸的土路上，老何停了脚步，带着满嘴酒气问道。

"听到了。可听不来是什么在叫。"白路回道。他的一双运动鞋全渗进了水，像长在脚腕上一块多余的黏湿的肉，左耳朵听到河水在呜咽，右耳朵在嗡嗡作响。而此刻传来一种怪怖的声音，忽隐忽现，听上去像是某种鸟的呼哨，又有些像牛的低哼，如地底里传来，飘荡在密林的深处。

"老何，我没有走过夜路。"白路说。

"如果真返回到双定镇，谁知道会把我们这些外地人怎么样？说不定会关了我们。走不了，待也不是办法，活活会被封死在镇上。"老何感慨道。"疫情真不知道几时能结束。活这么大岁数，在夜里走路头一回听这么瘆人的怪叫。"老何将手电递给白路，从怀里揣着酒瓶，"你照着，我喝点酒壮壮胆儿。"

"可能是啥鸟叫吧？给我喝一口。"白路的手电光照着老何，老何脸色发白，让白路怀疑此时的一切是否真实，就好像他从来没有认识过现在站在他面前的老何。或者说，现在的老何是另外一个人，甚至是来自另一个世界的人。而之前的老何已经凭空消失了。

"你不是从来不喝酒吗？"老何爽朗地笑起来，笑声让白路安心多了，内心的恐惧随即沉没。

"还不是被这怪叫声吓得，怪难受的。"白路接过老何的酒，用手擦了擦瓶嘴，抿了一口。酒顺着他的口腔，到嗓子，到胃里，像一支箭，带着火，立即燃烧了他整个身体。他咂巴着嘴，回味酒味，竟然有些甘甜。白路接着又抿了一口。

"你说你不喝酒，一喝反而放不下了。别喝，再喝，我就没的喝了。"老何夺过酒瓶。

"怎么喝了几口酒，又感觉到饿了。"白路看着手机皱着眉头，剩余的电量已经撑不过一个黑夜，"已经走了一个钟头了，这二十里路多久才能走完？"

"很快，按我以前走夜路经验，还有一个多小时就能到；换成白天，一个小时。"

"歇会儿吃个馒头吧？老何。"白路望着密林，想在密林中找个歇脚的地方。

"再坚持下，到前面会有落脚的地方。"老何很有预见地说。

两人继续一前一后走着，但一直是白路在后面，他总是比老何慢个节拍。他感觉到路面有些光，抬头看着夜空，发现原来的墨黑一块的天空，豁然间一道月光透了出来。

老何居然精神抖擞了起来，白路能听到他在前面哼着含糊不清的小曲，便在后面笑了。

老何转身看着他，也一并笑了起来。突如其来的怪怖声音没有了，四周阒静而开阔，走起路来没有前阵那般困厄不堪，脚上的鞋子也不像之前那般多余了，反正更加紧裹得有力。

"这一辈子窝囊受穷，只顾整酒了。老婆喝跑了，孩子也跟着跑了，剩下了个自己。但也有好处，自己吃饱全家饱，无牵无挂更省心。"老何说，"打打工，喝喝酒，几时阎王召见几时去。"

"你这么天天喝酒，小心把信号喝没了。"白路心想这老何年龄近六十了，矮胖的个头，红脸膛，看上去精神劲儿十足。但长期喝酒身体肯定不会好。

"你年轻人哪懂？人总要有些嗜好才能哄着自己活下去。再说，我穷光棍儿一条贱命，哪谈得上信号不信号，生来就已经断了网，没人疼没人爱。"

"你真的喝酒把老婆吓跑了？"白路好奇地问。

"我这些年也挺憋屈的，这里没人，除了鬼，就你和我。我讲一讲我的老婆吧。"老何语气变得徐缓了起来，"她从踏进我的家门，就是一个时刻准备跑的女人。好歹，她也算有良心，给我留了种。虽说儿子被她带走了，但带走得好，省得留下跟我受数不尽的罪。哪怕跟别人姓，但种还是我的种。你说是吧？"

"是吧，还是个儿子，你不想念吗？"老何的一番话，让白路想到王芯慈和晨曦，在他坐上去 H 市的长途班车时，晨曦喊

175

着让他带回一部可以上网的手机。

"想念顶个屁用。你说你想念你老婆，她就不会弃你而去了？你说你想你儿子，他就会留在身边了？"老何提高了嗓门，说道，"我以前是挖煤的。其实像我这样的人，是根本讨不上老婆的，俗话说得好，穷不过三代，你知道是啥个意思？"

"就是说人穷会有个尽头，三十年河西，三十年河东。"白路说。

"那是哄傻子的话，穷不过三代，就是说，穷到一代还有老婆，二代就说不来了，三代直接断了种。"

白路暗忖道，看来自己还不算穷，至少还有个晨曦。他的脸泛起了光泽。月亮也趁好从一团乌云中挣脱了出来。

"老何，我们走好长的路，还没到G县呢。"白路说。

"那司机纯粹是个大骗子，妈的，一看就不是什么好东西。"老何说，"找找歇脚的地儿。我还是老了，这腿像是一堆破棉花，走不动了。"

"歇一会儿再走一会儿，一定会到的。"

"我说得没错吧，小伙子，前面是不是G县？有亮光了。"

"到底姜是老的辣。"白路兴奋地朝前望去，果然有几处灯光，但他又有些疑惑，几处闪现的灯光，弱小而飘忽，只能是一个村庄。

"老何。这是个村子，不是G县。"

"那也好，我腿都软了。"

"离 G 县十万八千里呢。"

"你翻个筋斗就到了。"

"我翻个白眼兴许可以，我当我死了。"

"现在几点？"

"零时了。怎么才过零时？我感觉走了好长的路了。"

在一片湿雾中，离一处微弱的灯火渐近，两人只顾着朝前走，白路突然看到了一个模糊的身影在移动，缓慢地，包裹在雾中的人，在向他俩挪来。

他俩谁也没有动，只等那人说话。

"你们是谁，深更半夜的，怎么会在这儿？"老妪问道。

"我们是可怜人。封路了，连夜从双定镇走到这里的。"老何说，"大婶，你看我们走得累死了，吃喝都没有，受冻受饿的，谁看谁都觉得可怜。"

"那我又有什么办法。"老妪重复了几句。

三个人沉默了一会儿。

"大婶，你家有煤块吗？给我们卖几块吧。"老何说道。

他俩很快寻到一块适合搭煤火的地方，白路拎着用蛇皮袋子装的十来块煤，跟在抱着一小捆儿麦秆的老何屁股后面，直到老何用手电筒指了指前方的一处砖头垒起的半圈残垣，回过头对他说道："这是个很美的地方，今晚就靠这个小别墅了。"

老何积起麦秆，在空隙处试着点燃。由于麦秆受潮，摆弄了好久，一直在闷闷地冒烟，呛人鼻息。白路只是在旁跪着，歪头使劲地吹着冒着烟的麦秆。效果开始有了，一小撮火一小撮火显露了出来，小火苗像脆弱的刚孵化出来的小鸟，瞬息就会被恶劣的天气夺去生命。每一个闪现的火苗，伴随着渺茫的希望和骤然停止的死亡，值得白路去拯救。

老何撅着沾着湿泥的屁股，时不时放屁。并与燃烧中的麦秆此起彼伏。

"你想听听什么吗？"老何说道。

"听什么？"白路问道，"荤段子吗？"

"我可没有什么荤段子。"

"那听什么？"

"我以前曾在一个大砖厂里做工，说大其实不大，就是人多，到晚上，一群光棍睡在一起，"老何停顿了一下，"一个晚上，跟我睡一个床铺的人，将手伸到我衣服里。"

"你被他搞了？"白路压了压内心的厌恶。

"老长一段时间里，我并不知道这是个啥事情。后来才知道，是同性恋。"老何说，"你想搞我吗？我给你搞。"

"我年轻时长得清秀，哪像现在长得鱼精海怪似的。"

白路看着煤堆，煤堆里更多的火苗涌现了，煤块由黑向红过渡，火光映照着半圈砖墙，形成了一个充满温暖的小型堡垒。

老何喝着酒，诅咒着司机，全然不在意刚才给白路说的话。突然间，他像被什么定身了一般，目光呆滞，白路奇怪地看着他，搞不清他要干些什么。

"你坐在这儿，我去那个卖煤给我们的老婆子家。"老何没等着白路的回应，跳了起来，拍了拍身上的土。尘埃扬在白路的脸上，老何已经不见了。

白路用木棍挑着火苗儿，给王芯慈发了一则短信："我回不来了，手机即将没电了。充电宝也没电了。我想你，我想晨曦。"

不一会儿，手机屏闪了一下，白路打开："没钱就别回来了，死在外面吧。"手机又闪了一下，黑屏了。

火堆像巨大黑夜里的一个红肿的烂疮。看到那些烧尽的煤块泛着白色，白路愁眉苦脸，想起他儿时玩耍后与其他孩子分散，一个人走在夜色浓郁的路上，眼睛时不时能看到一些飘飞的鬼脸。那些虚幻的鬼脸，它们说着他听不懂的地狱里的语言，来回穿梭在他的眼前。或者它们彼此也听不懂各自的语言吧，因为它们只是在吓唬着他，并没有以实质的行动来危害他。也许，地狱每一层的语言都是不尽相同的，十八层的鬼魂与十七层的鬼魂是无法沟通的……它们只能聚拢在一起，或偶遇在一起，用幻变来交流快乐，用沉默来对抗苦难，其实也很孤独。

正在白路琢磨鬼魂的时候，一只鬼魂提着一团无以名状之物蓦然出现了。

"吓了？我偷了一只鸡。"老何笑呵呵地说。

"人家可怜过我们，你却偷了人家的鸡。"白路看着面前的被鸡奸过的鬼魂，责问道。

"我们全是可怜人，就不用考虑人家不人家的事儿。"老何说，"你可怜她的鸡，你可以不吃，不要一边吃着一边又说我们做得不对，那才是真正的贱。"

"你说啥？"白路气愤极了，站了起来。

"怎么你还想打我不成？"老何的脸变得狰狞了起来，他挥动着手中的鸡，像是挥动着长着毛发、发出怪叫声的武器。

"不，不，我怎么会……"白路变得结结巴巴，完全被那只鸡吓住了，"我长这么大，从来没有与人打过架，连吵架都不会。"

"你这么老实，活该可怜。"老何嘲笑地说。

"可怜，可怜。"老何重复地说道，又以一种奇怪的眼神看着白路，看到白路脸上有了水痕，老何抬头仰望上空，天上的几处星星闪动着生铁般的光。老何摸了摸自己的脸，念叨："没有下雨啊。"

"哭了？居然哭了。"老何笑了起来，说，"白路啊，你的泪水连尿水都顶不上。有个屁用。"

"没挣到钱，就这么像鬼一样回家。"白路号啕大哭。

"别哭，别把鬼召来。这么黑的夜里，哭得瘆人。"

白路停止了哭声，他的耳畔冷清了起来，像几个小人从耳内飞走。他擦了擦泪水，从一场短暂的噩梦中醒来。

"我想喝酒。"白路说，然后找到酒瓶，酒瓶里的酒不多了，他仰着头，一饮而尽。白路挥了挥酒瓶，继续问："还有……酒吗？"

"这就对了，酒壮人胆。"老何边说，边拉开挎包，取出一瓶老白干，利索地拧开瓶盖，交给白路，"喝吧。我不怪罪你。"

白路接过酒瓶，酒顺着他笨拙的嘴巴流向了他懦弱的心。他突然感觉不喝酒的时候像是在梦中，喝酒时反而活在真实的世界中。比如眼前的老何。老何此刻颓然坐在地上，神情萧条，绷紧着嘴巴，看似闭目养神，双手相抱……他胸膛发出一声深深的哀叹，活像在耍猴人挥舞着的皮鞭下做各种滑稽动作和扮相的一只猴子。在耍猴人向围观的人群讨要钱时，它呆坐在一旁，它绝不是闭目养神，它只是在备受摧残和无数次的蹂躏后，极其疲惫的苟延残喘，以及为了下一场的蹂躏做好精力上的缓冲。白路有些同情老何了。

突然间，老何双眼发光，他站起身，咧嘴笑着。老何这般模样又让白路产生了幻象，如同看到一个人从地狱钻了上来，沥着斧刃的飓风，泥胃里还装着未消化的人肉，只手提着诸侯的头颅——那只可怜的鸡。

老何在煤火堆旁，挖个坑，再捡些土块，砌成小窑模样。

然后白路只见老何面露凶光，猛地用力，一把揪掉了鸡头，拔起了鸡毛。那只沾血的手，硬是生生地掏进了鸡的内脏中，将鸡的肚肠和心肝扯了出来。他就地取材用湿泥将鸡包裹起来，找了几根树枝，不断地添在煤火上，煤堆的火势壮大了，烧到土块都着了火，竟然冒出了火焰。过了十来分钟，老何用树枝拨出泥鸡，放在一旁冷却。又过了二十多分钟，他把泥鸡上的土层敲碎，一只喷着肉香之气的鸡就出炉了。老何喝了一口酒，将鸡撕成两半，丢给白路一半，他自己大口大口地啃吃了起来。

那堆煤火熄灭了，白路用手碰了碰如白骨一般的灰烬，触到了寒冷。那冷却的灰烬，成了一个人内心的化石。他颤抖着，浑身发冷。他站起身，看到老何手上的血迹已经没有了。

雾消了，已是下午时分。"打工不仅能致富，还能交友娶媳妇。"白路念着刷在围墙上的标语。老何看后，说："纯粹骗鬼，打工从来就富不了，只能勉强维持点儿人样子。"

"你们傍晚时就能到达G县的，看你们这样子，是很辛苦了。"一位穿着干净、黑黝脸的男子回答道。

"还有十里就能到G县，走走歇歇的，不算是什么事。谢谢啦。"老何转身向白路说，"那个司机坑我们不浅，走了一夜，到现在离G县还有十里路。"

白路看着那男子，说："我手机没电，在你家能充吗？"老何打断白路的话，高声道："不用，不用，我们到县城里住宾馆，吃饭，洗澡，再充电。"

"没有手机就没法定位，不知道具体路程。"白路说。

"就十里路，几步就走到县城了。充什么电，耽误时间。"老何拍了白路的肩膀，"小伙子一点儿韧性都没有，以前人没有手机，还不能走路了？"

"那倒也是。"白路不再争辩了。

"可是没有手机，人就跟野人一般，与世隔绝了。"白路悲叹地说。

"那不是很好吗，野人还能闻到人的味道，现在我们能闻到什么人味儿呢？"老何这番话很是莫名其妙，白路心底琢磨着，现在还不够野吗？

白路和老何一路继续走，走到天黑之际，越走道路越是荒凉，白路打开手电筒，对老何说："那个你问路的人，骗了我们。这哪里是什么十里路？我感觉已经走了几十里路了。"

"走吧。还能怎么样？"老何说道。

月亮出来了，照着两个人身上，两人边走边歇，走走停停，不知不觉，又走了一大段路。

"估计快到 G 县了。"老何说。

"也许是到了另一个县。"白路说。他们脚底的路越来越好走，不仅有光，似乎路从湿泥中慢慢挣脱。他们脚踩到了石板上，然后路变了，像有人绕线圈绕到了另一个道上，豁然开阔了起来。石板越聚越多，聚成了一条上坡的石板路，白路看到了光亮，一排造型漂亮的路灯，照得四周如同戏台般明亮。

两人沿着上升的石板走，让白路感觉到吃惊的是，路旁的路灯下一个个挂着红灯笼，灯笼下还有一花篮，有红、黄、紫等色的花朵，在雾气中静谧，像是步入了仙境。

"这 G 县也太漂亮了吧，我们还没有走到县街道上，这才是个人家的一个边边。"白路边走边看到前头有一座城堡，一座白色尖塔高高耸立……果然还有一个吊桥，用木板一块块拼接的，两边有绳索扶手，底下是流淌的小河，水声叮咚作响。

"这是游乐园吧。"老何笑了起来，说，"我们冒打冒跑到这里了，咱们进去，估计是没人管的，找个能歇脚的地方，好好睡一觉。"

白路和老何晃晃荡荡地踩上吊桥，那踩在飘动的木板上，让白路再次恍惚，像是他自己萎缩变小了。同样，老何也在变小，如同两个小矮人在探险。他心里想如果带上王芯慈和晨曦该有多好，娘儿俩该有多开心，一家人从来没有外出玩过。

"不行，我得喝点打起精神。"老何说着又取出了酒瓶喝了两口。

两人走到城门的通道后，又从窄小通道走到了门楼。在隧道的中间，有一层闸门。白路看到闸门是沉重的铁制栅栏，上面锈迹斑斑，他俩越过闸门，有一个圆形水池，在水池旁有错落的三四排水龙头，每排的水龙头有七八个，喷涌出水，沿着一条条扭曲的水槽流向大水池里。

白路歪着脑袋，俯下身，用嘴接着水龙头的水，喝了几口。白路脱下运动鞋，褪了袜子，在水龙头下洗了起来。拧了几下，又穿在脚上。尽管更湿了，但比满是泥时要舒适一些。

两人离开水池，在一棵石头堆砌成的大树下停了脚步。上面是一个空中楼阁，树下还有用绳索搭起的梯子，这明显是个理想的歇脚之地。白路先爬了上去，钻进楼阁，那楼阁有五平大小，里面似乎曾有人住过，地上铺有麦秆、玉米秆。白路探出脑袋，喊道——

"老何，这太美了，咱们好好睡觉！"

白路困倦之极，望着躺在地上的老何，打着鼾声。老何像是被人堵住了鼻口一般，是垂死挣扎的声音，让白路担心会因下一口接不上上一口的呼吸而猝死。一口呼吸被老何演绎得十分可怕，仿佛徘徊在生死边缘。老何发出的磨牙声，还分明带着杀父之仇、夺妻之恨，上牙无情地粉碎着下牙，下牙报以同样的无情粉碎着上牙。你死我活，纠缠，厮杀，势不两立……白路拿着手电，坐在地上，靠着行李，看着老何嘴角流着涎水，更无一点睡意了。他从老何的怀里取出剩下的半瓶白酒，拧开瓶盖，用瓶盖当成酒盅，斟上一瓶盖，喝了起来。

一路上，老何说他以前是个煤矿工人，在煤矿上娶了一个当地女人，那女人名叫"嫁死"，因为煤矿里的工人还有附近的居户，都管她叫"嫁死"，反而具体叫什么名字没人知道。老何说，她就是等着他死于矿难得到赔偿金。

"两口子睡在一起，一个却天天盼着你埋在矿井里，每时每刻都在盼望，但她又不能明说，你今天去死吧，也不能下药给你吃药死你，只能等着你出事。天天都是这样的话，她看你的眼神都不对；与你睡觉，睡的意思也不对，因为她已经把你当成了死人。或说，一堆钞票。"老何说，"这种感觉非常奇怪，时间一长，你也会把自己当成一个死人，一堆钞票。你活着，但已经死了。"

"你准备成全这个天天盼你死的女人？"

"那我还有什么办法？虽然我花了钱，但与当地的彩礼相比，是谈不上什么钱的。我不去死，那女人岂不是太吃亏，太可怜了吗？"老何反问着白路。

"这是蛇蝎心肠的女人，凭啥你会这样想？"

"像中了魔。"老何说，"以前看过一部武侠小说，说有一种毒门暗算，叫作下蛊，我感觉我整个人生，就是被人下了蛊，然后一直活在蛊场里，而且是天然蛊场。"

"你还看武侠小说呢？"

"怎么不看，我喜欢喝酒，就是受了武侠小说的影响。因为我一喝酒，我啥都有了。"

"最后，那女人没等你死掉，却被你喝酒吓跑了？"白路说，"算是活该吧，这'嫁死'的名字真是该死。"

"你知道埋在矿井里是什么感受？"

"你真的被埋了？"

"真的，就像在地狱里。你是条饿鬼，你想吃人。"老何说，"埋了四天四夜，喝了自己的尿，看到了菩萨，看到了我死去的父亲、母亲，看到了没有长大的自己，看到了那个女人离开我，去找另一个男人，另一个跟我岁数差不多……"

"你又被救了？"

"是的。"

"我倒是想死，就是死不了，穷人命硬，还真不应该找婆娘。只会害了人家。"

白路喝着酒，暗想道，我是不是把王芯慈害了？我一个穷人还要讨老婆，真是作死。他此时多么想拨打王芯慈的手机号码，如同在一团黑暗中寻出人声。

一想到晨曦还在盼望着他回家带一部能上网的手机，白路眼睛湿润了，一时的自责和愧疚如同巨石压胸，难以呼吸。

芯慈还在睡梦里。白路看到塑料袋里还剩有两个馒头，他取出了一个，就着酒咬着馒头，馒头配酒竟然让白路感到十分好吃，吃起来甜滋滋，嚼着有劲道。就这样，他喝一瓶盖酒，撕一块馒头，不由得将一个馒头吃光。

他将酒瓶放下，盖上瓶盖。斜下身子，肚子里不再冰冷，但脸上有了冷泪。他望着外面，一片宁静，有水流的声音，在一轮明月的映照下，城堡如同他小时看过的画册，只是没有国王，没有侍卫，也没有宫女和大臣，人的声音被消除。

现在只有他和老何两人，独占了这座城堡，享受着国王的待遇。想到这里，白路开心地笑了，一股奇妙的力量降临在体内。

"你以为你是人啊？"老何翻着白眼对他说道，"我们就是肉。"

"肉？"

"有些人无非是有保鲜膜的肉，有些人是没有保鲜膜的肉。我们就是那些没有保鲜膜的肉。"

"然后就一天天地烂掉吗？"

"一天天烂掉吧。"

他看着地上的一块沉睡的肉，绝望着……

"你睡得可真沉，谁让你把我的酒都喝完？只给我留了不到两口酒。"老何踢着白路的脚，说道，"我买了油条，你吃着填填肚子，我到附近走了一圈，找到一家早餐店，吃了两个包子，喝了一大碗豆浆。"

白路醒来，头脑昏沉沉，嘴巴苦涩，他咽了咽唾沫，半眯着眼，坐了起来，低着头，一副萎靡不振的样子。

"你不常喝酒，一喝就瘫了，哪像我？我是长年累月锻炼出来的。"老何边说，边拉开自己的包，将塑料袋里的东西往里面塞。"吃饱后，我又找了一个小卖部，买了几包烟，又买了两瓶老白干。"

"你不怕被人逮住了，我们又没有口罩。"白路这时才意识清楚了起来，"你买的酒不好，喝多头疼。"

"说来，这还是游乐场附近，没人会在意的。"老何说，"我问人家要了几块布。"

"要布干吗？"

"我们自己做口罩，要不然会像在双定镇被人当狗一样赶来赶去，没人要，讨人嫌。"

"这能防住病毒？"白路看着老何已经戴上自制的口罩问道。

"防别人不把咱当成病毒就行了。"

两人先到老何说的小卖部，白路买了两盒烟，在小卖部给手机充了二十来分钟的电。俩人走在 G 县的街道上，街道上的喇叭反复咆哮着——"戴口罩总比戴呼吸机好，躺家里总比躺ICU 强"。街道旁有搭建的测温帐篷，比双定镇的人显得多。这是个县城，一切井然有序。

他俩走在街道上，由于戴着的是自制的口罩，白路分明有一种被人看穿的卑贱心态，也担心被街道上的疫情防控人员，那些戴着袖章或胸前挂着牌子的人发现，但看到老何浑身没事的样子，于是胆子也大了起来，寻找公交站台。

"嗨，你，说的是你，下去。"白路和老何刚踏上公交车。

"没法子扫就别坐车，赶紧下车。"司机说道，"谁知道你有没有病毒，如果感染了全车，你能负担起？你想犯罪，想坐牢吧？"

老何跳下车，白路迟疑一下，也跟着下了车。

"我坐不了车，你可别跟着我，你赶紧坐车去，到车站寻车回家吧。"老何说。

"我们一起走到车站。"白路说。

"你太实在了，我到G县就离家近多了，步行也可以到。"老何说，"你比我的路还远，打工是没法打了，钱也没有挣到。各回各家吧。"

"若家中有余财，谁愿意受这活罪。"

白路看着老何的背影，老何的背影像是被某种力量一点一点地压迫。他在缩小，在模糊，在溃散，在破碎，一会儿一个人完完全全地消失了。

在五分钟前，他还和老何一起走路、说话。现在，这个人却不知道何年何月再遇上。白路漫无边际地乱想，一时神情又恍惚了起来。他没有再等公交车，而是转身去商店。那卖货的年轻女子，只是奇怪地看着他的"自制口罩"，收了他的钱，取了一瓶酒递给了他。白路将酒塞进背包里。

"你戴这个根本挡不住病毒，我给你一个。"

一位面容姣好、戴着眼镜的女人递给白路一个一次性医用口罩。白路接过口罩，取下他与老何的杰作，刹那他分明感受到了停留在口罩上的女人指间温润的气息，戴上后能闻到淡淡的芳香。白路鼻子发酸，眼眶溢出了泪。

"谢谢。"白路低声细语地说完，从衣服里层兜里掏钱，只掏出了几块钱。他内心大乱，他的六百元整钱不见了，看着车内人并不多，只有稀稀落落坐了不到十个人，钱肯定不是在车里丢的。他喊了一声："老何，你是贼。"

"付钱啊。"公交司机喊道。

"师傅停车，我钱丢了……我要下车。"白路喊道。

"特殊时期，到车站报警。"司机说。

"G县车站到了。"公交车报了站名，白路走下车向着车站走去。车站外搭着体温测量通道。通道口有几个穿着防护服的测温员和两三个穿着保安制服的男人。

"喂，排队扫码。"

"你到H市了？走，"一个保安员指着一辆大巴车对白路说，"你上那辆车。"

"为啥，我还没有到H市？"白路掏出手机，手机已经黑屏了，"我手机扫不了。"白路提着没有轮子的拉杆箱，补充道："当时离H市还有好长距离。"

"只要离H市近，也得隔离十四天。"保安面无表情地说道。

"隔离十四天？"白路愣住了，"十四天在哪儿待？"

"你别这么多废话，赶紧上车！一个人坐一排座位，相互间不要说话。"

保安员说出的"判刑"两字让白路恐惧了。

"一个人坐一排座位，相互间不要说话。"

他听了保安员的话，上了大巴车。车内有六七个人，都是单独坐着，有老头还有与他年龄相仿的人。其中一个愁眉苦脸、无精打采的男子掏手机打电话，骂骂咧咧地向家人讨要钱，电话那头说："你打工倒没打成，反而让家里补贴。"这句话就好像专门对白路说的，他面红耳赤，向坐在前面第二排的问道："这隔离还需要钱吗？"

"要钱。"那老头气恼恼地说道。

"这得多少钱？"

"酒店平常多少钱就是多少钱，十四天，你准备四千块钱，其他的检测费，就不用管了。老子怎么这么倒霉。"

白路坐在车里，那四千块钱如同巨大冰块，压在他的胸口。他看着窗外，这陌生的县城，不仅丑陋异常，而且散发着恶毒的气味，令人战栗不已，远甚病毒。他身上的钱没有带多少，而走的时候，家里的钱也没有多少，想到这里，他呼吸都快呼吸不上来，而车窗是全封闭式的。他想如果车窗可以打开，他会毫不犹豫地跳下去，然后一直跑，跑回到家。

天暮时分，车上又上来三四个人。坐有十个人时，两个戴着防疫工作牌子的蓝色制服男子和一个穿防护服的女人一同上了车。

大巴车发动起来，"到酒店检测和吃饭。"一个男人说道。

白路明显感觉到自己的处境是一个被监禁的囚徒，在踏进那四层灰色楼层的酒店里，他们在大厅排了队，一个人与另一个人间隔一米，穿防护服的人挨个儿登记，再测体温，安排入住房号，登记好后，喊着登记上的姓名，递给一张表格——"到那去做核酸检测"。手指向在左侧摆放的一长桌，依然要保持一米间隔的队形，挨个儿进行着。白路登记好，拿着表格，排队排到长桌，一个全副防护的女人，戴着一个塑料半圆形的防护罩，交代着他坐下，先填表，并警告必须如实填表，否则追究法律责任。白路按照表格的要求，一一填好。女人说："取下口罩，张嘴。"

白路微微张嘴，遭到了训斥。

"你姑娘啊，张大点。"

"再张大点。"

那女人用一个棉签一样的拭子探进通红着脸的白路的喉咙里，左右旋转，然后放到试管里，喊道：下一个过来。

白路再次让保安带到登记处时，他听到一个如山重的数字——十四天，三千元。

"我们这儿是三千元，有些地方是八千元。知足吧。"

"我这两天会备好钱，一定交。"白路说。

白路拿上门牌钥匙，同保安员一同坐上电梯到二楼。楼道里的灯光并不明亮，过道地上铺着地毯，地毯上有烧灼过的烟洞，走到二零四室时，保安员递给他一张纸，他接过了看到上面写着"隔离十四天注意事项"，那保安等他进了房门，说："特殊时期，请配合我们的工作。完成了十四天隔离，就自由了。"

房间地毯上印有黑糊糊的大朵大朵的花，泛着黄的白色被单上有几处说不清楚的颜色，像是陈年的精液。白路将背包放到污浊的地毯上，给手机充上电。然后打开电视，电视一闪一闪的屏幕，让画面扑朔迷离，仿佛上面的人，在雾中晃来晃去。

手机显示了几十个未接电话，除了几个是陌生的电话外，全部是王芯慈的号码。

"喂。"他内心有种劫后余生的凄凉，情绪开始焦灼、不安起来了。

"到哪儿了？"电话里的王芯慈问道。

"G县。我在G县把钱丢了，丢了六百元。"

"你作死啊，你明明外出一分钱没挣，反而给家里损失了六百元，六百元都可以给晨曦买部上网手机了。"

"芯慈，你给我打上二百元，我真的身无分文了。手机现在还能刷些吃喝，其他的，坐车的钱都没有了。"

"你知道不知道，我被饭馆辞了，疫情让大小饭店关门，也让我们失业了，我没钱。"

"他们要隔离我，还要三千元隔离费，十四天时间，你就给我转两百元，芯慈，我怕有些地方不能使用手机支付的。"

"给。你回来我收拾你。"

他洗了澡，温暖的水流立即让他勃了起来，他看到自己的精液流向地漏，进入了看不见的管道里，进入这座县城的下水系统，与这座县城千家万户的下水道里的水汇合到了一起，流入了江河中。他洗完澡，带着被水安抚的身体，倒在床上，沉睡了起来。

白路醒来，看到电视里的人个个精神抖擞，说着激昂的话……他听着听着就犯了迷糊，如同被催了眠，神情再次恍惚……直到王芯慈走过来说道，家里没钱了，一道寒光凛然的刀逼近他的眼前，他浑身颤抖了，王芯慈随之也颤抖了起来……她双肩颤抖着，白路知道她此刻什么都不想要，她全然忘却了自己体内琳琅满目的小心机，她只想让他抱住她。

他一把推开她，走向窗边，窗户玻璃居然是可以打开的，他被外面的黑暗中袭来的风吹得觉醒了，打开手电筒小心翼翼地探索外部世界，发现距离地面并不是很高，也许只会像摔了一个寻常的跤而已。他想，自己的身高是一米七六，窗沿到地面的实际距离可能最多四米，他记得小时候从一个土峁摔下去，那个高度也没把他摔成什么样，只是脚肿了两天，如果地面上有一床被子呢，更不会造成什么创伤。

这一跳值三千元啊，就等同我带钱回家了，芯慈、晨曦，我带钱回来了。他喃喃自语着，关闭了电视，从洗浴间取了一次性的牙刷牙膏、洁白的毛巾，洗澡巾，以及一盒避孕套，打上标签价钱的饮料。他将这些东西一股脑地塞进拉杆箱里。做完这一切，他看到镜子里的自己，咧开了嘴，带着一副倒霉的哭相，他同情了镜子里的自己，便哽咽了几声，并大口大口地呼吸。他想，这时要喝上一瓶酒该有多好，可以凭借酒精的力量使自己振作起来，让自己变得强大，好从那窗户跃下去，获得自由——尽快地回家、回家。

"你快跳啊，我等你，晨曦需要智能手机，她要上网课。"

"不会有多疼——"他鼓励自己，用被子将背包和已不成样的拉杆箱包裹住扔向了地面，尽管没有发出任何响动，但他的心跳声几乎灌满了房间。

他一只手攀住窗框，一只手拿着手电筒，照了照地面，然后把手电筒扔下去，没有发出任何响声，应该是落到了被子上。

他从窗沿上滑了下去，听到自己的身体发出沉闷之声，脚踝和膝盖磕在地上，一时的恐惧屏蔽住了疼痛感。他气喘吁吁，只是没有力气站起身来，此刻正是黎明之际，再过一会儿肯定会有人，那个保安会逮住他，不止罪加一等，说不定还要坐牢。他无论如何都得站起来，一定要站起来，迅速离开这个地方。

他侧着身子将被子蹬在一旁，晃悠地站起来，活动了腿脚，戴上口罩，将背包背在身上，拎着拉杆箱，看到另一个街道，那预示着隐身之处。他踉踉跄跄走过去，全靠那得不到的三千元支撑着他的勇气。走过去时疼痛才找到了位置，放射性地向全身袭击而来。他靠在一个垃圾箱旁，取了一支烟，缓缓地抽了起来，带着一半是悲伤，一半是得意。在这个敌意重重、无亲无故的地方，他重获自由。

这里与旅馆那条巷只有一条街道的距离，保安可能随时现身在他的面前。他扔掉烟头，打起精神朝着巷里深处走，走到一个临时搭建的防疫帐篷，帐篷开了一个豁口，他咳嗽了两声，没人回应，他伸着脖子看到里面有一张桌子，桌上有一台饮水机，那台饮水机对此时干渴的他吸引力十分强大。他迟疑一下，弯着腰从豁口钻了进去，在桌子上有一次性纸杯。微甜的水滋润了他的口腔，饮水的美妙让他连喝了四杯，正当他转身要钻出豁口，看到桌子上放着一张"疫情防控工作证"，他窃到了手。

从巷子道走出时，天已微亮，街道上人极少，他却有些兴奋，从怀里掏出工作牌套在脖上，他将牌子在胸前摆了摆正，像是获得了一条上升的通道，一种印记，一种召唤。

"这么早上班，你们社区人员真是辛苦。"

"可不是嘛，没有卖早餐的，你有开水吗？要不这桶面没法子吃。"

"有啊有啊，你稍等。"

白路大口大口吃完桶面，又在小卖部里买了两份面包、一

197

袋火腿肠、一包卷纸、两盒香烟，用手机支付了费用，向起早便开门的人致了谢，转身之际，他又停下了脚步，看着柜台里的酒品，他突然怀念与老何在一起喝酒的短暂时光。

"再拿瓶老白干。"白路说道，"我们值班室里的消毒酒精用完了。"

当白路将这些物品一并装进背包里，他镇静了许多。

一江之隔，仿佛隔了一个时空的维度。白路想，如果游过G江，到K县，就可以回家了。

"你倒是游啊。"王芯慈的声音在耳畔响起，她的声音像是战场上的鼓点，一声接一声，逼迫他早点做出决定。

空荡荡的街头，偶有一两辆出租车来往，白路拦上一辆车，他虽然有防疫工作证，但他那只脏兮兮的、不成样的拉杆箱却告诉别人，他的证件是存在问题的。

"去哪里？"理着板寸的小年轻问道。

"小师傅，到江边。"白路回答道。

白路将防疫工作证悄悄取了下来，心想到江边再寻渡江的办法吧。或许上苍可怜见，正好有一只小船在等他。

他望着车窗外，在这个陌生的县城里一天半时间，像逃犯一般在逃离，前面还有一条未知的江，他不知道江水有多深有多宽，如何渡过去。

那小年轻一直载着他，有二十多分钟，他低着头偷偷地看着打码表，上面的钱显示得越来越多，每增加一元，就像是钝刀割掉他身上一块肉，已经二十七元了，他忍不住问道："小师傅，到江边快了吧？"小年轻说道："快了快了，本来有条更短的路，还是这疫情闹的，被堵了，我们只能绕路。"

出租车又驶了十分钟，白路痛苦地闭上眼，他暗暗叫苦不迭，如同受伤的动物舔着伤口一样舔着嘴唇。

"快了，你这么早到江边别不是寻短见吧。"小年轻打趣地说，"拐过这个街道，我们就到江边了。"

正在这时，白路的手机响了起来。他看了看一个陌生的座机号码，心怦怦地跳了起来，想到肯定是那个检测核酸的电话，于是硬下心来摁断了电话。

"喂，哪里？"小年轻接了一个电话，电话里的声音带着威严——"你同车的白路，让他接电话，我们是 G 县疫情防控指挥部。"

"你接吧。真是奇怪，怎么会知道我的电话。"小年轻说着将电话交给白路，白路颤抖地接过电话。

"喂。您好。"

"你立即到 G 县疫情防控指挥部接受审查。"电话那头警告地说，"否则，会按涉嫌妨害传染病防治罪起诉。"

"我已经不在 G 县了。我会到我们县疫情防控指挥部报到。"说完，白路挂断电话。

小年轻看着红着脸的白路，笑道："还去江边吗？"

"去。"白路横下心来，说，"就到江边。我要回家。"

"你胆可真够肥的。"小年轻说。

出租车终于停了。白路看到打码表显示五十八元，心口上如挨了一刀，给小年轻付了钱。

江边一片寂无，江水泛着水汽。白路望向对岸，发现距离要比他想象得窄了很多，如果会游泳的话，应该很快就游了过去。

他走在湿洇的江堤边，寻找离对岸距离最近的地方。

"你站在这里干什么？"背后传来了老者的声音，吓了白路一跳。他转身看到一个老者，留着白茬茬的胡须，有七十多岁的样子。

"我想过江。"白路回道。

"这儿没船，你准备游过去吗？"老者问道。

"我不会游泳。"白路听到老者说没船，心顿时凉了，疼惜着那五十八元钱。

"你不跳江就好。"老者脸上出现了笑容，"小伙子，我有个主意，但有些风险。"

"谢谢，我太倒霉了，"白路说，"谢谢你帮我。"

"我家里有只木盆，我以前用它从这头划到那头，很轻松，也很安全。你只需要向我付二百元钱就可以拿走木盆。"

"老人家，我没钱，我只有一百元。"

"你可以用手机支付，将钱扫到我孙子手机里。"老者说着，站在他身边的男孩拿着手机打开二维码，在等着白路付钱。

"手机里也只有一百元。"白路说道，对着小男孩的手机，扫了一百元。

过了一会儿，白路看到老者和男孩抬着一只大木盆过来。

老者交给白路两支木桨。

"你坐坐试试。"老者说。那只木盆直径有一米多宽，白路坐在木盆里，感觉木盆里空间辗转有余，说："不会划着划着盆翻了吧？"

"不会的，除非江上有风，你看，现在过江正是时候。"

老者和男孩帮着白路将木盆放置在水边，白路将行李放上去，然后坐在盆内。

"划的时候，注意用力均匀，不要慌。"老者说，"我给做个示范，你这一百元太值得了。"白路从木盆站出来，老者跳进木盆里，他划着木桨，像划船一般在江水里划了一小会儿，划到了白路的跟前。

"谢谢。"白路划起木桨，盆晃了两下之后，他掌握了木盆的平衡。

江水里出现了一只盆，盆里有一块衣着的肉，缓慢地向江对岸移动。

白路看到越来越近的江岸，想到离芯慈越来越近，有几分兴奋之情。到了江岸后，他的双臂拎不起背包，便瘫坐在湿软的地上，从背包里哆嗦地取出酒，喝了两口后，方有些力气。他站起了身，从拉杆箱里取出一条裤子，换上后，又将拉杆箱里的物品取了出来，全塞进背包后，把那只破烂的拉杆箱留在了江边。

白路背上背包，走在公路上，不多久，有一辆大巴车停了下来。

"到哪里？"司机伸出头问道。

"去县里。多少钱？"

"四十元，上来吧。"

白路走出客运中心，站在空荡荡的县城街头，神情恍惚，这时耳畔响起晨曦的声音："爸爸，我的手机买了吗？"这句话如同天雷滚滚般令他惊骇不已。他掏出酒瓶，坐在地上，喝了起来，将一瓶酒喝到一半时，他清醒了。

白路站起身，向着一辆出租车招手。

"对不起兄弟，我真的没有办法，我走到绝路上了，我真的……"

出租车司机从车内后视镜里看到一个泪流满面的男子，用哽咽的声音对他说道——"抢劫"。五十多岁的老师傅，第一次遇到流泪的劫匪，便寻了全身的现金交给他，说道："拿去吧，我现金只有这些，跑了大半天，也没有多少钱。"

"你电话号码多少？"白路问道。

怒火攻心

五岁的小贝依不解地看着她的脚踏车前躺着的阿姨，她目前还没弄明白她遭遇了人生中第一次"碰瓷"事件。

她的妈妈看到小贝依身边围了好些人，七嘴八舌的争吵让妈妈惊慌万分，一种不祥的念头如同四周布满黑色乌鸦——"人贩子，"她大呼一声，"贝依！"站在小贝依的脚踏车旁。她看到地下躺着一位中年妇女，身着打扮与农家妇女无异，脸色黝黑，嘴唇厚而干裂，手臂挎着白色廉价布包，不会超过十元钱的，她一手紧紧抓住小贝依的脚踏车车把中央，一边呻吟着——"她把我碰了"。

贝依妈妈松了一口气。

"孩子才五岁，你……"没等贝依妈妈说完，那妇女哼哼唧唧打断她的话。"五岁也是人，五岁的人撞就白撞了吗？"

"这孩子五岁，"旁边的八九个人纷纷说，"现在的人真不要脸，碰瓷连这么小的娃娃都不放过了。穷疯了吧？"

其中一个上岁数的老伯，伸手去拉妇女："你醒醒，人家才五岁，你到别处碰瓷吧。"谁知老伯手还没到妇女身上，那妇女大喊道："非礼啦，非礼啦。"

一阵欢快的笑声升腾在炎夏的傍晚。

人群中传出话来："你也不照照镜子。"

老伯的手悬在空中，停留了几秒钟，颇为吃力地收了回去。

"孩子小，碰着您了，我是她妈妈，向您道歉了。"贝依妈妈说道。

"这哪里是孩子小？分明就是借口，不管怎么着，她把我碰伤了。"妇女仍然左手牢牢抓着脚踏车的车把中央，右手比划着。

"我要上医院。"那妇女突然提高嗓门，满脸荡起红光，显得很有精神。

"大姐，小孩又没撞到你什么的。"贝依妈妈说道。

"我就要上医院。"妇女大声说。

"你不就是想讹点钱吗？"一个瘦高个子说，衣着打扮也是一副进城务工的农家子弟的模样，他还拿着一副挑货的货担。

妇女停顿了一下，眼睛朝着贝依直勾勾地看去……

贝依妈妈心里暗想——"五十？……一百？"

她在想，贝依爸爸在另一座城市，在一座高楼上，隔着一层玻璃，那层楼具有看到她和贝依的高度，在上面喊："别给她。一分钱也别给！"

"我就要上医院。"那碰瓷的妇女又喊道。"我上医院""上医院",犹如咒语般在贝依妈妈耳旁鸣响。

年轻的妈妈又望了望在另一座城市高楼上的丈夫,想着贝依的脚踏车是两天前给贝依过生日买的,花了一百九十八元。当时贝依爸爸用红包发给她,她领着孩子到商场挑了一款,橘红色,一路上让小家伙骑回了家。

梳着两辫的小贝依,穿着薄纱青色裙子,不知所措,她是继续在车上,还是应该下来,一时拿不定主意。虽然没有主意,但她一直骑在脚踏车上,现在,这辆橘红色的脚踏车就像是一座抵御外敌入侵的城堡,而她,则是城堡的堡主。

也许是地面有些硬,硌着妇女的身体,她用胳膊作为支点挪了一下位置,这一挪,差点把小贝依晃下车座。贝依妈妈连忙扶住小贝依,保持住平衡。

"你再这样,我们报警了。"务工男警告说。

"报警,报吧报吧,干脆把老娘抓了。"妇女嗓音又提高了许多,"把老娘我抓了,你们开心了是不是,你们万事大吉是不是?"妇女扭着头,翻着白眼。"都来欺负我一个穷人吧,来吧来吧。"挑衅声越来越响,并继续提高嗓门,还用右手做出撒开自己衣衫状。

"靠。"务工男一时没辙,发出一声哀叹。

贝依妈妈想,这么个微乎其微的鸡毛蒜皮事儿,叫警察?犯得上吗?

周围的人大致也如此想。一时间声音沉默下来了。妇女也不说话，躺在地上得意地看着周围人群。

时间开始凝结不动。贝侬妈妈暗自悲叹……

她想起她那个残暴的前夫，便对她的母亲心生了怨恨，在几年前一个普通的日子，她的前夫来到她家，矮个子，与她身高相仿，瘦削的脸，鼻头有些红。当时，前夫拿起盘里一只苹果，开始了他的表演：他用水果刀沿着苹果果儿削起，一直削到果蒂处，被削的果皮均匀连成弯弯曲曲的一条线，没有中断过。等前夫走后，她母亲惊叹地拿起连在一起的苹果皮，说，嫁给这样的男人准没有错，现世的男人细心的是极少了，对苹果都这样，对你肯定错不了。

"一阵凄风苦雨出现在贝侬妈妈的眼眶里，她几近无声地啜泣……"

这时，响起了一个古怪的声音。

这是哪儿来的声音？在场的人面面相觑，惊讶不已，然后寻找声源。

老伯看到眼里，悲愤地对妇女说："你看你把人家逼成什么样子了……"

那躺在地上的妇女仍然说："我要上医院。"

"贝侬妈妈结婚不久，便发现自己嫁给了一个盗贼，且还是惯犯。三个月后，警察上门出示了逮捕令，上面写着，因打架斗殴拘役一个月，铐走了他。在前夫离开的一个月，她才从邻居那里听说了前夫以前种种劣迹，曾因盗窃入狱两次。一个月后，前夫从看守所出来，贝依妈妈提出离婚，那是一个……"那个声音又响起。

"对，他说得全对。那天是什么天气？"贝依妈妈反问那个声音。

"那是一个飘雪的下午，你的前夫揪起你的头发，撞碎了价值一百元的穿衣镜，然后用那双削苹果的手，折弯你的左手，你忍着伤痛仓皇提着行李箱，逃命般逃出了家，报了警。只是你的右手中指伤伤了神经末梢，一直无法伸直。"

贝依妈妈回忆着，右手中指无由地犹如遭到电击一般灼痛，她禁不住喊了一声："啊！"

贝依妈妈再看那妇女，不由得恶心起来了——地上躺着一段苹果皮。

"不会有谁在放录音机吧？这玩笑开得莫名其妙！"一直不说话的一个戴眼镜的中年男人嘲笑地说道。

"李自国，你前天去丽景美容院，你干了什么？"那声音慢条斯理透着嘲讽的语调飘在众人的头顶上。眼镜中年男脸色一变："你怎么知道？"

"你去了丽景美容院，其实没什么，偶尔的尝鲜不是罪过。"那声音说，"只是在你前脚去的时候，后脚你的老婆去了另外一个地方——一个宾馆，她那包里放着你买的情趣内衣，那件内衣真是性感爆了。"

众人一听是这么一回事，顿时尖笑声四起。

中年男低下了头，保持沉默。

务工男更是笑得五官变形，笑中带着咳嗽，再持续的话能把肺笑得吐到地上。

不承想那声音也笑了起来，带着说不上的一种刻薄的语气，说："胡爱龙，你怎么还在这儿？"

务工男憨厚而结实的脸一时凝固，手中的扁担随即掉在地上。

"那山真是很高，很险，很陡。你看到一个身材弱小的女大学生登上你的领地，在狭窄的栈道，而脚下是万丈深渊……"

"没这种事，你可别瞎说。"胡爱龙脸上青筋暴出，扭曲得几分狰狞。

"女大学生对你来说只是可口的猎物而已。"那声音不慌不忙，平静地娓娓道来，"在她要经过你时，你看了下周围，然后故意撞了女大学生，就这样，你把活人视为可以敛财的尸体。你每天看到的人，是不是都是你可以发财的尸体，包括我们？"

周围人大为震惊。

"杀人犯！"

"在逃犯。"

"别让杀人犯跑了——"

务工男尝试挤出人群逃跑。在场一个保安，迅速抓住他的衣襟，扭住他的双手，另外一个市民连忙伸出援手，一起控制住他，走向最近的临水街派出所。

"这世上真乱，什么恶魔都有，一不小心就能碰上个杀人犯。"穿着碎花衬衫的大妈撇了撇嘴。

"为人师表的人民老师赵爱琴。"那声音像是在课堂点名，"你在人民路捡到一部手机，丢失手机的是三中在校学生，你硬逼着人家索要一千元。小姑娘不给，你当场就把人家的手机砸了。"

"唷——"人群中散发一阵嘘声，众人上下打量着这位大妈。

赵爱琴歪着脸挑衅地巡视着众人，面无惧色。

"吴贞，你的儿子摔死……"随着现场扬起那声音，躺在地上的妇女浑身颤了一下。"你胡说，你这个不知哪里冒出来的鬼话。"吴贞做出了抵抗。

"你到过得还不错的同学家聊天，那是三十三层的高楼，她家在十八层。你带着两岁多的孩子，一时聊天忘乎所以，一不留意你的孩子从没有任何防护栏的楼上掉了下去，直到楼下的居民发现，已过了半个多小时。"

吴贞顿时号啕大哭。整个身体扭曲抽搐，如同噩运再次来临。

小贝依哭了起来，叫着"死神来了，来了"。

"自那事发生后，你的丈夫与你离婚，离婚后，你就性情大变。"那声音继续在行进着。

"你一个人回到娘家，你的父母认为你会带来不祥，言语对你刺激，让你无法在娘家里待着，于是你一个人就流落在街头。"

"前天，一个姑娘跳入护城河，你趁他人都忙于施救，便拿走放在河堤上姑娘的提包，那姑娘死了，人命在你的眼里不如你的一棵白菜。"

"求你别再说了。"贝依妈妈向天哭喊着。

几个人开始朝着事件中心后退了几步，仿佛噩运从小贝依为中心向四周辐射，围绕在各自的头顶上。现场除了令人毛骨悚然的哭泣之声，奇怪的是，无人离开现场，仿佛被那空中发出的声音魇住了，同处一场噩梦之中。而圈外的人，也无法进来，如同被一堵透明玻璃隔离在外。

其中一个人向着人行道、街道、形形色色的商铺和一栋栋高楼大厦看去，行人来来往往，没有人在注视着自己，不由得出了一身冷汗。然后，他又悄悄地扭头过来，朝向小贝依看去，假装对正在发生的事一无所知。

"贝依……"

那个声音又像是从地狱渗上来的，在缓慢地流动。

贝依妈妈尖叫了一声"啊"，跪在地上，双手合十，僵直如尸。

这一声喊，小贝依受到了惊吓，她看着妈妈，再看看地上的妇女。

小贝依的眼睛蓦然闪现出一幅幅画面。

"妈妈，别害怕，我看到了。"小贝依对着妈妈说。

"你看到了什么？"贝依妈妈惨白着脸，惊诧地问道。

"未来。"小贝依认真地说。

"你的未来？"贝依妈妈重复着小贝依的话。

"你的未来。"那声音也在重复着"未来"两字。

被无端声音击碎的几个人，缓过神来，打起精神耐着性子继续听。

"贝依，你在六岁……"那声音说。

"几个男孩子争先恐后挽起袖子，向女孩子做着鬼脸，得意扬扬，医生拿着注射剂，那是乙脑疫苗。"

"注射了乙脑疫苗后，你发起高烧，诊所医生按感冒病症给你治疗。"

治疗后，贝依半夜开始抽搐，后来发展到昏迷不醒、口吐白沫、鼻子流血、四肢发硬、持续抽搐，于是连夜送往第一医院。主治医生抽了孩子的血和脑脊液，送疾控中心化验，中午得到的化验结果是："血、脑脊液检测乙脑 IgM 抗体均为阳性。"当晚，转到市传染病医院，按照乙型脑炎治疗，晚九时医院下达了"病危通知书"，治疗期间共下达三次"病危通知书"。

"这孩子太不幸了。"老伯说。

贝依看到的却不是这样。贝依对妈妈说:"是这样的,那天快轮到我打针时,我悄悄跑掉了。"

"这声音居然还能预言未来,给我也看看,几时再婚,几时有儿子?"躺在地上的吴贞两眼放光,兴奋地说。

"你这个垃圾,被榨干的人皮。"

"你怎么还骂人,谁是垃圾?"吴贞反击道。

声音并没有理会吴贞,继续它的讲述。

"贝依,你在九岁……"

贝依妈妈瘫倒在地:"求你别说了!"她完全听不下去,浑身发烧,头脑嗡嗡地响,天旋地转。

"暑假,你的邻居阿姨,要带你去迪士尼公园玩。还有一个小女孩,比你大一岁,邻居阿姨带着你俩当晚坐飞机抵达星光璀璨的城市,入住一家五星级酒店,邻居阿姨看你俩入睡后,便悄悄溜走,一个中年胖子开了门,蹑手蹑脚地爬上床……"

"性侵幼女,这胖子真是该杀。"周围人交头接耳,纷纷愤懑不已。

"难道我就傻傻地让邻居阿姨带走贝依?"贝依妈妈向空中的声音质问道。

"所以说,世事难料。"声音回答道。

"妈妈,我看到了。"小贝依说,"在那阿姨走后,我和小姐姐并没有睡,并开了灯,随后,我们听门在动,进来一个胖叔叔，那胖叔叔看了看我俩，愣了一下便面露笑容，说小朋友快快睡，就离开房间了。"贝依妈妈继续问，那第二天呢？小贝依说，第二天，邻居阿姨哄我们睡觉，我俩没有睡，但灯关着呢，那胖叔叔再次进来。我俩一起大声喊——"流氓！"那胖叔叔吓跑了。

众人听闻，都松了一口气。吴贞也站了起来，向贝依妈妈说："妹子，我错了，请你原谅我。只要孩子好，我们都会很开心的。"

老伯、赵爱琴、李自国等人也笑吟吟地各自向贝依妈妈表示祝贺。

小贝依从脚踏车上跳下来，伸着双手向空中致意，向那声音表示谢谢。

"其实还没有完——"那声音说。

贝依眼睛突然睁得大大的。

夜晚带着它的庞大军团将城市漆成黑色，只有一辆孤零零的脚踏车被人遗忘在路边。

少　年

一

在这里，他与他的同事很像。有时仅仅是性别上的差异，和年龄的不同。但如果当上一官半职，就不需要太像他人了。李郁每天早晨接收到的各种级别的报纸，每份报纸的头版差异不大，颜色略有不同。他将报纸分拣好，并用铅笔写上"李局长""何书记""麻局长""慕容组长"等字样，然后交给小陈。小陈刚入职，胖乎乎的女孩，是个退伍文艺兵，她戴着黑框眼睛，配着她的圆脸，这样看起来很和谐，整个脸显现不出一点儿肥肉。小陈接过报纸，李郁转身把余下一沓有二三十份的报纸搁在他身后摞得有一米多的报纸堆，报纸上面的字排版得满满的，像繁星的天空，看起来是一片星海，但每颗星星都那么深邃，那么遥远，那么寂静。从一颗星到另一颗星，不知要有多少光年才能达到，其间隔着无数的绝望。

直到有一天收废纸的，收走了它们——它们保持着出生时的洁净。

办公室里的人要么写材料，要么在聊天。而李郁坐在办公椅上发呆，看着时钟慢慢指向下午六点。

星期三下午五点四十五分，他拿上斜挎包，走出了办公室。每天只要写完公文或者再没有其他领导交办的事，他总会提前离开单位，有时是十分钟，有时是十五分钟。

李郁在单位门口接到赵有亮的电话，赵有亮结结巴巴地说今天他请客吃酒，有一家刚开的狗肉店相当不错。让他打车立即来。

他挡了几次出租车，没一辆停下。便一路步行。走到另一个街区时，看到挤了一堆人，围绕一辆黄色水泥罐车旁，他趋步倾向去，拨开几个人，看到水泥罐车后轮底趴着一个妇女，满头是血，两眼呆滞，面向围着她的人群疼痛地呻吟着。在罐车侧面有一辆歪歪扭扭的电瓶车，上面还有血迹。有人在猜测这个妇女好端端的，怎一下子钻到车轮下？不多时，水泥罐车司机跳下来，俯身看了看妇女，便站了起来。这妇女顿时如遇上了野兽，眼泪鼻涕崩溃齐流，大喊大叫着，别啊，救命，求求你，别碾死我。我家里还有上学的小娃子，一个女儿在外地打工，老母亲全靠我养活……我老公下岗，他连自己都养不起。别碾死我咧。老天啊，你赶紧睁开眼。那司机在一旁打起了电话。

李郁心里想，我如遇上此等状况，是不是也要在车轮底下对罐车司机喊出"求你啊，千万别碾死我"的话来。他觉得自己有可能会说，人不到那慌乱的时候，是不知道慌乱会如何导致精神失控的，想着他觉得好笑，转身绕开人群。

"我们喝结束了，我领你去个地方玩，好耍的地方。"

他俩从酒店出来，李郁跟着赵有亮在街道上拦了一辆出租车。

从一个南街菜市场走进去，赵有亮带着李郁左进一条巷子，右进一条巷子，转出一个街道又往前走了十来分钟，走进了一条更狭窄的小巷子。正走着，迎面跑来一个穿着牛仔布短裙的女子，她踉踉跄跄地跑着，跑到他们身旁时高跟鞋一打滑，跌倒在地，仰头看着他们，说："警察来了，你们还进来玩?"然后她站起身来，径直跑出巷子口。他们借着酒劲儿走进来，现在被这句话刺激得酒醒了一些。李郁吓了一跳，手腕上已经有了手铐的寒意，扭头就往回走。赵有亮拉住他："别怕啊，这小姑娘说不定骗咱的。"刚好从巷里走出一个中年妇女，赵有亮问："里面安全吗，咋有个小姑娘说警察查着呢?"妇女咧嘴一笑："哪儿来的? 警察没事干吗跑巷子里，放着洗头房、按摩店明的不查，查咱穷窝暗房的? 你们玩吗? 我这有刚来的几个年轻女孩。"赵有亮看着李郁站住，打了个诳说："酒喝得太多，我想我们找个钟点房休息一下。"

在小巷出口旁，有一座桥，桥头上矗立着两层的楼房，下一层是门面房，有水果店、茶店。上面有一家名叫悦风招待所，简陋且价格便宜。他俩开了一间钟点房，打开向着桥东的窗户，躺在床上，清风徐徐而来，惹上了睡意，不一会儿，俩人睡着了。

四壁阴暗潮湿，壁上有许多字痕，李郁用手摸了摸，有少许黏液渗出，粘在他的手上。他继续往前走，这时有水流微弱的响动，他不仅鞋子湿了，而且脚趾也粘上了一些黏液，有些燥热。他又想尽快走出地洞，企盼另一个地洞不至于让他的双脚感到很糟糕……过了一不会儿，他走出洞口，到了一个小镇子上，看四周建筑应该是镇中心，十字路口，有四条街道。此时像黎明之时，他不知道该往哪条街道上走。他看到自己的倒影很大，有一百个他的组合般。他正准备随意走上一条街道……

赵有亮嘻嘻哈哈叫醒了他，说领导打电话要陪酒，他得过去。没等李郁睡意完全消退，赵有亮已经跨出了房间。李郁坐起身，看到窗外街道华灯初上，车来车往，顿时神志清爽了起来。他走到桥头，晚风鼓动，吹在他的脸上，他顿时有些孤单，思忖着打车回家。他欲走到马路一边顺路挡辆出租车，张望着来往车辆的空隙时，不经意间见到巷子口一株柳树下，有一个白色短裙在飘荡，一张笑脸在绽放。李郁一时蒙住了，一瞬间脑际里映出上周在市文学院笔会上的一个笑脸……他不由得放下拦车的手，向柳树走了两步，然后三步，他的脚步像踩上了云端，走向了那个女孩。女孩没说话，只伸出手掌，叉开五指，李郁眯着眼睛，含笑点头，跟在女子身后走进了小巷。李郁能闻到那女子身上散发的廉价香水味，那是十元钱空气清新剂的味道，心里想，这是免费的，不妨多闻些，边闻着边低头斜眼打量那女子，估量着她的年龄。女子上身着豆绿色的T恤，上面印了一只小猪，造型怪异，有一根长鼻子，像是经过变形后的大象，他就问那女子她T恤上的是猪还是象，并加以强调——指指她的胸。女子说："等下你摸就知道大小了，现在摸要加钱的。"他下意识咽了下口水，不再说话。他跟着女子继续朝着小巷里走，时不时迎面走出一两个人，他担忧遇上识得他的人，只好一路见人就低头，脸究竟有些潮红，心跳也在加速。这条巷子有种持久的尿骚味，一间接连着一间大小差不多的平房小院，在一些小院门口有三三两两妇女坐着小板凳，嗑着瓜子，她们的表情是漫不经心的，眼神里却透出几分热切。

"你多大？"李郁盯着那个姑娘问道。

"十七。你叫我陈玉。耳刀旁的陈，玉石的玉。"陈玉回答道。

李郁心里想，这里面的姑娘不会说自己的真实姓名。他笑着说："陈玉，你怎么不问我叫什么？"

"我管你叫什么啊，你办完事拍屁股走人，你个嫖客。"

李郁大吃一惊，他像个伪装好的魔鬼，让陈玉轻飘的话里的"嫖客"两个字打出了原形。

李郁脸色赭红，十分服帖地跟在陈玉身后。

天已经全暗了下来，小巷子里的灯光亮了起来。他迎面陆续有人低着头匆匆而过，也有从他身后掠过径直走在前面，几步后又拐到某个平房小院。

向巷里走了一会儿，又出现了一条巷，像从窄道走到了一个小腹地。陈玉带着他进了一个院子，院里建有一个简易的二层楼房。他跟着她上了楼梯，楼梯是用钢筋一阶一阶焊起来的，踩着有种踏空感。陈玉扭头见他上得缓慢而又小心，便放慢了脚步。

上到二层，楼道铁皮板上散落着一些杂物，锈迹斑斑的铁栏杆上拴有晾衣绳，搭了几件湿淋淋的衣服，他听到打在地板上的水滴声。二层有房六七间，有两三间灯亮着。

"朦胧月色渡栏杆，寂寞妆合夜气寒。"

陈玉听到身后的男人似乎在吟诗，笑了起来，说："等会儿我给你读《长恨歌》。"

陈玉按开了灯。房间里，放着一张大床，床上有一个粉色的笔记本电脑，屏幕上的游戏页面还闪着光，地上有个大洗衣盆，盆内有水。靠近床边放着简易的木桌子，上面凌乱地摆着电饭锅、电磁炉、小案板及碗筷。

她提起一个暖水壶，给大洗衣盆添上热水，对他说："你洗洗吧。"

二

"我来介绍一下，这是我市非常有潜力的诗人，李郁。"市作协主席王金有见到他进门，向坐在沙发上的一个打扮非常入时的女人介绍道。

"我认识，刘红。"李郁一时腼腆了起来，他竟然见到上周在笔会上的那个令他怦然心动的刘红，真是太巧了。

刘红站起身，与李郁握手，说："我俩见过，王主席，他是写诗的才子。"她对着李郁说："王主席刚才还说你的大名呢，说你要出一本诗集，我很期待。"

李郁面红耳赤，一时找不到什么话来应对。"这主要……要谢谢王主席！"

"哈哈，我们这位才子人老实。有些作者啊，能说不能写；有些作者啊，能写不能说；还有些作者……"

李郁机灵起来，连忙接茬道："能写能说，当然是我们的王主席。感谢王主席多年以来对我的扶持和鼓励。"

"李才子也能说啊，王主席看人扁。"刘红说。

"李郁啊，你的诗集《向着正能量挺进》，其实书名倒也挺好，有宣传的意义，但诗味总是差了些。我个人建议啊，要出的话，书名一定要富有诗意，再好好想一想。"王金有说。

"那叫什么？"李郁心里想，这书名完全是按市作协去年年终会议要求而定的。

"这样吧，我现在有个会。你和刘红好好认识认识，刘红她有个很诗意的茶馆，当然她也写一些文章，小散文之类的。要不你俩加个好友，喝喝茶聊聊诗文，商讨下诗集名称？"王金有一边说，一边取下衣架上的夹克外套。

李郁和刘红走出市文学院。下午三点，阳光狞猛灿烂，打得树和车在光线中抖动。

"你开车了吗？没有的话坐我的车，到我茶楼坐坐，我可要好好听一席诗歌讲座。"刘红说道。

刘红从坤包内掏出车钥匙，一辆白色奔驰 SUV 得到了回响。

李郁坐在副驾驶位上，难得以如此近距离地打量她。这是个非常精致的女人，三十刚出头，浑身散发着既深又幽远的芳香，让他一刹那站在楼阁台榭、水月花影之处（车内空调开得正恰好）。她的五官均匀，嘴巴小巧，笑起来十分销魂，侵入李郁的阿赖耶识。

刘红开车非常娴熟，几乎没让李郁感到任何震动。

绕过建国路，驶入北京大道。在金象商贸楼停下车。李郁看到一排排三层商铺，向左有一间悬挂着古色古香的黑漆牌匾，匾上写有"听雨亭茶馆"五个大字。

"这是三层茶楼？"李郁问道。

"三层是对，但不是茶楼，是茶馆。"刘红说。

"这，它就是个茶楼啊。"李郁说。

"不是茶楼，是茶馆。"刘红眼神流露出一丝怜意。

李郁不再争辩，与刘红一同走进"听雨亭"一楼。

"我茶馆不大吧？"刘红边对李郁说，边对向她笑脸相迎的几个姑娘点头示意。"你们活儿干得真快。"她满意地看着四周茶架，李郁也顺着她的目光看去，正对门口是收银台和一张一米五长的茶台，茶台是用一整块天然纯木雕刻而成的，木质泛着清光，一看不仅价格不菲，而且十分罕有。李郁微微出了点汗，再看左边是茶架，摆着各种茶饼、茶块、茶罐，顺眼看一下，价格有好几百，也有上千的。右边是摆架，放着各种茶壶、茶杯，不用有多内行，从那些小玩意儿的精致程度上看，就知道是有品质的茶具。李郁更加出汗，更加迟缓，直到刘红喊他三四次，他才应声。

"哎哟，我们的大才子看来是对茶艺有研究的，看那眼神，痴痴的样子。往后，我跟大才子不仅谈诗，也要谈茶道。"刘红说道。

"小白，老周来了吗？"刘红对收银台上一个小姑娘喊道。

"刘总，他已经在二楼呢。"

"李大才子别光顾着看，我们上二楼，你也参谋参谋茶室的布置。"

李郁咽了一口唾沫，感到口渴："刘红，刘老板，品下你的茶……"

"哎，老板多难听，叫我刘红，小刘也行。上二楼我们喝茶，少不了的。"刘红放声大笑。

刘红边上楼边给他介绍楼道上挂的一幅字，说："这是我茶道师傅写的，他老人家今年八十了，轻易不给任何人写字。他听到我来了，拄着拐，两个小师弟展纸，他大喝一声，笔下的茶字便有魂了。你看看，'茶魂'俩字，是不是精气神全有？"

又指了过道上的挂饰，对李郁说："这顶草帽和马灯，是我当马匪出身的祖父遗物，你们文学界有部《红高粱家族》，是不是很像很像啊？我特意去老家取来的。"

到了二楼，有三个门帘，一间大的茶室，左角有一个小茶室，再往里走，也有一个小茶室。看样子是把一整间隔断成一大两小三个茶室。

他跟着刘红踏进大茶室，室内有一张矮茶桌，两边放着三人位的布艺沙发，一位年龄五十来岁，穿着粗布大衫，头发极短，面目棱角分明，眼睛深而大的男人，他端着茶杯，看到他俩进来，站起身说："小刘，我按你的想法，在这面墙上布上磁铁，喝茶的客人可以将自己写的字挂在墙上展示。"

"老周全权负责我的茶馆设计，对了，你们都是艺术家呀，肯定有共同话题。"刘红一边说，一边摁了茶桌上的按钮，"上茶，边喝边聊。"

这时李郁反生尴尬了，不知道说什么好。

"搞艺术的，哪门？"老周问道。

"我们的李大才子，诗人。"刘红说道。

"呵。"老周什么话也没有说，只发了一个简单的语气。

此时更加尴尬，李郁顿时脸红了，嘴巴如同铸上一大块铁砣。不就是挣几个钱吗？他心里想，肚内空空的货色有什么资格瞧不起诗人，况且像我这样为时代讴歌的真正诗人。

"他，在咱们区上工作，负责政策宣传。"刘红给老周解释道。

老周这才与李郁握了手。

茶室不再变得尖锐不安，气氛也随着刘红的店员上来倒茶变得融洽了许多。

接下来老周开始讲着他对茶馆的设计思路和实际效果，刘红谈着她对自己茶馆的想法，并对老周进行了肯定和细节上的商榷。甚至说到高兴之处，刘红时而朗声大笑，时而又低声吃吃地笑，更加多了几分别样的妩媚。边说边问李郁如何如何，李郁使出捧哏的本色："嗯……对……很好……很妙……恰到好处……不错不错。"他喝着清茶，吐出毫无意义的词，打发着下午时光。

"看我们谈茶馆事情，把大诗人……李作家的书名一事忘了。"刘红说出这句话，立即提升起李郁的兴趣，特别是刘红改口不叫他诗人而是作家时，让李郁感到清风拂面，再呷一口茶，则更加沁人心脾。此刻的他如被一道强光打在脸上，霎时通体明亮。

"我看哪，诗集还是听王主席的意见，要有个诗意的书名才好。"刘红说，"王主席其实说了你许多事，还说你诚实，现在这样的人很少了，这样的人应该如什么子。"

"赤子。"李郁说。

"赤子好啊，"老周帮腔，"不是有个词叫作海内赤子，我们都是炎黄赤子嘛。"

"那我的书就叫《赤子情怀》，怎么样？"李郁双手比划着，不再有任何拘谨，一脸灿烂的笑容，刘红眼中闪亮出一丝爱意。

"你现在的样子就是一个赤子，赤子的样子。"

三人笑了起来，笑声嘹亮，响到了一楼。

三人一起下到一楼。刘红站在旁边，以欣赏的眼光看着轻蔑与轻蔑彼此握了手。

"你若有空就过来吧，我的茶馆还要你的帮助呢。"

李郁和胡华一同在魁星坊，他俩在紫云轩停住了脚步，走了进去，与大多数文墨店一样，文房四宝样样不缺，并承接装裱、画框制作、名片打印等业务。

胡华是作协秘书长，又是著名文学奖得主，这在本省来说，他是获著名文学奖的第一人呢。他除了写些小说外，还练练书法，写些书法评论。老板见到他显得十分亲热，胡华挑有端砚、笔架、大小毛笔数支、墨汁，以及一沓徽宣。老板送人情俱按最低价算下来，这些文墨之宝已经价值五千多元钱，李郁几近无法呼吸，掏出钱包数了数有四千多元，只好掏出信用卡，谁知那老板说店小刷不了。李郁额头冷汗沁出，还好胡华掏了一千元现金给他，才使李郁付了款。

他俩从魁星坊出来，到了熙熙攘攘的街道上。一路上胡华说他的诗集由作协资助申报，到文化下乡以及基层作者开会时，全部由作协按原价买进，按原价付给他，能起些经济上的帮助。李郁顿时感动不已，不住地向胡华表示感恩。

"胡老师，王主席对我的帮助我必没齿不忘，会牢记于心，努力创作出有分量的好作品，回报领导和胡老师对我的栽培和提携之恩。"

"小李，是这样的。"胡华说道，"咱们市小说人才、散文人才都推过，有些推得好，有些也没有推成功，推得好，就是获得咱们本省省级文学奖。这次呢，王主席有意推下本市诗人，而且是打算力推，我们与其他市开展文学交流，他们都做得很好，反而我们有些落伍和不重视人才。而且呢，作品要有层次，什么层次呢，就是政治性和文本性两个都要硬才行。我们挑选了很多本市写诗的人，发现你最符合这个条件。"

"当然，你现在的年龄也是极大的优势，无情地碾压了他们。"胡华补充道。

一路上李郁听得心情澎湃又对胡华瞧不起，一方面他为自己即将跻身本地文学名人得意不已；另一方面，又认为胡华这人十分胆大、令人恶心，因为前段时间他听说胡华搞上了本地另一个诗人的老婆，而这个诗人的老婆原是王主席的情人……况且他的著名文学奖，也据说是砸钱买来的。

他又看了看手机上的刘红朋友圈的个性签名——"茶，生于土木，沉寂金火，复活于水。历尽磨难为你而来且抱感恩之心。"仿佛这段话专为他而写，这使他内心稍感安慰。

"先不谈诗论文，我们这些人离开了诗和文章，就好像一副吃不饱饭的样子，这是痴迷，也是我们的宿命。"胡华拍了拍李郁，特意向他靠近，他的肩向着李郁的肩并着过来，李郁一时无法适应这种温度，觉得浑身不自在，禁不住打了个尿噤。

"小刘的父亲我认识，我们是多年的朋友。"

李郁听到胡华这样一说，心颤了一下，"啊"地叫了一声，不由得又与胡华添了几分亲近感。

"你是不是对她有意思了？"胡华仰头大笑，"他父亲以前做过咱们本地印刷厂厂长，与我们有来往，其人实在，义气，性情中人。豪爽，出手阔绰。只是爱赌，现在不做印刷事业了，印刷厂让他的儿子也即刘红的弟弟去做，他现在只做些房产生意。"

于是俩人肩并着肩一直走向刘红的"听雨亭"。

到了茶馆，胡华和李郁径直上了二楼，李郁将文房四宝放在书案上，心里的鼓点敲得稀里哗啦，一边恭维胡华的书法，一边盼着刘红快点上来，有种邀功请赏的迫切感。

"小刘，开业定在几时？"

"胡叔，定在中秋、国庆双节了。"刘红春风满面，如走在红地毯般光彩照人。

"嘻嘻，李大诗人锦上添花，我的文房四宝呀，让我看看。"她看到书案上的笔墨砚纸，就像从天上轻松掉下来似的，不知道李郁还在心疼那五千多元人民币，还为借了胡秘书长的一千元而暗自懊悔。

"胡叔，你俩先坐喝茶，我让小白泡上十年老茶头，耐泡，养神。"刘红接了一个电话，说完下楼忙活去了。

"喜欢就大胆地追吧。刘红有一段短暂的婚史，这点也与你相仿，论条件，她有财，你有才，况且你又是公职人员，并不差她几分。"胡华说道。

"现在作协影响力不及前几年了，人们一心奔上钱，重物质而轻精神。现在能写的几乎就是些像我们这样实在又痴迷又有使命感的人，年轻人总是浮躁，我也见过几个还算能凑合的，在文联杂志发了几首诗，以后就不见了，论坚持，他们远不及你。"胡华说。

"甚至网络上有一些垃圾文人说什么我们是歌德派，是餐桌上的佐酒，是贫困地区的面子墙，真是十分无耻……"胡华继续说。

"这样的垃圾文人三观颠倒，有什么用呢。您大可不必理会的。我也是在王主席和您的鼓励下才坚持下来。有许多地方需要向您请教。"

"文学两字，总离不开人性，用我们的笔传递人性之美，这样的文字是可以传世的。对于文学，我个人写作三十多年，除了一切基于人性之上。要不，怎么会得到著名文学奖的殊荣呢？还有一点，就是学会区别什么是应该写的和不应该写的，这点准没错。许多作家犯了一些低级错误，原因就在于他们没有掌握和学会这一点，以至于空嗟叹，失意无路。"胡华拉长语调，对李郁做重点强调——

"这是至关重要的，对我们来说，即生命。"

胡华这番话说得令李郁折服不已，简直有立地成佛之悟。

"写点什么，沁园春？有些长……"胡华站在书案，手擒笔管，蘸起墨汁，拉开阵势。"小李，你想几个字吧。"

李郁对着胡华朗诵道："茶，生于土木，沉寂金火，复活于水。历尽磨难为你而来且抱感恩之心。"

胡华写好，用墙上的磁铁将字幅挂上，对李郁说："小李，我们喝上两杯。"俩人下了楼梯，一同找酒馆去了。

他为手头写的材料发愁，昨晚与胡华以及两个文学界老前辈喝酒，早上还带着宿醉上班。局长让他把小张的会议讲话材料好好修改一下。让他去掉讲话材料中的套话空话废话大话，留下实话就行。他仔细斟酌推敲，去掉了套话五百字，去掉了空话四百字，去掉了废话三百字，又去掉了大话二百字……整篇材料就剩一句话:"会后,请大家到悦来客餐厅用餐。"他心中哀叹,要熬多少年才能不必写这类东西。在冥思苦想中,他与小张的材料上的文字搏斗数个小时,也只是做了部分文字上的增删,修改了个别语法错误,校正了几句表达较为不精确的段落。

"罢了罢了,实在无能为力。至于为此挨批评也好,我真不知道该怎么改。"他摇了摇头,脑海里出现一个矮胖身影,一张敦厚的黑脸——麻以前是科室主任,去年升任为副局长后,整个人变得飘逸了,像一只全天候展屏的孔雀,并且是一只口吐莲花的孔雀。特别是在酒桌上,简直是风流偶傥,光彩照人,再偶尔讲点荤段子,更显得知识渊博和平易近人,简直迷人之极。他想着,当官真能升华一个人内在价值和树立人的尊严。

"大才子,你能帮个忙吗?"李郁打开朋友圈,看到刘红发来消息。这消息来得如此恰到好处,一扫改材料的晦气。如同一间闭塞沉闷陈放腐尸的小屋顿时透进了一道道强劲的阳光,照亮房间,让腐尸复活,驱散恶臭。

"你在哪儿?我来找你。"没等李郁回复,刘红电话打来了。

李郁说了单位地址,十分钟后,让他心跳的敲门声叩响了。他急忙打开门,刘红戴着一顶米色渔夫帽,穿着欧美风绣花连衣裙,如此画风让她犹如二十岁少女,而浑身的高档香水味让李郁确认自己没有认错人。

"在写诗？"刘红看到电脑文档上的字。

"没有没有。"李郁舌头像拧在一起，浑身燥热。

刘红从旁边办公桌旁拉来一个椅子，靠近了李郁的办公桌。她身上的芬芳咄咄逼人，犀利明亮。

接下来刘红的举动更加让李郁惊诧不已，不知身在何处了。是的，刘红开始向他读诗……

"人生若只如初见，何事秋风悲画扇。等闲变却故人心，却道故人心易变。骊山语罢清宵半，泪雨霖铃终不怨。何如薄幸锦衣郎，比翼连枝当日愿……"

"诗人纳兰性德这首诗借用汉唐典故而抒发闺怨之情，意思是让我们始终如一，生死不渝。"李郁说道。

"啊，真是太美妙了！有匪君子，如切如磋，如琢如磨。你就是君子。"刘红又向李郁靠近了，她摘下帽子，裸露的肩膀时不时地蹭他的肩膀。

"李，你为茶馆设计一个LOGO吧。"

"LOGO，你要生产茶叶？"

"不是，是到时为了方便给茶友配送，在包装袋上印着我们的品牌。"

"刘总……小刘……"李郁又不知怎么称呼她。

"叫我红就可以了。"刘红声音轻飘而微微带糖。

"LOGO，需要什么样？"李郁颤抖着手指压着鼠标点开素材库，刘红屁股抬高，头向屏幕贴近……一缕秀发顺其自然地拂在他的脸上。持续了二十秒，在这一时刻里，李郁应该顺势去抚摸她的秀发，揽她入怀。

可李郁什么也没有去做。

他沉浸在她的发香中，已超然物化。

刘红坐回椅子上，茫茫然一小会儿。

李郁又见到刘红指了指胸前，说："你看这里是不是有只蚊子？"她殷切而热烈地盼望着他的手……但他却说："蚊子在哪里？"

他将两瓶酒和价值五百、二百的代金券递给胡华，胡华收下酒，看了看代金券，将代金券装在衣兜里，酒放在车后座上。对李郁说，还有一个人，我们一同去到刘红茶馆。于是他坐上胡华的捷达轿车，一同去市广播电视大学。

"老陈，不会耽误你工作吧？"胡华转过头对李郁介绍说，"这是咱们市书画协会副主席，我多年的至交，陈亚墨老师。现供职市广播电视大学。他父亲可是咱们市著名文化人，市刊物的原副主编，我的恩师、市著名小说家陈之奇先生。"

李郁想起来了。前年陈之奇病故，一同参加吊唁的市作协会员有二三十人，在追悼会上，诗人们集体朗诵了陈之奇的一首诗作，他也位列其中。

他立即双手紧握住陈亚墨一只肥腻的胖手，向他表示了敬意。

"我在刊物上读过你的诗，记得。"陈亚墨说，"大概是一个诗歌专号吧，市文联寄给我两本。"

李郁受宠若惊。

"陈之奇老先生是我们学习的楷模。"李郁一边说，一边搜索他对陈之奇小说作品的零星印象，脑海冒出了：野草、野合、土圪坷、土豆、红色棉裤子、秦腔、经血、饥饿等诸多关键词。

陈亚墨接过话头，聊起他父亲的轶事，说他父亲去世后，一位官员到市里调研，第一件事就是找到他，问他要他父亲的小说集，一本还不够，他也没有几本，到市作协找到两本，到市图书馆找到四本，一共凑了十本给那位官员……

三个人到了茶馆，李郁没有发现茶馆悬挂的祝贺条幅，那是与胡华喝酒后到一家广告公司印的有"市作协热烈祝贺听雨亭开业""市诗歌协会热烈祝贺听雨亭开业"字样的条幅。他心里有点不快，但又不好去问正在招待来宾的刘红，于是他与胡华和陈亚墨上了二楼，胡华、陈亚墨在前来庆祝刘红茶馆开业的来宾的围观下，展示了各自的书法才能，赢得阵阵掌声。

三

他看到刘红朋友圈晒的照片，一会儿晒的是高山上她面向夕照的照片；一会儿在茶席上与一些人喝茶并亲切交流的照片，有点像他单位领导在外考察的做派；一会儿在一大片茶园里背着茶篓采茶……每次照片上的衣服不重样，她带了多少件衣服？但每张照片给予了李郁视觉上的惊艳，让他不由得赞叹一番。每一条消息他俱点赞，并评论如"窈窕淑女，绰约风姿""如你的侧脸折煞我多少的流年"……

直到他看到一幅场景，不由得在那照片陷入进去，她从武夷山离开又到西藏了？他再看到照片下有小字：藏羌自治州。

照片上，刘红穿着半截藏服，头戴一只由不知名的小花碎草编成的花环。她的周围是牦牛和山羊，不远处是一座藏舍，上面配着文字——如同天地初立，一切崭新。我仿佛从鸿蒙中走来，我亦如此崭新。我必怀着悲悯之心，且让悲悯融入这块土地、人及无穷无尽的绿色，由远到近，不遗一物，连绵不绝……

刘红在武夷山订好单，就去了藏羌自治州。在藏羌自治州待了一天，通过胡华的介绍，见到藏羌自治州文联副主席曲桑加措，然后随曲桑加措去朝见一位活佛，走出活佛的居所后，刘红只记得"皈依上师、皈依佛、皈依法、皈依僧""四皈依咒"，再就是在活佛居所里的一张桌上，贴着塑料宣传标语——富强、民主、文明、和谐、自由、平等、公正、法治、爱国、敬业、诚信、友善……

刘红心里长驻着一个诗人，名叫兰波。第二天，她向曲桑加措告辞，拿着一封介绍信，雇了一辆白色面包车，按照地图，到茂尼呷镇政府，找到副镇长。副镇长看到藏羌自治州文联的介绍信，掏出手机，打了一个电话，并招呼刘红到他的办公室等候片刻。约莫一个小时后，一位穿着藏袍，头发蓬乱，梳着几根小辫，像印第安人，穿着牛皮高帮靴子，身高足有一米八左右的藏人，站在刘红的面前，神情呆滞冷酷。

副镇长说，这是尼玛村村长。她站起身正准备向他介绍自己，还没等说出自己的名字，村长已经走出门外，她急忙向副镇长告别，追了上去。

村长开始发动他的嘉陵摩托车，一阵轰鸣后，他整个身子淹没在黑烟中……刘红反而觉得野性十足。她坐在后车座上，只听到粗犷低沉的声音。"坐好。"村长骑着摩托车载着她驶出了镇政府大院。

黄昏时分，摩托车绕过窄长的、灰色的镇街道，绕过稀落的镇民，驶向了土路，一片辽阔绿原向刘红的身后飞驶，她将羽绒服帽子拉起罩在头上。渐渐地道路开始变成一条扭曲的线，这时刘红才感到害怕，摩托车在崎岖凶险的山涧斜行，山涧下山溪流淌，只能看到粗壮的黑线，只闻听水击溪石的咚咚之声。她暗想这要一不留神，即时葬身于涧下，被湍急的水流带向幽冥黄泉。她连连"啊啊"尖叫，紧紧抱着村长宽厚的腰。村长一声不吭，打开了摩托车灯。一会儿，刘红感到不再剧烈地颠簸，心跳才放缓了下来，一轮新月列于中天之上，辽阔再次呈现。刘红看到前面有两处闪动的灯光，明明暗暗，那是两个帐篷，一个原始游牧部落正在她的眉眼间形成。她想如果此时死于途中，也是一种伟大的冒险："我要像兰波一般，我爱那个写诗的男孩。"

摩托车的速度并没有降下来，但那两个帐篷老是到达不了。看着很近，其实很远。牦牛的声音、流水的声音交织在牧原上，一时间如梦如幻，直到摩托车停了下来。刘红才发现自己的脸被风吹得麻酥酥的，头发凌乱，双腿僵直。她如梦初醒，双手松开村长的腰，从摩托车跳下来，踉踉跄跄地，在青草缠绕的湿地上走了几步，按照她学习瑜伽的体式，简单地活动了四肢。

"车子无法走了，草像被绳索缠住了，"村长将摩托车放倒在地上，用低沉而沙哑的声音说，"我们在这儿过夜如何？"

四周是粗犷的风。村长身上散发着天然的畜味，那是牧场的牦牛、羊羔、鸡还有雄性的马的混合气味。她头上一凉，村长的厚重嘴唇贴在她的耳根，一双粗笨的手抚摸她凌乱的头发。如果此时在她仰望星空，为神秘而辽阔的牧场神魂颠倒，战栗不已之际，村长再念上两句海子的诗……那她就完全是让某文化学者附了体。但，实际那是一个不堪又混乱的夜晚，弄脏了她的 JD 限量版内裤和价值不菲的 For All Mankind 牛仔裤。

"你还记得我吗？长恨歌。"李郁收到一个手机短信，他想起来那个晚上，还有白居易的诗。

"你是谁？"李郁回了过去。

"陈玉啊。"短信显示了一个名字。

"我不认识你。"李郁再次回了过去。

"同是天涯沦落人，相逢何必曾相识？"

他一时想不明白这个婊子说同是天涯沦落人是何意，是说诗人与妓女存在着必然的逻辑关联呢？等同事走完，办公室就只有李郁一个人。他拉开窗帘，看到天阴沉沉，心里若有所失。窗外的秋色随着秋雨沉郁凝寂。"诗歌，是世上的灯盏，如果没有诗歌，这世上有多暗淡。"他心中想着，这样的夜晚应该写首诗。他走出办公楼，转到一家便利店，买了一桶碗面，一瓶半斤装的白酒。

"喘息着，喘息着

我，看到你了……"

又是陈玉的短信。他将手机置于一旁，继续写第二段诗行。呷了一口酒，情绪却始终无法酝酿成诗意。他发呆了一会儿，又呷了一口酒，而他第二段头一个字还没有写下。无疑，陈玉这行轻飘飘的字句，一句顶他十句，更具诗的杀伤力。简洁，明了，极具诱惑力，瞬息摧毁他前面构筑的城池，拔掉了他的旗幢，踹烂了他的柴门，驱赶了他头上盘旋的一群昏鸦。

于是他揣上酒瓶，关上办公室的灯，从办公楼出来。是时，雨点打在他的脸上，院里的路灯渐次亮起，照得路面影影绰绰，门口保安室传来热闹的打纸牌的声音，他站在大门口，招到一辆出租车，说明了去处。

"一夜多少钱？"

"三百。"

"物美价廉的肉体？"他坐在出租车里想，"生意不好想到了我？"他又想。"喘息着，喘息着，我，看到你了……"他反复轻吟着，竟然越发醉意盎然。

不一会儿，出租车驶到南街菜市场门口，他下了车。走向小巷子，雨幕让周围建筑一片模糊，转了几圈，越转越晕，只好发短信给陈玉。

"喘息着，喘息着，我看不到你，我迷了路。"

他的头发和衣服淋湿了，便又喝了一口酒，并将酒瓶装在西服上兜，像别上一朵花。他此时反而内心充满了自由的喜悦，甚至想起小时候看过一个美国电影叫作《雨中情》，在雨中肆意跳踢踏舞。他模仿跳了两下，雨水溅入鞋袜也全然不顾忌。直到撑把黑伞的陈玉出现，他内心竟然有些感动和温暖。他跟随陈玉，此刻他只想让陈玉把他当成可任人摆布的小孩子，从一条小巷子转到另一条，如走在迷宫游戏当中，他陶醉在自己的小顽皮角色中，嗅闻着甜蜜。

"咦，你上衣别着啥，酒瓶子，你可太逗了。"陈玉发现他一本正经的蓝西服上竟然滑稽地别着一个小酒瓶子，一时间笑出了声。

李郁取下酒瓶，饮尽瓶内最后一口酒，也笑了起来。

238

两人笑了一会儿，陈玉说："我饿了。本来想出去买点吃的，发现你不带把伞，湿成了鬼。"

李郁掏出了五十元递给她。

陈玉说："宝贝，你等我。对了，你想吃啥，你还喝酒吗？"

"不不不，你买自己的……要不，再买几瓶啤酒？"李郁说，"我干脆和你一起出去置办吃喝。"

"不不不，"陈玉模仿他的腔调，"你别出去，你的衣服全湿了，你躺在床上，我去买。你若跟着我，反而是个累赘，爱迷路的废物一个。"

他躺在陈玉的床上，外面的雨小了……屋内好像也有雨声，他看到靠窗户的天花板悬挂着一颗颗水滴，列队游走，到另一个裂开的石膏板一颗接着一颗滴落，像是一个个训练有素的跳水运动员，一个个精确无误地跳进陈玉在地上放着的塑料脸盆。在靠左墙处，放了一张方桌，堆放着酸奶盒，还有袋装的伊利纯牛奶，老干妈，一个很小的布娃娃，上面沾着几点辣椒油。一只敞口的铁盒里，放着几只避孕套，一板缺了几粒的氟哌酸，半袋板蓝根。这些物什温顺又卑微，在昏暗的电灯泡下毫无冒犯之意。

"这是妓女的房子，我——诗人，在体验生活。"李郁完全认为自己是精准扶贫干部对贫困妓女陈玉的宠幸。在酒精的催动下忘乎所以，"我应该写一首妓女的诗，又有什么不可呢？给人带来欢乐的同时，又能化解潜在的社会矛盾。"他将床铺上靠墙一处放的笔记本电脑打开，搜索了蔡依林音乐专辑，响起了《布拉格广场》。

陈玉提着食品回来。她将床头上的台灯打开，又到门口把电灯关掉。

他打开塑料袋，里面丰富多彩：五香鸡爪有四根，袋装卤鸡蛋，酒鬼花生，辣条两包，一包胡豆，一瓶凤香白酒，四瓶易拉罐青啤。

他对陈玉说他出去打个电话。在铁皮楼的二层楼道上，李郁深呼吸了几大口，面对着几处灯光和一团漆黑，掏出烟盒抽取一根点燃，想起刘红那段文字。他又在手机上打开朋友圈，重温了刘红写的话："如同天地初立，一切崭新。我仿佛从鸿蒙中走来，我亦如此崭新。我必怀着悲悯之心，且让悲悯融入这块土地、人及无穷无尽的绿色，由远到近，不遗一物，连绵不绝……"

他反复看着，眼角竟然流下了泪水。他擦干泪，给母亲打了电话，说他今晚在单位加班不回家了。母亲说，下雨别感冒。

"死人，快来喝酒呀。"他挂掉电话，驱散抑郁之情，以一个战士的姿态回到陈玉租住的房子里。

陈玉找了几份广告宣传单铺在床上，将零食摊在上面，拉开易拉罐，说："我们先喝点啤酒好不好？"

他和她碰了杯，李郁本来就有点渴，两三口将一罐饮尽。陈玉眯着眼斜看着他，还是小口地抿酒，往嘴里扔上一两颗花生，咬得嘎嘣嘎嘣地响。李郁拧开白酒瓶，对着瓶嘴喝了一口，夸张地咂巴咂巴嘴，说："还是白酒过瘾。"酒壮了他的胆，他于是对着陈玉朗诵了刘红的那段话，陈玉听了仰面大笑："你在说什么鬼话，这么无聊。还不如我给你讲故事听听吧。"

"一天，有两个男孩来到咱们这要玩耍，挨着门挑小姐，走到后面的一间出租房，两人走了进去。突然一个男孩惊慌失色，满脸通红，红到了脖子根，就像有吃人老虎坐在床上，什么话都没有说，掉头就走。另一个男孩不明就里，跟着也出去了。你猜，是怎么回事？你猜不到吧，小姐是吓丢了魂的男孩他亲姐姐呀！"

"好笑吗？"陈玉说。

在廉价出租房顿时响起了男女笑声。他和陈玉笑了一番，两人黯然了起来。

陈玉端起啤酒瓶，李郁拿着白酒瓶，两个瓶子碰撞在一起，她问他："是不是不好笑？"李郁没有回答。她又说："我们农村生活真的不好，我只念书到高二，我爸爸就死掉了。妈妈需要养病，弟弟需要上学。我第一次是同乡一个班的同学介绍到城里破了身，然后就到这里了。"

"你有男朋友吗？"李郁问道。

"你给我介绍吗，还是把你自己介绍给我？"陈玉嘻嘻地笑着，"我不止一个，我有过好几个男朋友呢，但都是一些小混蛋。最近的一个小混蛋有两个月没来找我了，估计是另找了一个。"

李郁心里咯噔一下，有些恶心，强作欢颜，饮了一口酒。

"能不能说说他们的事？"

"说他们的事，你会恶心，都是些没有出息的小混蛋。他们像公狗粘在你的身上，又像吸血虫子吸着你的血。"

"那为啥还要养？你挣得也不是很多。"李郁问道。

"图个心理安慰，也图他们帅。当然，最帅帅不过杨啸，可惜他有两个月没来过了。"

外面的雨还在下，有时能听到风在拍打门框。

"咱俩看个电影吧。"陈玉伸手取过笔记本电脑，放在双腿上。"什么电影？"李郁有些好奇地问，他脑袋里盘旋着三级片的镜头。"小混蛋杨啸最喜欢看的电影，叫作《低俗小说》。"陈玉说道，"说是黑帮电影，但看起来很奇怪。有一段儿特别逗。"

这下轮到李郁吃惊了，《低俗小说》是电影大师昆汀的杰作，现在在这儿居然能看到如此"美学"意味的电影，就像陈玉背诵过的《长恨歌》一样。这样高雅的东西不应该出现在妓女的口中，简直让他不知身在何处。

他尬笑了，这里美学是没有的，黑色倒是存在的。这里不仅魔幻，还很超现实。

"在破烂的出租房，一个会背诵白居易《长恨歌》的农村

242

卖淫女，一个即将出版一部诗集的诗人，而且是市作协看好的很有前途的诗人……这世道过于混乱了——诗人和流莺的故事。"

陈玉将电影进度条拖拉到——文森特与黑帮老大马沙的情妇米娅跳舞的那一段……

这时陈玉看到李郁在床上打滚，大笑："我快要死了，哈哈。"

"死鬼，来看跳舞，太有意思了，你看男的，你再看女人。来来，我们也跳一跳。"

陈玉双手抓住李郁的腿，拖着他往床下拉。

一男一女身体摇摇晃晃，在酒精的刺激下，笨拙地摆头扭屁股。

"你真的十七岁。"

"十七岁你的鬼。"

"今天晚上给你打半折。"

四

"你现在有空吗？给'听雨亭'写段广告词吧。"

当李郁坐在茶馆里，耳旁流淌着曼妙的钢琴曲，他头脑有些空白了，心不在焉地听着刘红在给店员布道茶艺，教她们分清白茶、黑茶、绿茶、红茶，黑茶有哪几种，大红袍归什么茶，正山小种，还有什么马肉、牛肉之类的茶叶珍品。

他的宿醉还没有过去，昨晚的雨，现在又在茶馆里下着。让他有些恍惚，一想起昨夜疯癫，在此时优雅的环境里，他难免羞惭了起来。

"你怎么到藏区玩了？"李郁问道。

"我要写散文啊，我不能卖茶就不写散文了。我一直喜欢藏族风俗，去年在西藏，今年是甘孜。"

"我还没有去过西藏，更没有去过甘孜。"李郁打趣地说，"以后你若再到那些地方的话，把我也带上。"

"你们这些公职人员，是不喜欢朝圣之地。"刘红说，"当然，你们有朝圣的地方，只是与我们不同。比如会议室……"

李郁听了刘红这一番话，心生无以名状之感。有一次他看视频会议时，心里却虚拟了他与女同事做爱的一幕场景。他品着茶，看着茶馆里客来客往，刘红在招徕，在倒茶，在给员工传授茶艺。到了晚十点，刘红让四个小姑娘提前下班了。

"你们公职人员，两种性格：要么太老实，一副到哪里都担心把杯子打掉的小心翼翼的样子；要么太张扬，一副天下的事没有摆不平的德性。你肯定属于太老实那种性格吧？"刘红边倒茶，边问他。

"你说的，要么像我一样，是普通的办事员；要么就是当官的，有实权的人物。"李郁说。

"老实人写好诗。哈哈。你会给我写首情色张扬的诗吗？"

刘红突然发笑了起来，弄得李郁面红耳赤。

"下班，收工。"刘红看了表，已经十一点，"你送我回家，我有话给你说。"

"你和刘红的事怎么了？"胡华告诉他，他的《赤子情怀》已由市作协申报，现已拨款，很快就可以面世了。

"她不会与她前夫复婚吧。"胡华说，"你的诗集出版后，我会征求王主席同意，作协给你举办新书座谈会，甚至组织一场诗歌朗诵会。"

李郁大步走出作协大院，心里既喜悦又空荡荡，一时纠缠在两种情绪当中，本来想着在作协待时间会长些，而胡华另外要组织全市书法大展，急忙交代几句他的诗集有关事宜便走了。他想找王主席坐一会儿，再奉上感激之话，一转念还是不去打扰领导。现在他无事可做，在街头上走着，在想如何消遣一个下午。

"去南街菜市场。"他心中的声音响起。

自从那天毫无防备地出现一个刘红的"前夫"，他再无兴趣去幻想与刘红的种种美妙的未来。他隔三岔五到陈玉那儿排遣失恋的空白期。

在他敲开陈玉的房间，猝不及防地看到床上坐着一个二十出头的小年轻，像一堵墙撞得他眼冒金星。他正想转身立即走掉，那个小年轻一闪到他的面前，上下打量着他，嘴角露出轻浮且猥琐的笑意，便离开了。

"他就是杨啸那个小混蛋吗？"李郁内心明白，但还是问了一句。

"是那个小混蛋。他说忘记我了，他又找来了。"陈玉慵懒地说。

"找你问你要钱？"李郁问道。

"别提了别提了。他就是个小混蛋，无厘头。"陈玉说，边说边拉住窗帘。一跃到床上，脱了裤子，双腿叉开正对着他——一股浓郁山野之风猛袭着他的脸。

"死鬼，你发愣干什么，赶紧上啊。我腿都困了。"陈玉催促着他。

"你这样子，太有震慑感了。再说，你这样子会让我走霉运的。"李郁由羞转怒，低着头说，"你不迷信我还迷信呢，我要走了。"

李郁拉开门时，被门外一股力掀了进来。

他趔趄向后退了几步，撞进来的正是那个长相俊朗的少年。

"杨啸。"李郁喊了一声。

"嫖了人家不付钱就想走啊，潇洒的姿态令人赞叹啊。"杨啸阴阳怪气地说。

"我没动她。"李郁的心吱咯地响，害怕了，浑身酥软，手脚发麻，如浸困在黑暗水井里。他掏出钱夹，哆哆嗦嗦取出了两百元递给杨啸。

"一百元的事，怎么多给了一百？"杨啸笑了，说，"好像是我在勒索你。"

李郁扭头向陈玉看去，陈玉此时穿上裤子，冷着一脸的冰霜。

"另加的小费，"李郁尝试打趣来化解眼前的凶厄，补充了一句，"陈玉服务好。"

"不是吧。恐怕你以前做什么事，心虚的吧。"杨啸抖动着钞票说，"加个一百元买个安稳，太划算了，哈哈。"

杨啸走近李郁，用夸张的手势拍拍他的肩膀，说道："兄弟，你交出五百元。今天放你一马。你是做什么的，我可是全知道的。"

"我身上没有这么多现金。"李郁说。

"你可以加我为好友转账啊。"杨啸冷冷地说。

李郁扫上杨啸的名片，加杨啸为好友。

"你们这些公职人员，就像待在一个壳里，现在从壳里钻了出来，那就尝尝壳外的生活吧。"杨啸看到手机上显示转账信息，晃着脑袋十分得意地说。

"说白了，我们都是打工人，只不过方式不同。"李郁将钱转给杨啸后内心踏实了。

"打工人，妈的。你们天天养尊处优，我们天天像耗子钻来钻去，"杨啸反驳道，"我们能不能换一换呢？"

杨啸说着突然声音高亢了，这让李郁又惊又怕，仿佛此时杨啸的话已传出门外，传到这里所有的巷道里，传到南市菜市场，传到大街道上，传到李郁的单位大院，传到市作协办公楼……

"你是不是还开着日资的车，本田、丰田还是日产？"

"我没有车，我也没有钱去买车。"李郁看到杨啸嘴角流露出义和团的笑容，否定地说，又暗自想了想说，"日本最近没有与我们交恶，相反是韩国，应该说抵制现代、三星……"

"果然是日本走狗，还在为日本申辩，还在转移话题。老子我用的就是三星手机，你这个坏种来抵制我啊，打死你。"

李郁内心一片凌乱，只好盯着脸上稚气未脱的少年口沫飞溅，百般无奈又十分恐惧。

"你钱也拿了，我还有事，我要走了。"李郁无力反驳杨啸关于三星的话，只能避其锋芒，想快点离开这个坏地方。

"你先把三星这事儿说清楚。"少年揪住李郁的衣袖不放手。

这时，陈玉过来拉了拉杨啸。

"走吧，但一定要记住我呀。"杨啸如同大赦天下，赦免了李郁。

李郁快步向小巷子口奔走，到南市菜市场门口，头晕脚软，口舌干燥，浑身无力。到商店买了一瓶饮用水，咕咚两口喝光，才面有血色。

他站在街头，看着来来往往的行人，感觉刚才做了一场十分可怕的噩梦。他长长地吸了一口气，庆幸自己还活着，但噩梦的残留碎片仍盘旋在他的头顶上。

五

"喘息着，喘息着，我，看到你了。"大约一周后，李郁又收到一条短信，"小混蛋杨啸走了，你能过来吗？"李郁看到陈玉的短信，他还为自己的五百元钱耿耿于怀，需要一个补偿的机会。

在去陈玉住处的路上，李郁还在问陈玉："你能与你的小混蛋断绝来往吗？他只会骗你钱，花你钱。你家庭贫困，靠青春吃饭，这活儿不是长久之法。趁现在多攒钱，以后在城里开商店做小生意都是可以的。我会时时关照你。"

"谢谢你，我知道你是好人。你快来吧。"

李郁与陈玉做爱，做完爱，叫外卖，喝酒，睡觉，再喝酒，再做爱，共度了双休日。在这两天时间里，他没有回过家，其间接了胡华一个电话，说他的诗集出版了。他将诗集出版这事告诉给陈玉，陈玉直呼他是白居易。

"大才子，你的书出版，出了名，就不理我了。"李郁接到刘红的电话，刘红在电话那头说，"胡老师说你的新书签名会安排在我这儿，你同意吧。"

李郁一时错愕，又惊喜不已。他带了两本刚从市作协取到的散发着迷人墨香的新书，直奔"听雨亭"。

到了茶馆，此刻还没有客人，刘红见到他，脸上表情很平静。他坐在刘红的对面，将两本书递给刘红，憨笑地说："谢谢你帮我的书名拿定了主意。"

刘红接过李郁的新诗集，翻了两页就放在茶台上，说："胡老师可是你的大伯乐，他这两天天天都来茶馆。为了啥，还不是为了你。"

"真是太感谢胡老师，安排得这么贴心，也感谢你提供了高雅又安静的环境。现在，反而我不知道自己需要做些什么才好。"李郁感激地说。

"他一会儿就过来。"刘红说道。

俩人正说着，胡华来了，李郁连忙让座，待胡华坐下，他才坐在茶台旁。

"我跟王主席商量过，签名会安排到小刘茶馆里，一来照顾她的生意，提高茶馆的知名度；二来茶馆环境本来就如一首诗，两全其美。另外，我想，不需要太热闹的场子，不要整得像摆地摊似的，反而让语言的最高艺术——诗，掉了身价。只要安排好市报、市电视台记者，宣传上是没有任何问题的。"

"时间定到几时，到时我们要好好准备。"刘红问道。

"十一月一日吧，星期日。"胡华说道。

"今天是十九号，很快了。"刘红朝着李郁看去，说，"这些天你晚上若没什么事，多来喝茶，再给我们的员工讲讲诗歌啊，现代诗、古体诗都可以，诗中有茶，茶中有诗。"

每天晚上，李郁一直陪坐在刘红茶馆里，极力在刘红面前表现他的诗文修养，时不时背诵几首古诗，又时不时读几段徐志摩的烂到家的现代诗。让刘红笑声连连，让那四个小姑娘对他青眼有加，殷勤地给他倒茶，喊他"李总"。就这样陪坐到刘红关门打烊，再送刘红回家，然后他一个人穿越过几条街道，走回家中。他从刘红的言谈中得知她与她的前夫前缘已尽，那次无非是一个小小的波纹。爱情的激情再次降临到李郁的命运里，他早已把陈玉那个小贱人忘得一干二净，一心只想着把刘红追到手。

一天傍晚，李郁提前下班，来到茶馆，他提了足够五个人的便当，和刘红一起走到街道上。当他牵着刘红的手，他手机又出现了一行字："喘息着，喘息着，我，看到你了。"

李郁犹如见到鬼一样，阵阵恶心。他头顶上聚拢起噩梦的形状，耳畔响起杨啸的尖笑声。

他刚把这条短信删除，另一条短信又粗鲁横飞过来。

"立即用手机转账一千元。"

"这是勒索。我会报警。"李郁在刘红面前强作镇定，然后单手按着手机，极快地回复。

"老子喜欢待班房里，那里面人才超级多，说话又好听，跟你们带薪度假一样。不过，你的事儿会藏不住了。你看着办。"

"我现在给你转一千元，这是最后一次。我没钱了。"李郁手心出着冷汗，刘红看到他脸色阴惨，神情恍惚，问道："怎么了，没事吧？"

他输入好金额，发送过去。

李郁看到转账已被对方收取的提示后，又收到一个短信："想要真正摆平嫖娼事，周六见面谈。否则的话，端掉你的小饭碗。"

六

当刘红看到李郁与一个小年轻在一起交谈什么，然后看到李郁神情慌张地朝她看了一两眼，又继续在与小年轻说着什么，刘红朝那小年轻浑身上下打量，可以断定是一个混街头的无业小后生。心里大疑。这时，李郁小跑过来，喘着气，对她说："你先回茶馆，我还有点小事需要处理。"刘红问他："你怎么认识了一个小混混？"李郁支支吾吾说不出什么所以然，更让刘红暴躁不安，她径直朝着小年轻走去。李郁吓得魂飞魄散，急忙拉住刘红的手。刘红甩开他，他又拉住刘红的衣襟，仍然无法挡住刘红急促的脚步。李郁满脸绝望，身不由己地构成一个三角形对峙态势。

"援军来了，太好了。"杨啸痞里痞气地说。

"你与他什么事？"刘红问道。

"你俩处对象吧，是情人？"杨啸反问道。

"这与你没关系。到底什么事？"

"其实也没有什么事，只是他，"杨啸指了指李郁，说，"他欠我钱了，只要给我就没什么事了。"

李郁走到杨啸跟前，低声乞求地说："我一定会给你钱，我现在卡上工资还没有到账，你先回去。工资一到账，我立即给你。"

"我只要看到钱，而且必须是现在。"杨啸扬着头说道。

"你怎么欠他的钱呢？"刘红突然想到这事太离奇了，一位诗人欠了街头小混混的钱。

"我俩的事我俩解决，好吗？"李郁对杨啸再次乞求。

"好。现在跟我到陈玉的房子说事。"杨啸冷冷盯着李郁说，"如果不去，我现在就向你漂亮的女朋友汇报你在陈玉那儿干的事，并且详细地告诉她，每一次上床干过的姿势，说过什么话，喝过什么酒，哈哈，全给她说出来。"

刘红看到李郁跟在杨啸的身后，两人向着小巷一同走去，她更加愤怒，加快步伐，跟在了两个男人身后。

刘红踩上粗陋发锈的钢筋，登上二层，听到"哎呀呀……"

一个女子戏谑的叫声，便推开半掩的门，看到一个少女，脸上涂有夸张的俗粉，轻薄的嘴巴和不协调的身材告诉刘红，这是一只很低档次的流莺而已，但她很快被一股杀气击破她的富丽堂皇，一把尖锐的刀迫不及待地闪在她的喉咙……

刘红倒下的黑暗瞬间，陈玉夺门而逃，逃时还扭过头对着李郁神秘地笑了一下。

出租房里就只有李郁和杨啸两人了。

杨啸持着十多厘米的水果刀，在刘红紫色外套上擦拭了刀上的血滴。他朝着李郁笑了笑，那笑容无比狞猛又带有歉意，接下来少年的举止更是让李郁骇然，李郁看到杨啸竟然坐上了刘红的屁股。那是世上最美妙的屁股，是用精致的美食、优越家庭的教养、瑜伽以及长年浸淫茶道而培育出的柔美且富有弹性的屁股，在持续地盯着李郁看去。

李郁双腿跪地，他曾经看到过一些讨薪民工跪在一幢大楼台阶上，而他只是冷漠地走过，一切都不关乎他的事。

现在他看到一具圣洁的屁股上坐着一只恶魔。

那是深秋的下午。如果没有几声警笛响彻小巷子里，小巷子仍然保持着平静和安详。

如果李郁同事没有叫他一起去小巷子里，如果没有遇到陈玉，如果陈玉没有遇到一个叫杨啸的少年。

李郁会坐在办公桌前写材料，分拣报纸，出诗集，与刘红结婚……或许他会有一官半职，还有诗人的名气，甚至混上作协副主席的位置，享受名利双全。就像他的人生在一个球体帝国中，而球体外的生物无法入侵。

春播大战

"不给种子？"我越来越不信这个老头说的话，甚至连他的标点符号都不信。

"那能叫春播大战吗？"我反问他。

"不仅不给种子，也没有工具。"老头结结巴巴地补充道。

"连工具都没有？"我越发愤怒了，这个满嘴净是谎言的老头，编瞎话不眨眼。

他眨了一眼。

接着又说："没有可耕的地。"说完，他呜咽了起来。

"你们住在平房？"我对他的食住感兴趣了。

"住在地窝里，挖个大坑，像活埋自己一般，三四十人挤在里面，坑口搭上草帘子。"

"你们像土拨鼠，吃草籽吧？"我调侃道。

"正是。而且千真万确，不仅吃草籽，当饿时说起话像小狗叫，那时也吃人肉。"老头红着眼睛盯着我，"呀，呼呼……

呼……呀。"老头学着小狗叫。我看到他嘴边流下哈喇子，再看他浑浊的一双老眼，心里反复盘算着。

——不给种子，也不给工具，又没有可耕的地，像土拨鼠般住在地穴中，并且互相为食，这哪里是什么春播……

"你现在几个孩子？"我看他的穿着如一位退休老干部，头发虽然不多，稀稀拉拉但梳得齐整。

"三个孩子，老大在本地教书；老二姑娘，出嫁到邻省了；老三在我身边……"正说着，有个三十多岁的健硕大汉过来："爸，怎么在这儿？过会儿回家吃饭。"说完，骑着摩托车走了。

"你是怎么逃出来的，幸存者？"我很难以置信老头说的"春播大战"，既然像老头说的有两千人，那么其他人呢？于是我用了"幸存者"来称呼这个老头。

"说来你倒不信，逃出来好比登天。"老头说。

"大多数半夜逃到荒漠上，分不清方向，然后顺着自己的脚印找回了农场。还有的逃到半途，就被狼吃掉了，只剩下头骨和碎骨。风一吹，那些骨头便如风铃在响。去那儿的人，还以为是鬼在说话。"

"那你呢？"

"我还能怎么样？"老头反问我，"开始挖野菜，在一片碱地里，寻找野草上的草籽，看到蜥蜴，连剖开都不剖开，直接喂在嘴里。农场不断地死人，每天都在死人，像在进行死人比赛，晚上还呻吟着，早晨就成了一具干尸。我们还有些力气的，这些力气是从死人身上得来的。通常会在月夜之下，趁着白晃晃的光，我们四个还有点儿气力的，从地穴里出来，半爬半走向着沙地里进发。"

"你们四个是同穴好友吧，吃人同盟军？"我问道。

"老于、老王、老吴，还有我，都属于二大队的第三个地窝里的人。"老头说道，"老于喜欢提议，话多些，一对小眼睛从早到晚转个不停；老王沉默，但配合得很默契，也肯出力；老吴老成，胆大，也厚道。我们四人算是给彼此壮胆，吃人毕竟不好。"

早上拉出去的尸体很好找到。有时就是我们参与埋的，说是埋，哪有什么力气。碱地很硬，沙石又硌人，大多数草草地用他们生前的破烂棉被遮住就不管了。到了晚上，我们凭着记忆去找，找到后开膛破肚，扒拉出内脏。刚开始，我们只割大腿和屁股上的肉。后来……"老头停顿了一下，我看到他咽了咽口水。

"后来，可能有了人肉吃，久远的羞耻心返回来了。一天，我对老于说，这人肉不能再吃，我们成了吃人贼，这能叫人吗？老于把我的话传给老王，老王又把我的话传给老吴，老吴找到了我，问：'你真的不想再吃，那不吃人还能再吃什么，你想过了没有？'我说：'我们还是逃吧。'"

"你们达成协议了吗？吃人同盟军先生们。"

"达成了。"老头说，"一天夜里风特别大，我们四个窝在穴里，开始商议如何逃跑。现在记不起具体说了些什么，但讨论了好久，还是决议再吃把人肉，吃了人肉才能有力气逃出这个地狱。"

"农场戒备不严吗？"我依然很怀疑老头的话。

"农场没有戒备。方圆几十公里的碱地荒漠就是死神的领域，根本用不着看守士兵。"老头说，"我们从地穴里爬了出来。风太大，月光雾雾的，我们四人，老于、老王走在前头，我和老吴走在后头，凭着记忆，去挖今早死去的五个人。其中有一个教授身矮些，但身体要比那四个沉得多。"

茶杯映着西山那一抹晚霞，柏树上的鸟鸣渐多，看来时间不早了，几个拉二胡的年长者已不知去向。

"我们走几步就气喘吁吁，如同畜类，而风沙时不时眯住了眼睛，所以行进得很慢。只是老王、老于在前头一直在说话，说话声很细显得阴惨惨的。"老头说，"他俩走在前头，我隐隐约约地听到他俩说的话。"

"老王、老于在说什么？"我问道。

"老王说，羞耻心是个啥？老于说，那家伙居然吃人肉吃得撑住了能想到羞耻心。我听了感觉不太对劲，但也没有在意，那时剩几口气了，只盼着早点找到那个死教授，啃上几口肉缓过神再说。"老头望着茶杯，我让茶房服务员再拎个茶壶过来。

"找到死教授，风小了。月亮透了出来，照在沙地上，沙地如白昼般，刺眼地亮。老吴扒拉出破棉被，从被子里掏了黑絮絮的棉团，再用被子上的线绳将棉团系在手掌上，像戴了个手套。我和老王、老于找到死教授的肩头，缓了一口气，彼此看了一眼，一起用劲儿将死教授拉出来。老于剥了尸体的破棉袄，我们看到露出了胸膛，欣慰地微笑了，互相之间传递着笑意，一股股暖流从心田直涌了上来。"老头说着。我打断他的话："你们吃人同盟军还是蛮有感情的。"

"那是的。战友情，终生情。"老头恬不知耻地回答道。

"你们生吃？"

"我们不是食人番，多少还是读过书的。"老头说，"老吴掏空教授的内脏。把棉团扔掉后，我们四人在四周找些沙枣树枝，蓬蒿……"老头说着，脸膛泛出红光，像是沉浸在幸福回忆中。

"你们烧烤？"

"我们把柴草堆在一起，用刀一块块地割肉，老实说，吃得半生不熟，哪管什么口感，只管那饿鬼的肚子能不能塞满，让它不再折磨死我就算老天保佑我。"老头说。"吃着吃着正感觉吃回了自己的人样，这时，突然听到老王喊了一声'跑'。我的脑袋被一木棒打飞，整个身体霎时变得轻盈无比，我拔腿就跑，仗着自己在哥儿四个中最年轻，我跑得最快，我跑过一个接着一个的土埂，跑过无边的盐碱地，跑过干涸的河床，越跑越快……"

"你跑出了农场？老王、老吴，还有老于他们呢？"我问道。

"我不知道，我因为恐惧就没管他们。"老头说。

"后来，我跑到高台车站，正好有一辆绿皮火车，我挤了上去。回到了这座城市，找到了爱人，找到了工作，一直到现在。"

一壶茶喝完，老头的小儿子一家人过来了，一个十来岁的小孩子扑在他的怀里。老头笑着说："我这个孙子最爱缠我了。哈哈，好好好，下次再聊。再见，再见。"

"再见。"我站起身来，向他们一家老少告辞。

一年后，我因公出差到高台县，脑际始终回想着那个老头说的"春播大战"，我找到当地一位在县史办的文友。在一场酒足饭饱后借阅了一本当地史，翻到己亥年记事，看到一条记载：春播大战开展得如火如荼，但农场的逃兵却越来越多，六月十四日，农场二大队王德福、于有亮、吴辉、刘子龙四人出逃，并在中途生食人肉过程中，刘子龙被同伙打死，另三人则在距明水河八公里处，命丧狼腹。

从高台县出差回来后，我不想见到刘子龙，我想这是对他最好的礼物。

死手怪谈

黑色大理石茶几上放着一只竖起来的手，如果不是放在透明水晶盒里，就像是谁的手从茶几底捅了出来，令人惊悚，给这充满着时尚、奢贵的客厅增添了诡异之气。这是一个宽敞的大平层户型，宽大客厅里，东南两面摆放着长排红木博古架，架子顶上有弯臂射灯，架子里设有灯筒，让格子内形形色色的藏品透亮明耀：洒金铜香炉、明代透雕鸳鸯戏莲玉纽，还有大小不同的土陶器。在东面的架子上的正中是一座全陶瓷人物像，南面则是石雕的观音像。观音头部略有些残缺模糊，但整体线条飘逸，衣襟如在微风中鼓动。还有一些从海外舶来的奇形怪状的工艺品，整个氛围散发着域外风情。沙发后是造型简约的白色书柜，北面则是餐厨。房屋设计宽阔对称又均衡，如同一个坚不可摧的高贵的堡垒。

"你吓死我吗，这不就是一只死人手吗？"身着白色睡衣的姚妍，头发蓬松，面容姣好，尤其她的直鼻，流畅的鼻背线条让脸形趋向精致、完美，"你在房子里摆这个，是要咒我早点死，你好找个新的？"姚妍说道。

"你知道什么？这是无价之宝！"四十有二，白皮细肉的，没有半点油腻和粗重的一副好皮囊的男子说，"这不是普通人的手，你知道它经历了什么，它见证了什么，它体现了什么？"

"别跟我兜圈子了，你就是个傻缺，买一只死人手回来，是咒我死。你要遭报应的，我要弄死你。你别忘了，你搞收藏的钱，都是我爸爸的，是我爸爸借给你的。"姚妍盯着那只死手，一肚子邪火上升，一股戾气喷薄而发。

"我弄收藏不是一年两年了，也不是三五个年头，我多少有些底气吧？"蔡绍振满是委屈地说。

"这只死手究竟是怎么回事，你叫鬼附体了，被鬼魔住了？"姚妍问道，"你用的钱可以再买一个梅瓶的，你纯粹是在作死。"

"它可比我们收藏的所有瓶瓶罐罐值钱多了，有价值多了。你知道，这些都是死物，虽说它们能升值，但真正的艺术和生命是属于伟大人物的。这就是器与道的区别，是形而下与形而上的分水岭。"

"去你妈的变态恋手癖。不对，你现在已经是恋尸癖。"

"你当时被我魔住还不因为我是个恋手癖吗？"蔡绍振表情变得轻松，嬉笑了起来，"你记得吗，我第一次看到你，是看到你绝世无双的美手，它当时就让我勃起了。"

"恋手癖先生，你看到蒙娜丽莎的手也勃起过。可这他妈的是一只死人手，是丑到了极点、恶心到了极点、吓死人到极点的死手。你把这只恐怖得像鬼的手，与我的手比，你想让我弄死你。你说，它是谁的手？"姚妍问道。

"你这些话就属于违规，再说就属于违法。"蔡绍振提醒她，"它，即伟大。当然，并不是指她是伟大的人，但她这只手是伟大的手……"他停顿了一下，语调变得庄严又富有诗性，"它是什么，它就像一个广场。"

"妈的，还违规违法？一只手是广场，你脑子进水了吧？哪有把一只手形容成广场的。你糊弄老娘。"姚妍歪着脖子，斜着眼，嘴巴扭曲地说。

"举头三尺有神灵。我无法确切地说它为什么是广场，因为它有恢宏的气场和不可抗拒的威严吧。"蔡绍振说。

"举头三尺有监视器。你这个死变态，不会给家里装了监视器吧？"

姚妍目光再次回旋到那只水晶盒内的手，简直丑陋无比，手掌泛着黑，又带着褐黄，手背布满老年斑点，筋纹怒绷。这样一只手，她暗忖道，断不是来自养尊处优的有关级别的官员或大商大贾，那些人要么装腔作势，要么虚伪邪诈，大都是些平庸又愚蠢的脸，但手肯定保养得很好、干净。这也断不会来自优雅淑女、贵妇名媛，她们长着上流的曼妙的脸，用下流的灵动的手对付那些年岁长于她的男人的性器，那些不可一世的、傲慢的性器，那尿孔里就透着铜臭的性器，那些毫无怜悯、凶恶兽心的性器，那些优越性十足、目中无人的性器，分别对它们抚摸、调教、指导、撒谎……让那些性器以电线杆的硬度进入她们温柔的洞穴。这究竟是什么人的手？更不可能是山野村妇或平民子女的手，那些如瓦砾、号草一般虚无的手……突然间，姚妍看到洁净的地板砖上有一个黑色人影，她打了一个冷战，子宫一缩，面容也由持势之态变得苍白柔弱。她向蔡绍振靠近了一些，又靠近了一些，颤抖的手搭在他的腿上，无意间触到了一个滚热的硬物，引发她触电般惊恐，双手猛地握成拳头，上齿迅嗑到下唇发出"呀"的一声。

"妍，是我勃了。"蔡绍振面色红润，元气充沛，声音低沉而更显成熟。

"我有点怕……"姚妍深吸了一口气，没有说出有一个黑影的存在，她怔了怔神，"难道刚才产生了幻觉？这几天老是有种不安的感觉，可能是一时身子弱导致了外邪入侵，得抓点儿中药调理调理。"

"怕我一晚上折腾你？你这几天不是在说它像根挑不起的软面条吗？"

"也许是个幻觉吧，我幻视幻听了起来。亲爱的，你摸摸我的额头，用你的手……"她说到"手"时，如听风辨器，那"手"便在胃里如枪林刀树般鼓胀，她用手强压住嘴，艰难地说，"软面条变硬了也是细面条。"虽有点恶心，她仍不忘讥嘲蔡绍振。

"妍，你真的不懂这只手的价值，或者像我前面对你说的，它是无价之宝，我不会轻易收藏什么。这些年，我见多了奇珍异宝，由刚开始的好奇，到探索，到麻木不仁，一直到现在的心态：它们就是挣钱的物什。你知道吗，我的初心是什么？你会记得，我的初心是收藏一件值得一生荣耀的藏品，它让我从而区别于国内外所有收藏家，使我成为独一无二的收藏家，它让我从平庸走向杰出。这次大胆的决定，就是为了我的初心，为了这一宏大的使命。"蔡绍振极为认真地说道。

"宏大的使命……你怎么一下子变得这样有水平，像是到台上念的？我的振。"姚妍被蔡绍振的一席话震住了，感觉他像换了一个人。

姚妍又打了一个冷战，头皮发麻，不安地说："可，这就是一只死人手。这只死手，腐尸上的手，你看它威严无比，我看它狰狞无比，它的主人一定也不是什么好人！"

"你说什么？"蔡绍振面色大惊，立即跳起身来，"它是活化石，世上所有盛大的会议上都会出现它，不管会议提议什么，它都会举起来，坚定地表示——同意！它是一种图腾，甚至有点像防伪标识，它代表着一种坚如磐石的意志，甚至一种无上的力量，是的……"他停顿了一下，继续说道，"它是一种哲学。妍，你不要笑，这没有什么可笑的。"蔡绍振还想继续宏篇大论，但到嘴的词汇突然不翼而飞，只留下嘴角的小白沫。

"它什么都同意，不分善恶黑白？那它还代表什么所谓的图腾？它代表着傻，代表无条件的屈从。"姚妍质问道。

"不是这样的，你不明白，姚妍。怎么说呢，它更像是一种行为艺术，然后由行为艺术上升到哲学高度。它举，即它存在。"

"好吧，我不太明白你说的，但这只手真的好奇怪。"姚妍被丈夫的话打动，心情趋于平静。"可是，它是怎么保存的？"

"肯定是用了高级而秘密的防腐药剂。"蔡绍振坐了下来，语气也缓和了。

"你说是不是风干之后，用了山梨酸钾？"

"妍，也可能是用盐卤消毒，然后脱水风干，达到永久防腐。"

"你收藏时，那人是怎么说的？"关乎这只手能否长期、永久地保存，姚妍想得到确切的回答。

"这只手是永久防腐的，稀世珍宝。"蔡绍振说着，压低了声音，"甚至它会带来意外的运气。比如……"

姚妍解开蔡绍振的白色衬衣，手伸向他的裤裆处，感觉那儿的活物正欲欲跃试。他也掀开她的睡衣，那对雪白调皮的大球在晃来晃去。

……

过了大约有审查两篇含有不当言论文章的时间，姚妍去洗澡了，蔡绍振躺在睡床上，手捏电视遥控器，怎么按都只有"1"键可以正常使用，其他按键功能消失。一百多个频道，却只有一个频道可看。他怀疑是不是遥控器电池没电了，到床头柜找了两节新的电池安上，发现仍然只有"1"键有用。电视上永远是一片花团锦簇，像一个不存在的世界。

"啊……"浴室传来姚妍的尖叫声，他急忙翻滚下床，冲到浴室，看到姚妍淋湿的身体在颤抖。"怎么了，亲爱的？"他问道。

"我……我突然很恶心，想吐。"姚妍的身体像水波般荡漾不停。

"吃什么东西了，还是胃受了凉？"蔡绍振大脑翻检着今天的进餐食物，从早餐的煎蛋、面包、一盒草莓，到午餐的意大利面条、比萨饼，晚餐的几片深海鱼干、烤面包和几杯红酒。食物肯定没问题，那就是洗澡受凉了，他琢磨着。

"不是。振，恶心还干呕呢……"她娇嗔又委屈地说道。

"有了，真的？"蔡绍振此时并没有产生感恩姚妍的想法，而是在想，难道是那只死手带来的好运气和"洪福如愿"吗？那真应该对死手千恩万谢才对。"太好了。"蔡绍振紧紧抱住姚妍，"明天我们到医院检查一下吧。"

"振，停经才三四天，又有点不像。"姚妍心生疑虑和不安，在她洗澡的时候，浴帘轻轻地动了，好像是谁拉了一下。"等一周时间再说，好吗？"

"绍振，"蔡绍振转过头，看到科室主任曾文瑞过来，说道，"受疫情影响，咱们公司要裁员了。我刚看到，你在拟定名单内，你可别难过，公司会考虑不同员工的不同处境的。如果你想留下的话，当然，我也想留下你，只是……如果公司决意要裁你，你也不要有什么过多的想法，公司也挺难的。"他拍了拍蔡绍振的肩头。

　　"曾主任好，我没有看到什么，没有任何消息或名单类的。"蔡绍振完全蒙住了。

　　"已经在工作群里通知了。你没时间连手机也不看吗？"曾文瑞说道。

　　蔡绍振打开手机，找到工作群，上面一片空白："对啊，曾主任，您别跟我开玩笑啊。我工作虽说不能尽善尽美，可也认真努力地在做好每项工作吧。你看，这上面什么都没有。"

　　曾文瑞看了他的手机，打开科室工作群，上面果然一片空白："不可能吧。你不会是删了，不愿意接受公司的决定？"他掏出手机，打开页面，指给蔡绍振看。蔡绍振拿着曾文瑞的手机，手开始抖动了起来，上面果真有一条消息，他的名字赫然在列。

　　"这是怎么回事？"他脸唰地变白，身若置于冰窖。

　　"绍振，我对你是有感情的，我们进公司几乎是同一年。这几年，你我分别在不同的岗位工作，因能力突出，我们到了现如今的科室共事。你在科室里工作，我都看在眼里，你很聪明，也很努力。这样吧，我们一起到总裁那儿去，我帮你说情，我一定要把你留下来。"曾主任有点动情地说。

"我同意。"蔡绍振举起了手。

"到总裁那儿，你要表现出离不开公司的样子，我也力劝，估计问题不大。虽说这属于越职，很不明智，但有时逾越一下，可能会让事情得到反转。"曾文瑞一边说道，一边对蔡绍振滑稽夸张的举手之态感觉有点怪异，心想着可能蔡绍振处于极端焦虑、恐慌的状态导致的。如果一旦失业，从中产跌入无产，那时恐怕连地摊儿都摆不好，对于这么一个聪明才俊，那将会是怎样的可怕处境呢！

蔡绍振几乎泪溢眼眶，他知道只要有曾文瑞的帮助，他就会在拟定裁员名单中消失。曾主任是副总经理的候选人，也是这个大湾船舶工业贸易公司的脊梁式人物，总裁会考虑他说话的分量。

"王总。"曾文瑞站在总裁室里宽大的办公桌旁，低声轻语。蔡绍振则在他的身边，低着头。

"我们部门职员蔡绍振，在拟定裁员名单里。这对我一个主管，是很大的打击。当然，相信这是总裁特意用这种特殊的甄别方法，将真正的人才留下，所以拟定，而非决定，给予我们以希望。"曾文瑞谨慎地说道。

一个五十出头，头发四六分，扫帚眉，冬瓜脸，下巴有颗痣，穿着蓝色西装的男人，端坐在高大的办公椅上，神情庄严又雍贵，他用浑浊的目光先看了一眼低眉顺眼的曾文瑞，"哦"地轻叹一声，再看了一眼头低到胸口的蔡绍振，厚实的双唇轻吐出三个字："蔡绍振。"

"王总您好，我是蔡绍振。"如一股强大的电流射到蔡绍振身上，他急忙搭腔。

"曾文瑞说了，你一贯表现不错，这次受疫情的重大影响，公司需要在每个部门，无论是一线的船员，还是科研的、外联的、内联的，还是行政和后勤等部门，都要裁员，为什么每个部门都要裁员，你们也知道吧？公司很为难，不这样做，庞大的人员开支让公司很难持续下去，而且疫情具体会产生多大的影响，公司也是以内循环经济的方面进行估算，以尽量积极的态度去应对。"总裁说道，"既然你的领导曾文瑞带你来，我也会给情面的……"

"我同意。"蔡绍振边说，边举起了手。

一时间让冬瓜脸万分诧异，他身子向前倾了一下，好奇而不解地问道："蔡绍振，你同意什么，你同意你离开公司吗？你说。"

"我同意。"蔡绍振依然举起了手，面无表情，举起的手如同他的身体一样僵硬。

总裁与曾文瑞面面相觑，曾文瑞更是额上冷汗直出——

"曾文瑞，我看你更适合在一线上工作，下午你就到启明号报到吧。"总裁一脸怒气，燃烧的愤怒已然如烈火上的铁板，曾文瑞浑身"嗞嗞"作响，头昏目眩，双腿的大腿骨不知被谁悄然卸去，几乎快跪倒在地。

"总……裁，我不是故意的，我没那么大的胆儿。我不逗人，我从来不逗人……"曾文瑞语无伦次地说，此刻的铁板烧又变成了一座冰川，冰川越来越大，寒气逼人，仿佛瞬间就能将人碾得尸骨无存，心生绝望的曾文瑞只好踉跄退下，站在一旁的蔡绍振这时突然灵魂归位，复活了起来。

他双膝跪向大办公桌前，央求道："总裁，我想留下，哪怕到一线当一名船员也行。我不是同意……"

夜幕降临，因刚下过雨，街上鳞次栉比的华灯映照下，整个城市显得如同刷新一般，蔡绍振夹在来来往往的散步和购物的人群中，头脑陷入一片紊乱中，而他整个人像一只孤零零在行走的手臂。他僵硬着，走路尽量向暗处和人少处。他的腿也异化成手臂——两只手臂在行走。他避开人群，就像他现在已经不是人类中的一员，满脑子反复回想着总裁办公室里的情形，懊悔与不解同时展开，他在想：为什么自己突然举起了手，说了一句"我同意"？我同意什么？我为什么要举起手？我为什么不能不举手？为什么就不能说一句我不同意……一时凌乱的思绪将他带到了他的小学时期，一个穿着白衬衣、打着红领巾的小胖子突兀出来。在课堂上，他频频举手，频频答题，甚至频频告状：某某偷吃零食，某某乱扔垃圾，某某将痰吐在窗玻璃上。在中学和大学时，他也频频举手，这些画面飞快地一帧帧地回放着，这是一个无限循环的服从再努力服从的人生景象。

离家近了，他的脸越来越挂不住了。"我不能回家告诉姚妍说自己失业了，甚至连当一个小船员的资格都没有。说了的话，她一定会对我鄙夷、嘲笑甚至弄死我。"他的脑海里又播放着与姚妍打架的不同场景。"我得对她隐瞒，在这段时间继续像上班一样，准时出门，准时回家，变卖一些藏品，先还房贷吧。"他想。

地上的雨水清洁而冷澈，人与人尽量保持一定的距离，这样他才感觉自己的存在不是特别的扎眼。繁华又时尚的街头，大部分是衣冠楚楚的人，在购物或者吃美食。只有零星一两个衣着不是那么干净的环卫工人，因年老驼背，显得有点鹤立鸡群。他一路低着头，走到一棵用木栅栏围着的大树跟前，在圆形椅上坐下，突然看到一只渣浪虫爬着移动。这只渣浪虫显得过于诡异，它的甲壳已经没有了，内脏仿佛被什么吃空，只剩有头部、底腹和四肢。它应该是死了，怎么还像活着一样？他怀疑自己的眼睛，于是用手指划向它的头部，它没有任何要躲要藏或惊吓的样子，仍然缓慢地爬着。它的眼睛应该是可以看到事物的，但它的本能反应是停滞的，它继续爬行着。这让此时落魄的蔡绍振无比纳闷，一个劲儿地琢磨这只甲虫到底是死了，还是活着。过了一两分钟，他甚至想弄死它，让它明白自己已经死掉的事实。但它一旦死掉，又怎么知道自己曾经死了却不自知的事实呢？现在以弄死它来确定让它死的方式也对它毫无帮助。如果在此之前呢？也就是说，它不像现在虫不虫、鬼不鬼地存在着，它能知道它是生还是死呢？假定，它应该知道的话，那么现在呢，它只会弄不清楚自己是生还是已经死了。如果弄清的话，它对此也毫无办法可言，它不会自杀来完成自己已死的事实……无论如何，是生或死，它都是在努力顺从这个活着的规则，无论规则是怎么样的，哪怕是死了。如果我现在是这只渣浪虫，拖着一个空壳，没有内脏，行走在街道上……想到这里，他脊背突然凉凉的，仿佛已经空了，还有些痒痛感，像无数的渣浪虫在用大颚噬食着他的背，他越想天色越暗淡，眼前阵阵发黑。

"先生，能不能买束气球，你看这气球多好啊！"他被一个佝偻的脏兮兮老太婆叫住，老太婆说道，"先生，我一天没卖出一束气球，我快饿死了，这疫情让人把我躲得远远的，再这样下去我就死掉了。"

"啊，先生，你举手了。"

"谢谢先生的同意。"

因买下了老太婆的一束气球，他一扫刚才的阴霾心情，走路头也抬了起来，很快就走到家了。

他跨进家门，正欲换上拖鞋，姚妍脸上满堆恶煞之气，一巴掌打到他的脖领上。然后她哭哭啼啼了起来，骂道："你还是个男人吗，这么不争气，别人都他妈的干得好好的，就把你给裁了，你他妈被裁也有些样子吧，还举起手，说我同意，你同意什么，你是发贱呢还是神经不正常？"

蔡绍振一时惊愕，嘴里念叨："妍，我没有被裁。我这不是刚下班嘛。"

"你哄鬼呢，手机上都在转发了。你看看，你看看，他们是怎么嘲笑你的，你可真是傻缺，你是锑元素。"

蔡绍振接过姚妍的手机一看，果然满屏尽是"知名船舶外贸公司被裁的高级职员蔡某某，当场举手赞成"。他掏出自己手机打开，却什么也没有，他怀疑自己的手机联网 WLAN 功能坏了，又打开移动网络，手机还是没有什么反应，成了一块砖机。

"妍，我对不起你，我是被裁了，但坏事也会变成好事。我可以纯纯粹粹地干自己喜欢的事业，成为一名真正的收藏家。"蔡绍振用充满愧疚而又有希望的语气说道。

"你那三脚猫功夫，别把我老爸的钱赔光，也把我赔进去。"姚妍说。

"你不是对我的收藏眼光有信心吗，你还曾夸过我。"蔡绍振对姚妍的奚落有些伤心。

"那是鼓励你好好工作，但把收藏真正当成事业，你能吗？你收藏的东西有多少是真品，你他妈的居然收藏了一只死手。"

姚妍再次暴怒了起来，"你收藏了一只死手。一只死手，现在知道什么是晦气吧。"

"我被裁，与这手没有必然的联系，全是这场该死的疫情闹的。"

"手，手。"惊恐万分的姚妍结结巴巴地说，"我看到地下有一只手影。"

"哪里，你别逗了。"蔡绍振说，"这一点都不好玩儿。"心里想，这下好了，姚妍不再对他生气发怒了。

姚妍说："振，还是把那只死手处理掉吧，不管以什么方式，最好找一个下家，哪怕赔钱也行。然后你再好好搞自己的收藏，行吗？我相信你的眼光。"她继续说："振，我今天肚子有非常不好的感觉，阵阵发冷地抽……"

她发现蔡绍振双眼有些直。

"振，别开玩笑，人家现在根本就没有心情。"姚妍抽开被蔡绍振拉向裤裆的手。"我刚才看到你眼睛发直，有点像我们初恋时的那种眼睛，特别的美妙。"

她看着他发直的眼睛，仿佛里面有些东西被抽走，就像是谁拿走了灯泡里的钨丝，而灯泡还亮着。

她终于害怕了起来。

她说："当初，我爱上你，正因为你是一个聪明的人，我一眼就看出来了，当时，有个写小说的同学追我，我读了他的作品，充满着叛逆、怀疑……我爸爸说过，人，活着，应该趋吉避凶，他的小说从开头的第一句到结尾的最后一句全是丧，没有丝毫正能量，写这样的文字的人他自己能好吗？他自己都快要丧死了，他能带给我幸福和快乐吗？不能，肯定不能的，振……我相信这个世界是给聪明的人准备和享用的。你别有什么想不开或有什么压力，我是有点脾气不好，好骂人，不，是好骂你，我在外面一直是温顺雅致的，这是亲朋好友们对我的印象。你也许会说我窝里横，但你知道，我是爱你的。振，你振作起来，别让我感觉到不安。"

蔡绍振抱着她，她不等他说话，继续说道："振，下午那会儿，我看到手机上的消息，我几乎要气死，在气你，你知道我气起来是歇斯底里的，呼吸都困难。然后，过一阵，我开始恼怒那些散发消息、嘲笑挖苦你的人。无论是谁，我都记了下来，我重新认清了他们，一群熟悉的人渣。"

"我们即将有宝宝了。"她说着，看见那钨丝重新回到了灯泡里，他的目光幽暗而后柔和了起来，她松了一口气，揉了揉胸口，拉着他一块儿坐在沙发上。

"妍，那只手你放到哪儿了？"他记得早上急匆匆地上班，那只手还在茶几上。

"我找了块红布包住放入书柜了。"姚妍回答道。

他听后，走向书柜，在一个抽屉里，取出了姚妍用红布包裹的死手，看了看又放了回去。

姚妍只见他来回不停地走动，是那种怪异的、僵硬的走

277

动，迈出的脚步很大，膝盖却不怎么弯曲，嘴里念念有词。他突然停住脚步，姚妍吓了一跳，"我是被愚弄了吗？"不待姚妍说话，他又喃喃自语："怎么会呢？"

在他的内心掀起了话语的风暴——这只手见识过非凡的场面，而且是一次都不落下，与它相握的手，可以说是囊括了世上所有的精英和杰出飞扬之士。如果说它是活化石，它将是历史的活化石，会千秋万代传下去。他依稀记得上大学时的语文课本上的几句话："……惟此精神，历千万祀，与天壤而同久，共三光而永光。"那么这只非凡的死手，也是如此……此时，他已经把被裁的荒唐和屈辱一洗而尽。不仅如此，它的力量依然存在，而且主要聚焦在他的下半身。

接下来，蔡绍振的话让姚妍再次放心不下来了。

"妍，观音像怎么那么暗，筒灯坏了吗？"蔡绍振问道，在西侧博古架上的筒灯，看上去比他们身后南侧的博古架上的筒灯明显要暗一些。

"没有啊，只是今晚架子上的灯有些暗。我也感觉到了。"客厅里吹着寒风，姚妍拿着空调遥控器，发现空调并没有开，她双手环抱肩头，说："振，怎么这么冷？"

"我回来的时候下了一阵雨。没事的，妍。"蔡绍振走到门厅，打开顶灯说，"明亮多了。"

突然，姚妍发现，在玄关的一盆飞羽的枝叶以僵硬的方式全部竖了起来，像一小撮不明真相的群众纷纷举起的手。

"振，你看，这盆飞……飞羽怎么一下子全都竖了？"她叫道。

"飞羽每晚都是这样，你怎么一惊一乍的？"蔡绍振表情僵硬。

"你看，这又是怎么回事？"

室内的顶灯，到博古架上小小的夜灯，一个个透着惨黄。而那束气球，他从一个老太婆那儿买来的，原本放在鞋柜的隔板上，现在，它居然也像飞羽竖了起来，挺得直直的。他壮着胆走过去，用手拨弄着，心想着这有什么危险？它只是挺得直直的。可怕的异象还是降临了，气球在他的拨弄下，竟渐渐变大，他的手往上抬一点，气球就膨胀一点，似有人在吹胀它。他有些害怕，心怦怦直跳，几乎快要逃离出胸膛，他长这么大头一次经历异象。他相信眼睛不会骗他，这不是幻觉，是真实。他的手比眼睛更不会骗他。这不是幻觉，是此刻正在发生的事。

他的手不敢再轻举妄动。他扭过头瞅了一眼姚妍，此刻她正坐在沙发上，一动不动，若有所思。蔡绍振努力克制内心的恐惧，平复着波动的情绪，左脚往后轻轻地撤了一步，紧跟着右脚撤到左脚的位置时，左脚再往后撤，以防气球突然爆炸。两只脚像两个埋伏的士兵，一前一后，成功地将他救出到安全地带。他站在安全地带，那只气球已经停止了生长，但还是很大，比他带回来时大过了两个体积。

他的双腿打着战，牙齿在打架，呼吸急促，他努力地均匀着呼吸，以便应付姚妍，避免让姚妍的疑惑变成真正的不安。一个人可以害怕，如果两个人同时害怕，那将是恐怖之夜。

"振，你傻在那儿干吗，我还是很害怕，你看……"姚妍冲着他喊道。

蔡绍振头脑嗡地响了起来，心想气球变大的事让姚妍发现了，他无奈地闭上眼，然后悲壮地睁开："姚妍，我也不知道，这怎么解释……"

"振，解释啥？你看，那观音像，怎么跟往常不一样了？好像头有点儿变化，变小了还是变歪了？"姚妍用手指着观音像的位置，眼睛睁得大大的，十分惊恐。

"两个战士"再次拖着他走到博古架前，他蹲下身，看了半天才明白，原先面对沙发的观音像现在已经背过了身，似乎有人故意为之，现在只能看到观音的背部。他心惊肉跳，从气球到观音像，接连的异象，都是真实存在的。此时此刻，他与姚妍共同经历着超自然现象。

"我能解释什么，怎么跟姚妍说这一切发生的，都是真实的？"他摇了摇头，将观音像以不被察觉的极快速度扭正了位置。扭正的时候，他又看到那全瓷人物像竟然通体透明，严肃的嘴巴居然透出了笑意——下巴的痣忽然移位。幸好姚妍并没有注意到博古架上的事，她完全被观音像搞得失神丧魄。

"妍，我被裁让你心情不好，过于焦虑了。观音像还是跟以前一样。你再看看。"他边说，边走到姚妍跟前，蹲下身拉着姚妍的双手，头轻轻地靠着姚妍的腰部。

姚妍相信了他的话，开始轻声叹气。

"振，我们一直以来过着安稳的生活。今天你被裁了，我肯定心情不好，但你比我还要承受更多的压力。"她安慰着他。

蔡绍振斜眼又看到书柜，书柜上的一个抽屉竟然像是有人拉开了，露出了那只死手。

这个时候的蔡绍振从脑袋到躯干，再到手臂和脚，一点一点地在瓦解，从内脏心肝肺，到输精管，再到睾丸池里的精子，一条条半死不活，像遭遇了世界末日。

"你下面直就可以了，那你全身发直是怎么回事？"姚妍问道。

"先生好，请跟我来。"一个穿着职业西服套装，身材高挑，有一张精致面孔的年轻女人礼貌地对蔡绍振说道。

他迟疑了一下，拒绝了女导购热情又诱人的导引。

冥冥中似乎有人指引着他直奔电梯，他摁了十四楼的按钮。

"您好，蔡先生。我姓周，名延。去年我们分别在香港、吉隆坡、迪拜、台北，以及德国柏林，举行了春拍、秋拍会。"蔡绍振坐在乙鼎拍卖有限公司的客户服务中心，聆听着拍卖师侃侃而谈。那是一个体面的拍卖师，穿着黑色西装，白衬衣领扣上打着很标致的领结，一口的标准普通话，字正腔圆；圆润的脸上，灯光下如泼了一层油，油光四溢。"您了解一下文化部《艺术品经营管理办法》，我们是正规的集艺术品鉴定、评估、展览、交易等为一体的综合性服务公司，业务涉及字画、瓷器、玉器等。字画有国画、油画、书法、佛像画、山水画、水墨画、人物画、花鸟画等，瓷器有青花瓷器、粉彩、珐琅彩、斗彩、哥窑、汝窑、官窑、定窑、钧窑、五彩；玉器更多，有和田玉、翡翠、田黄石、鸡血石、黄龙玉、高古玉、貔貅、古玉、蓝田玉；还有历朝历代、海外稀有的钱币，包括错版币，以及奇石和杂项……"

蔡绍振听着像相声段子《报菜名》，心里有几分不耐烦，于是举起手打断了他："周师傅，你大致看了我的一些藏品照片，能不能开门见山指教？"

"是这样，蔡先生，公司是有一些流程要走的。至于您的宝贝，您放心，我们会让它们各自发出自己独一无二的价值。您是知道的，在我们眼里，这些宝贝个个都是生命体，我们会如奉掌上明珠一般。"拍卖师说道，"但我也不得不遗憾地告诉您，您的藏品是存在问题的，特别是照片上的宣德炉，明显是后仿的。而且，不瞒您说，这种失手完全是刚入收藏行菜鸟级水平才会犯的低级错误。"

周延看到蔡绍振面红耳赤了起来，接着又说："您的宝贝明代透雕鸳鸯戏莲玉纽和宋代定窑白釉瓷梅瓶，从照片上看，是非常值得期待的，高仿成这样也是个奇迹。这样吧，请您按照我们公司的流程走一下，其实很简单，您先填表，上面有说明，部分有收费项目。"

蔡绍振接过周延手中的拍卖协议表格，上面的条款密密麻麻，他只看清上面的金额数字，什么鉴定金、保证金、安全金等，他问周延："高仿品还要交这么多，如果拍卖不成功呢？我老婆会取笑我，况且她有身孕了。"

"尊夫人怀孕了，恭喜恭喜。"周延凭空来了一句。

"是的，她怀了。谢谢您的祝福。"蔡绍振怔了一下，然后对这突如其来的问候表示了谢意。

"好的高仿品也是很值钱的。您放心不会流拍的，我们在内地和海外都有拍卖网络，就是说，可能在时间上会有所延迟和不安，但藏品肯定会以它的价值走向真正拥有它的人手中。"周延露出几分神秘的笑，"您也是入这一行的，知道以藏养藏吧？我私下里有一些藏品，极具升值潜力，只需放几年，就几年时间，把它安静放着，它会自己生财的。您若有兴趣，我们约一下。"

"你自己怎么不拍？"蔡绍振反问道。"这样做让公司知道恐怕不太好吧？另外也对不起公司给你的薪水。"

"别指望这公司了，你看它庞大无比，成天都唱着什么宏伟目标、远大前程的高调子，但它对一个人来说，充满着欺压和谎言。不瞒您说，它早晚要完蛋，聪明的人，比如我，还是趁现在给自己留点后路，到时跑还来得及。如果跑不了，就只能当它的陪葬品。您说，陪葬品有自己选择的命运吗？没有，从来没有。我们活着，就是为了争取别当陪葬品。另外，现在呢，还有顶重要的事情，您知道，我这也是为了急着还房贷嘛，这该死的房贷……"哭丧着脸没有泪的周延说道。

蔡绍振按照表格，交完了鉴定金、保证金、安全金等，周延笑吟吟地在大厦门口等着他。

周延开着车左拐右拐，到一个小区停了下来，进了周延的家。看来拍卖师长期以来是一个人过日子，客厅乱七八糟，外卖的餐盒、地上东倒西歪的啤酒瓶、电脑桌上的油渍，还有沙发上一个玉体横陈的充气娃娃。充气娃娃一只胳膊不知哪去了，一只眼睛上涂满了口红，有点瘆人……

周延抱着充气娃娃腼腆地对他说："您是知道的，单身男人，长夜漫漫全靠她打发我孤寂的生涯。如果法律许可，我想跟她结婚，办豪华婚礼，正式娶她为妻。她安静、不唠叨，而且你想怎么整就怎么整，完全用不着怕家暴、怕怀孕，甚至怕离婚，用不着把自己辛辛苦苦挣的钱交给她，也不用藏私房钱。你出门工作，也不着急她在家胡闹，也不怕她给你戴上绿帽子……"一边说一边抱起充气娃娃向另一个卧室里去。过了一会儿，周延拿出一个奇怪的壶，一脸堆满神秘的笑容，说："胡通壶，壶者，以锡为佳，多出于造办处。锡壶大口能进器者，为帝王专用。"然后交给他看，蔡绍振拿起壶，只见那上面有个把手，壶肚像一枚鸭蛋，壶口粗大。但怎么看都属于那种粗陋至极的东西。他闻了一下，皱了皱眉，壶散发出来的气味有点像他读过的一份报纸。然后又听周延说："这古董，不在于好看吧？主要在于当时的价值。您若有意，二十万，如何？"

蔡绍振摇了摇头，神情漠然。

"这壶呢？大哥。"

"多少钱？"

"您识货，五百。"

"三百。"

周延又转身取了一幅画，掸了掸上面的灰尘，打开给他看："这是我国最著名的主持人，您知道吧？他的画，以后升值的潜力是无法估量的。"蔡绍振接过画，那画上是三头毛驴，一头啃草，一头歪脖子，一头仰着一张蠢脸，怎么看这三头毛驴都像是在嘲笑他。他心里极为不快："又蠢又坏的驴。"

周延见他对毛驴没有兴趣，有点泄气。这时，蔡绍振突然说道："胖哥，我有一事想向您请教。"周延闻声而喜，怂恿着他快点讲出来。

在周延倒茶的时候，蔡绍振说道："我其实对藏品不是很懂，或者说，我就是喜欢附庸风雅，是摆给我媳妇看的。前段时间，我收藏了一只手。"

"手？"

"对，一只死手。"

"这是大忌啊，兄弟。"

"为什么，这不是一只死手，虽然它就是一只死手，但它代表着正确的方向，或者说是正义的力量……"蔡绍振说到这里，周延很轻薄地打断了他的话。

"在埃及时，有一位叫亚曼拉的公主去世之后，尸体要制成木乃伊，然后放置在金字塔里。十九世纪末，有四个英国人花重金买下这位亚曼拉公主的木乃伊。最后那四个人都死掉了，据说一个走进沙漠，再也没有回来。另一位同伴在街头遭到枪击，死了。剩下的两个人也离奇死掉。后来，亚曼拉公主木乃伊被运上一艘巨轮，准备送至美国，结果那家伙也沉了。对，就是泰坦尼克号。"周延仿佛下诅咒，眼睛直盯着他，自信自己的话已经吓到了他。

"亚曼拉，埃及的公主，尊贵无双吧？但死掉后，就转化成邪恶力量。"周延得意扬扬，向蔡绍振炫耀他的见多识广。

"邪恶力量。很邪恶的。"周延加重了语气。

"《玉枢经》里说，前亡后化，捉生代死。你想你把她一只手收藏，当成藏品，她的魂魄自然就拘制在这只手里了，正能量已经变成负能量。而你的想法不能代替冥冥之中的某种秩序，你只能任她摆布。"

周延说到这里着实吓到了他。蔡绍振脸色惨白，一副快要死的样子，豆大的汗珠从额上滚滚而下。

"但是……"周延看着他这副受不了惊吓的面容，手里捏了一把汗，接着说道，"我们每一个人难道不是受另一种力量的摆布吗？在摆布中，每一个人都过得安然有序、快活滋润。过多的想法是徒劳的。要相信摆布，摆布是相互信任的，即相互摆布。"

蔡绍振一时被周延的话弄得无所适从，说道："你一会儿说摆布不好，一会儿说摆布又好，这让我很糊涂。"

"我是用辩证法来分别对待的，"周延解释说，"我在大学学的是历史唯物，后来没有当成公务员，但这一套学说对我帮助很大，至少我遇到什么问题都能解决，不至于产生悲观、消极的心态和不当的行为。"

周延说着，揉了揉眼睛，他看到眼前呆滞的蔡绍振肩头，突然搭了一截烧焦的断手，着实吓了一跳。那只断手丑陋之极，颜色如他刚刚向蔡绍振推销的破壶一般肮脏，他心里咯噔了一下，嘴里却什么话也说不出来。而与此同时，蔡绍振更为惊恐，他看到周延一张肥脸，爬满了粉蛆。

主人急着赶走客人，客人急着破门而出。蔡绍振在周延的催促下，逃命似的离开了周延的家。

他拎着壶，走在回家的路上，突然想起周延的话，寻思道，我怎么会认可他说的话，听从他的摆布买了一把破壶呢？他感觉这段时间自己经常断片儿，像一位严重的酒精依赖症患者。只是奇怪的是，许多人是事后断片儿，而他时时在断片儿。他仿佛有了不祥的预兆，让他内心一片土崩瓦解。"那只手……"他想着姚妍，大脑浮现出被鬼上身的她，面容已显狰狞，家里的一切，也随之土崩瓦解，在坍塌，在破碎……

蔡绍振用了毕生最大的勇气按响门铃。

姚妍打开门，看到蔡绍振提着一个古怪的东西，再看他的脸，不仅呆滞，而且还带着受到惊吓的惨白色。

"你怎么了，去拍卖公司谈得不好吗？"她问他。

"谈得挺好的。"他回道。

"你怎么丧丧的，怎么还拎着……一把壶，脏兮兮的。"她又问道。

他没有回答，脑海里全是姚妍邪灵上身的可怕景象。

"难道我们收藏的宝贝都是赝品，没有一件是真的？你被骗了？"姚妍喃喃自语，然后勃然大怒，"这下好了，全毁了吧。六百万的房子，弃房断供吧你。"

"姚妍，我看到你没事就好。"蔡绍振说道。

"我好啊好啊，我要跟你离婚，你他妈的一无所有了。"

姚妍终于可以断定，蔡绍振完全被一种愚蠢的东西控制住了。她的眼泪哗哗地流，内心悲鸣，她所依恋的人，由过去的精明，变成堕入愚蠢深渊里的人。

她悲伤得抱头痛哭。然后一声不吭地到衣物间拖出行李箱，将自己的衣物、化妆品，一股脑儿地塞进去，一句话也没有说，冲出了房门……

只留给蔡绍振一个愤怒的背影。

一片汪洋无际的海面，海鸟飞翔盘旋在船的周围，四处是美丽的云彩。蔡绍振站立在船舷边，眺望着远处，他分明听到远处有一群人，在欢笑着，提及他的名字时，充满赞扬和惊叹……他们的声音告诉他，他的藏品，对，那只死手，具有非凡的意义和永恒的纪念价值。他是继承者和拥护者，是聪明的人，是有前途的人。他们召唤着他，称赞他天赋异禀，让他接受最高嘉奖。因为当今之世，像他这样的人竟然以如此聪明的方式对主流价值观做了绝妙的回应，这是世纪之才……蔡绍振心潮澎湃，但当他仔细去辨认那些人时，总有一只巨大的手来回摆动在船的前方，他无法辨认出那群人究竟是些什么人。最终，船靠近了那群人。船越来越近，那群人的面目也越来越清晰，一个个顶着猪头猪脸，朗朗欢笑也变成了一片骇人的哼哧哼哧声，甚至他听到哼哧哼哧之声中还间杂着狗吠和驴鸣，仿佛一个巨大而混乱的屠宰场。

蔡绍振从梦中惊醒了，他的身边空荡荡，房间冰冷如同墓场。

他从书柜抽屉中取走水晶盒，抱着它，转身，开门，"砰"，关门，下楼。到楼口时，清晨的天已经下起了雨，不大不小。他愣了，正欲冲进雨帘时，在楼道保洁的徐阿姨，看到他问怎么没有拿伞，这么大的雨，小心淋感冒了。他没有言语。徐阿姨嘴里念念叨叨，年轻人上班挣钱也不能这么急，现在这些年轻人……一边将自己的黑色雨伞递给了他。他也没有说声谢谢，接过雨伞，跃进雨中。徐阿姨愣了一会儿，觉得有些不对劲："这男人眼睛怎么没有一点黑？好像缺了点什么，他的眼珠呢？"

蔡绍振撑着雨伞，叫了一辆计程车，告诉司机到白江桥头。司机开着车说："今天早上有辆公交汽车载着一车的高考学生，开进了缥缈水库。太惨了，全车三十多人，只救出五人。"

但后座没有任何回音，司机便不再言语了。

那时，白江桥一片水雾，江上波浪涌动，他在桥头处下了计程车，抱着死手就往桥中间走去。在雨中，他恍惚地看到前面有一个人影，伫立着，待他走近时，一个中年男子朝向江上看着，神情冷漠，雨水在他的脸上不停地流着，他的到来并没有引起中年男的注意，直到他问道："你站在这儿干什么？"那中年男才转过身，双眼盯着他，那眼睛也如江水一般汹涌地卷着波涛，说道："你不觉得，现在的白江正好让人去跳呢？"

"为什么要跳？"他继续问道。

"我的老屋让他们打上了封条，不让我进去，我的房子为什么就不让我进去看看呢？我孤身一人，现在连个歇脚的地方也没有了。"中年男说道。

蔡绍振分不清中年男脸上的是雨水还是泪水，说道："你不应该去死。"说完，他将水晶盒递给中年男，用了全身的力量，呼出了一口气，翻越桥栏，中年男见状急忙伸出手去拉这个无缘无故来的陌生人。陌生人如晃荡的飞鸟，扑通一声，直坠江底。

中年男抱着那只水晶盒，看到一只丑陋而狰狞的死手。他完全被此时发生的事情弄得手足无措，一时间不知道是应该活着，还是去死。

恐怖包子故事

爸爸的吃相太难看了。

爸爸两腿岔开，双手环抱着在胸前，歪斜着他硕大的头，不，是包子。爸爸的脑袋变成大大的包子后，整体脸形上尖下宽，尖的那部分上的眉毛和眼睛挤在了一起，眼睛离得很近，像两颗小黄豆。眉毛以前粗又长，现在成了一条粗短绳子搭在小黄豆上。高鼻梁缩短距离，变得很大，下面的嘴巴更大，难怪他吃哥哥时，简直就是几大口活吞似的。他以前头发少，现在成了尖头，头发变得浓密——他变成包子唯一的好处。他把头发梳到了后面，像门后面的拖把。

爸爸的嘴巴上，还挂着哥哥的包子馅里的一根亮晶晶的粉条。爸爸吃哥哥后显得很累，他打起呼噜，那条哥哥的粉条随着他的呼吸一伸一缩。我感觉到他很累很累，他打着呼噜声像是在骂人，充满高亢的节拍。伴随着他这种节拍，真的要恶心到了我。我冲进卫生间呕吐，吐着吐着吐出一片片大白菜叶渣，我望着镜子里的自己，一个九岁男孩，瘦小的个子在脖颈上顶了一个夸张的包子，像个大南瓜头，晃头晃脑，极不相称。对，就是一个大包子，像爸爸在我们都没有变成包子前每天早上买回来的包子。区别是有双小眼睛，鼻子，以及嘴巴，两个竖起在褶纹上的变尖的滑稽耳朵。

我吐掉一些白菜叶渣，回到狭小的客厅，看着爸爸，有些绝望，想哭，于是我哭了起来。我在害怕的同时暗忖着，爸爸消化掉哥哥的包子脑袋，下一个肯定是我。而我不想让爸爸在吃我的时候有那难看的吃相，让人呕吐，不光是呕吐，还不好玩，不光不好玩，而且没趣，有些恶心，像流氓。这是妈妈带我去街道时，对一些人的评价，流氓就是坏人，这点毋庸置疑，但还需质疑的是不论坏人和好人，变成包子后好像不那么分得清了。至少在我眼里来看是这样。

爸爸吃掉哥哥的头颅时，一直发出咔咔的响声，像鼓点催生我的记忆，且是最近两天的记忆。于是一幕骇人的场景出现！我不愿想起的事情，那伤心欲绝、充满恐怖的画面还是浮现了出来。

按往常一样，学样开始播放课间体操曲，同学们随着广播曲有序地起伏。我跟着节奏做操时，可以大胆无忌地一眼死盯我前面二班名叫小雯的女孩，她是邻班的，长得像洋娃娃，做操时特别像只温驯的猫，灵活时也像一只兔子。总之，她的身体蕴含着非常柔软的力量。这时广播声戛然一停，然后连续急

293

促的"啪——啪——啪"声音响起了，一声巨大的粗暴无礼野蛮不讲理的"啪"震荡后，一片寂静。渐而，那巨大的金属色喇叭像张厚嘴唇，变成一张薄纸般，继而合拢形成了一个超大号高音喇叭，反复循环地播放着"包、子、包子、包"的连续音节。我五脏六腑被强音波摧山倒海般震撼着，呼吸急促，心跳加速。正当我承受不了快倒地的时候，那喇叭如"UFO"突然沿直线盘旋在半空，稍微停留了一会儿，发出一种奇怪的长音："包。"接着它冲破房顶，闪烁着怪诞的红绿之光，霍霍然飞向无限的太空。消失了一秒钟后，天空出现了一道霞光，霞光过后，顿时一阵仙乐飘飘，朵朵五彩祥云冉冉升起。一个名叫"释迦牟尼"的印度人，坐在莲花台，手捧金黄色的包子，神色庄严地念着咒语"唵嘛呢叭咪吽……唵嘛……包子……吽。"同学们都惊慌了，吓呆了。老师们张口结舌，不知所措。随后，"包——子"，广播出这两个字后，广播也倏地变大，变成了一个怪异的形状，同学们顿时哄然大笑，因为我们看到广播头变成了一个肥大的包子，耷拉在操场上。

上课时，教数学的李老师痴呆地站在讲台上一句话也不说，窗外，有几个圈，几个老师围在一起，又有几个老师围在一起，像一圈圈麦田，他们窃窃私语，像树叶发着含糊不清的声音。

放学后，妈妈来接我，像平常一样，我跟着她挤上了公交车，车厢里挤满了大人小孩……不安感在弥漫着，一种强烈的异样，因为我看到街道两旁的广告牌渐次模糊渐次清晰地出现了包子图案，有灰色包子，有黑色包子，有大的，有小的，有花纹的，有高速变化的。一家超市门口居然立了一个大大的塑料包子，像是在嘲笑着我。在公交车行驶时，包子模样就一路追来铺展，像无声的瘟疫扩散着。我和妈妈在车厢的后头，妈妈的脸色很难看，看样子是比我还要恐惧万分。也许她比我早察觉到异样或在来接我的时候周遭已经变化了。周围的人们也应是如此吧。在前几天，我想起来了，晚饭后，通常我们一家四口在一起看电视节目时，电视屏幕就有怪异的表现了，零星地、侵略性地出现了包子，到后来，铺张开来，满屏尽是包子，肆无忌惮，越来越密集。爸爸拼命换台，但换台的速度永远比包子慢一格子，他气急败坏，骂着粗俗的话，来回走动。仍是无济于事，于是他出门到小区里转，回来后更加急躁，更加束手无策。大人们开始变得鬼鬼祟祟，碰了头彼此尴尬，并且低语说话，左顾右盼，神情慌张。

“快看啊，天呵，那个女人头顶着一个包子。”车厢里的人们齐整地顺着喊声看去，在一家超市门口一个头顶着包子的女人在奔跑，后面跟着同样一个头顶包子的男人，街道旁边的人也叫喊着，我立即大哭起来，手紧紧揑着妈妈的手，却找不到，我转身过去，“啊！”我尖声叫起，只见妈妈的头也变成了包子，可怜的她双手捂着包子，摇晃着。我的哭声强烈了起来，引起了车厢里的小孩们的回应，一片哭声响起来了，彼此分不清谁是谁的哭声，周围的大人们叫喊着，骂詈着。"小孩，你的头。"一个穿着西装的男子俯身对我喊道。"我怎么了？"我反问。只见他的头发往后迅猛移位，眼睛朝着额头上移，鼻子成了中间的圆点，嘴巴变大，变薄。双耳变小紧紧地贴在正变化的褶子上。我目睹了一个脑袋变成包子的全过程。他好像感觉自己的脑袋不同寻常了，直起腰，傻住了。这时，全车厢里的大人们像雨后渐次长出的蘑菇一样，纷纷地变成包子，接着，小孩子们的小脑袋也纷纷地变成包子。公交车颠簸着，东歪西倒地停了下来。"妈妈"，我极力寻找着，她被几个同样的包子围成一圈，我透过人群，看到她喊着我的名字，大喊道："快跑。"妈妈话声一落，头不见了。

四周的光线变暗，一切寂静无声。我不知道外面的世界。

爸爸醒来了。

提线娃娃

一

学校门口，女生排了一长排队伍，在校门口站着一名男老师，他拿着一块又黑又脏的毛巾，他的面前放着一个大铁盆。周围有许多的男生，站在"欢迎新生入学"的横幅下。

"这在干什么？"苗可馨问旁边的一个叫马琪的女孩。

"给我们洗脸。"

"洗脸干什么？"

"女生都要洗脸，说是学校不允许化妆打扮啊。"

"我又没有化妆，干吗也要排队？"

"我也没有，不是一样排队？"

"男生怎么不排？"

"男生不擦脸。"

"我不排了。"

"女生不洗脸，是不允许进入学校的，你不想上学了？所有的女生，不管化不化妆，都要排队的。"

"给我们洗脸的男老师是谁？"

"我们的校长。"

很快，轮到一位扎着小辫子的女孩，苗可馨看到校长拎起毛巾在水盆里摆了两摆，按着女孩的头，用那脏毛巾朝女孩脸上左擦右擦……突然，她发现校长头上有一根细细的长线，说那线长是因为她朝那线看去，从校长的头顶一直通上了云层。这一惊奇的发现让苗可馨目瞪口呆，几近说不出话来，只能万分惊恐地用手指着校长头顶上的线。

"你指什么指？过来。"校长发现一个小女生举止怪异，便一脸怒气，伸手就抓着苗可馨的手臂，扯到水盆旁，不由分说，一块散发着纷乱杂陈气味的毛巾堵在她的脸上。这一堵几乎让苗可馨无法呼吸，她挣扎着，眼睛也瞪得大大的——她看到校长那只粗大的手上也布着细线，异常的惧怕占据了苗可馨整个内心。

"好，进校去。"至此校长才放开她。她待在原地，闭着眼睛，浑身颤抖不已，像她家里的猫——小雪每次洗澡后的样子。

"苗可馨——"马琪叫她名字时，她才睁开眼，走进了学校。

"那校长，他不是我们的校长。"苗可馨看着周围的同学，悄声对马琪说道。

"我刚看到了校长头上有根细线。"

"你可真逗，苗可馨。"马琪说。

"没逗你，真的。不光他头顶上有细线，而且，他的手上也有，一根根的细线，太可怕了。"苗可馨说。

"别逗了。小心被坏人告密，那就惨了。"马琪说，"到班上更不能说，不光有同学监视，而且教室里也有监视器。"

"欢迎新同学们，我是你们的班主任，我姓袁。现在我们来做一个课前训练。全体起立！"

苗可馨与同学们齐刷刷都站了起来。

"大家来认识一下新班长。"班主任说着，一个男孩从他座位上离开，走到讲台上，带着高亢的声调开始发言。

"同学们好！今天是新入学的第一天，我们要在袁老师的带领下，认真学习，每次考试都要稳占鳌头，决不辜负校长、老师、爸爸妈妈对我们的期望。"

"鼓掌。"在旁的袁老师呵斥道。

随着一阵噼啪的掌声中，男孩继续他的发言。

"同学们，现在跟我做。"男孩边说边示范着，他的头仰起，双手置胸前，"嗷——"他停顿了一下，"现在我做什么，同学们也跟着我做。"

苗可馨跟着同学一起模仿班长的动作，头仰起时她突然看到班长头顶上有一根细细的长线，一直到教室的天花板上。再仔细看，班长的双手上也分别有一根细细的长线；而站在一旁的班主任，头顶也是一根细细的长线……

"努力，努力，战无不胜。拿下北大，拿下清华……"全班同学跟着讲台上班长的声调齐整地叫喊了起来。

"你怎么不跟全班同学做，你叫什么名字？"班主任发现一个小女生并没有学着班长的样子去做，一脸恼怒。

"你不是我的老师，你头顶上有根线。"

教室里响起一阵哄然大笑。

苗可馨背着书包往家里走，她心里想着自己是不是拥有超自然能力。她摸了摸头顶，空空荡荡，并没有什么细线。而双手上，更是没有。街道上行走的男女、小孩、老人也没有发现哪一个头顶上有细线。

"真是奇怪。"这让苗可馨对自己的超自然能力困惑了起来。

二

"爸爸，我不想上学了。"苗可馨对爸爸说道。

"你不上学以后怎么办？"

"我看到学校老师和同学头顶上让一根根细线指挥着，我觉得他们与我不是同类。"

"喂喂，你听见了吗，咱们姑娘说的话。"爸爸向厨房里正在做饭的妈妈喊去。

妈妈从厨房里走了出来，摸了摸她的额头，对爸爸说："你带孩子去医院精神科看下，现在孩子早熟，我看了一则报道，说一些孩子有自闭症、抑郁症什么的，不容小视。"

"苗可馨，你几时发现老师和同学头顶上有细线的？"

"爸爸，他们不光头顶上有细线，而且，手上、胳膊上也有，就像提线娃娃。"苗可馨说。

"那是几时？"

"最近，上学的时候。"苗可馨说，"也许更早些，我记不清了。"

苗可馨继续说："老师让我们报作文班。但她头顶上也有根长长的细线，我害怕，我不想报她的作文班，我想另外找一个作文班。"

"我认为是孩子沉迷作文，想象力特别发达，不用看什么精神科，你不理解。"苗可馨爸爸说道。

三

"苗可馨，你站起来，你看看你写的是什么？"作文课上，袁老师指着她的作文说道，"看看，听说吃了唐僧肉可以长生不老，你这个小学生写吃人是不是太早熟了？"

"我是引用课文里的。"苗可馨说道。

"课文里当然可以有，但你不能在作文中写出来，写出来就是不对。"

"'美若天仙的''左手提着青砂罐，右手提着绿瓷瓶'……这句话也不对，形容妖精怎么是美若天仙？你一个小孩子说美是什么意思？还左手提右手提的，统统不对。"

"课文里有的，我觉得有趣生动。"

"课文里有，但你不能写出来，写出来就是负能量。"

"你看看你写的——这篇故事告诉我们：不要被表面的样子、虚情假意伪善的一面所蒙骗。在如今的社会里，有人表面看着善良，可内心却是阴暗的。他们会利用各种各样的卑鄙手段和阴谋诡计，来达到自己不可告人的目的。——太负了，太负了……"袁老师想到苗可馨没有报她的作文班，一股邪火顿起。

"给我重写，直到把正能量写出来。"

苗可馨走向讲台去拿作文本，突然发现袁老师此时幻变成一个村姑，双腮通红，只见她左手提着青砂罐，右手提着绿瓷瓶，鬼气森然地冲着她一笑又一笑。

一时恐怖极了。再仔细看，村姑不见了，讲台上只有一个一本正经的、面露凶相的、头上有根细线的袁老师。

"妖精用了解尸法，真身化作轻烟飞走了。"苗可馨看到这句话也被删了。

整整一个下午，苗可馨的作文不断地被划掉，不断地被修改。这让只有十岁的她感觉自己变得越来越虚无，越来越支离破碎，整个人像是在不断地被划掉，划掉……

"老师，我不想让你划掉我、修改我。"苗可馨鼓起勇气，站起来说。

"你说什么？"袁老师的脸一下子变得惨白起来，从讲台上走下来，伸手打了苗可馨一巴掌。

一瞬间，一簇火焰燃烧在十岁女孩的脸上。

苗可馨噙着泪，走出了教室，站在四楼的栏杆边，那时，阳光暗淡，让她的视线格外的好，她看到天空到处飘满着细线，无数的细线，无论是她所处的学校，还是街道、居民楼、商业大厦、公园里的树木、广告招牌，以及更远处的农田、山野。由天及地，那密集的细线，布满她的目光所及之处。

从教室出来两个男同学，盯着她看，她转身看去只是两个提线娃娃。

苗可馨望着细线，浑身战栗。

那一根根幻变的细线，在天地之间飘来荡去……

猴子和异乡人

猴　子

一只猴子，逃离了马戏团，向镇南约五十里的小风镇逃窜了过去。

小风镇是一个充满着祥和平静的小镇。生活在镇上的居民们祖辈都在享受像女人子宫般安全的时光，但他们实际心知肚明，这个像子宫般的时光提供方是他们世代以来交税给镇中的谎言机器换来的，他们心疼机器，这架机器就是他们的心脏，他们的世代之爱和荣光所在。

这样的平静随着一只猴子的入侵全被打乱了。

这只猴子出现在小风镇居民眼中，就是它居然什么都不怕，晃着身子直来直去走在镇的街道上，吸引了一大群孩子，跟在它的后面。也难怪，这只猴子见多识广，几乎可以说到了无所不知的境界了。它知道如何吸引他人的眼球，就像当初它

304

在马戏团做过的事情。镇上很少有突如其来的动物出现，更别说这么一只大摇大摆的猴子了。

猴子精力旺盛，昼夜活蹦乱跳在小镇上，孩子们也是如此。小风镇的居民由担忧到恐惧，有几个居民开始行动起来，捕捉住这只捣蛋的猴子，并把它关在一个小笼子里，集体决定交由谎言机器处置。

但机器纹丝不动，没有任何"表态"。镇民便提议聚众商议，决定向制造谎言的机器讨要公正裁决。

在镇上所有的奇怪建筑中，要属谎言机器最为奇特了。它的外形相当的奇特生猛，它外表土豪金，直耸苍天，像个阳具。曾经有个工人在大楼做外面清洁的时候，工人师傅在外面擦啊擦，擦擦擦时，就把里面的镇领导喷了出来，当然，这只是传闻而已。

镇民代表进入了谎言机器，不一会儿，谎言机器那金碧灿烂的大楼顶处喷出一个人来，如一枚炮弹直射上天空，然后内脏像天女散花般，成为谎言机器放的人肉烟花。

恐惧笼罩了全镇，在大楼喷出第六个人后，第七个——我们敬爱的镇长飞上了天，他的内脏散落到了镇上的所有土地上，恶臭经久不息。

镇民害怕了，不敢再提猴子的事。

在风和日丽的一天，全镇人民集中在一起，把那只猴子杀死并焚烧成灰，就像真相压根就没有出现过一样。重新选举了镇长，连续几天，家家户户像过节一般，放了烟花，肆意饮酒作乐。小镇又恢复往日的天真祥和的气氛了。

异乡人

小风镇出现了一个陌生的人，他身材高大，蓬发垢面，衣着破烂不堪，刚开始时，镇上的人对他抱着戒备之心，后来知道他原是一家马戏团来的，像吉普赛人，周游全国，过着流浪和表演的生活。他说在到达小风镇时，车翻了，车上的人全死了，他一个人活着，他顺着公路一直走，走到了小风镇。

他的力气很大，开始给镇上有钱人干活，打零工，因他好使唤，雇用他的人把工钱也会压低，又加上他是异乡人，不免时不时被镇上一些人欺负，甚至哄骗他干活却不付出相应的报酬，还讪笑他。镇上政府有时修桥修路，他也会报名，与他一块报名的有镇上的几个闲汉，这些汉子往往出工不出力，而他一个人埋头默默地干活。

他也不当作一回事。这样，越发让闲汉觉得这人太好欺负了。

有时他到镇上的小鲁菜馆里买上一瓶廉价白酒，一个人喝，然后晃着身影走过路灯，走向河边。

后来，他在河边寻觅到一处废弃的小院，他把小院的杂草和牛羊粪便清除，小院的两口破窑洞，他铡碎麦草和上泥，重新泥，又将塌了的土炕修垒，找到镇上的王电工，请人家喝酒，又买了烟。王电工给他窑洞引了一根电线，他接上灯后，到入黑的时候，他的小院亮堂堂，像一户人家了。

春来秋去，不知不觉已经一年了。他做零工挣的钱，似乎可以养活他，并且他修饰自己，剃了胡子后，他愈显修长高大。这时，有了传闻，镇上有人说每到深夜，河边有虎啸之声，不止一只，是好几只，由低到高，仿若雷鸣，此起彼伏。

以前与他打短工的人会拦住他，上下打量，仿佛要在他身上寻找出一只老虎。镇上几个调皮的孩子会对他怒目而视——他这么一个没人管的异乡人，居然有老虎在他那破窑院里。

几个爱讨闲话的妇女对他浑身盯着看，眼神能迸出搏杀一只虎的白光。

有传言，镇上的许多人都梦见了自己变成了老虎，也梦见了那个异乡人。

事情终于要来了。有一天，正午时分，他喝着劣质白酒，竟然喝醉了，他晃着身子，走在镇上街道上，与他一起的还有几只吊睛大老虎，其中一只摇摇摆摆走在最后头，肥大的肚腩，被伟哥充大的阴囊——镇民从后面看到那家伙尾巴露着两个硕大的蛋蛋，大喊——啊，我们镇长啊！

——梦是真的。镇上有人突然喊道，喊了就满脸羞愧。

终于，有一个马戏团来了，接走了异乡人。

自异乡人走后，小镇仿佛换了一层皮，人人变得随和起来，像雨后清新的空气。

　　镇长见到我们变得有些羞涩，因为我们发现他的左脸和右脸一片赤红。

汽车公墓

人生有两大悲剧，一是不能如愿，一是如愿。

——萧伯纳

一

我站在荒漠，朝着黄沙堆撒了一泡尿。滋起沙土冒了一小阵蒸汽，辽阔的地平线晃动着，扭动着，生气勃勃，我分明感受到自己的尿气里有种畜生的味道，这让我十分振奋。不远处，一座座汽车垒起来的庞大公墓群隐隐约约地现身，当我每走一步，就能得到一座公墓群的轮廓，更加让我兴奋不已。这里是全球最集中的污人居住地。高智民称居住在这里的人为污人，当然也包括我在内，一个异端分子，被驱逐者，现在正在投靠污人，也谈不上是投靠，因为我很明白，我与他们并无不同之处，本来就是一回事儿的人。我在到达之前，已经做好了决裂之选，生死无凭，只能听天由命罢。

"梦饮酒者，旦而哭泣；梦哭泣者，旦而田猎。方其梦也，不知其梦也。梦之中又占其梦焉，觉而后知其梦也。且有大觉而后知此其大梦也，而愚者自以为觉，窃窃然知之。君乎，牧乎，固哉！丘也与女皆梦也；予谓女梦亦梦也。是其言也，其名为吊诡。万世之后而一遇大圣，知其解者，是旦暮遇之也。"

我一无所有，除了怀里揣了本破书——《庄子》外，双手空空，一个人走了这么多天，浑身发臭。我闻到前方一股恶心腐臭，仿佛与我身上的气味暗暗押韵。那气味还夹杂着一些莫名的像是工业塑料燃烧的气味，呛人鼻息。

"万世之后而一遇大圣，知其解者，是旦暮遇之也。"天色浑浊不堪，像股陈尿，泛着污黄色，我念着庄子这句话，是因为就要见到老张了。

一辆载着七八个人的绿色吉普车驰了过来。从车上跳下一个身材中等的中年男人，胡子拉碴，穿着土黄色的迷彩服。他一见到我，露出满嘴黑牙。不错，他就是老张，我们污人反抗军首领。我没有想到，他能来亲自迎接我这个流浪汉，心里十分激动。

——一切都是他们逼的，把我们赶到死人地。没有能源，没有网络，什么都没有，除了死人，那些废烂汽车上的尸骨，我们和他们的亲人皆葬于此。老张说道。

——我们需要更多的人，对抗他们的暴政。那些高智民，随意改变基因从而变得强大又冷血的一群畜生。

　　——他们胸膛里装的一定不是人心，一定不是的。如果是，他们为何不把我们当成人看？哪怕当一点点的人看也好。

　　我一边听着老张说话，一边看着车窗外。那些一堆接着一堆的汽车墓群，锈迹斑驳，品牌不同，车身颜色各异，一个接着一个折叠或焊接而垒起，你中有我，我中有你，或造型怪诞，或中规中矩。那些以前载过很早的人，驰骋过这个独立星球任何一个地方的车辆，如今全然沉寂，全都变成了废品，变成了一个个骨灰盒，装着死人尸骸（完整的或不完整的、几个或一个、混杂一起的、拼凑在一起的人体骨骼）的棺材，结构恢宏的体系。墓群有高三十米或五十米，也有高过百米的。我看不到尽头，这幅庞大的景象，简直无与伦比。但我能感受到那里面的死灵像活物，有种说不出的恐怖气息，就像进了死神的领地。绝望或者别的，或者没有别的。

　　——他们胸膛里装的一定不是人心，一定不是的。如果是，他们为何不把我们当成人看？哪怕当一点点的人看也好。老张重复着这句话。我看到他的脸色如同排便困难时憋出的痛苦可怜相，而目光散乱，又像个孩子。

　　车的速度缓慢下来，墓群越来越密集。有街道了，许多人站在街旁在看着我们。看来，我们这辆车可能是公墓里为数不多的能行驶的车辆——我没有看到其他能动的。汽车绕来绕去，像在黑沉沉的大都市中穿梭过。偶尔能看到灯光，但很少，还有零散的小火堆，以及玩耍的小孩子们。车接近他们时，他们大喊："老张，老张来了。"公墓中的建筑物大部分场域是黑魆魆的，高大的黑，以及尸臭味。到处散发着阵阵浓郁的尸臭，像是排泄物。人死了，也许就是一种排泄。

更为庞大的建筑群，应该是汽车墓群耸立眼前。我抬头望上去，一堆漆黑入云。一百米高？两百米高？老张看着我歪着脖子，笑眯眯地说，在我们汽车公墓里，这是最高的，足有五百米高，没人数得过来是由多少辆汽车垒起来的。"是不是？"老张问他左边的一个"战士"，那个战士连忙点点头，回复道："我小时候就在这里数，一直数，数到现在也没有弄清楚超一号到底是由多少辆车垒起来的。"

没有能源，没有网络，确切地说，没有高智民那种通天达地、高度发达的粒子网络。老张究竟靠什么来反抗高智民，并且坚持这么多年？而且环境是如此糟糕，空气中充满着尸臭，一呼一吸都是恶心的死尸味道。连睡梦都是如此？我心里充满着疑惑。

阴道炎的味道？龟头囊肿的味道？扔掉的烂裤头？口臭？臭鸡蛋？我能感觉到我的颅骨在飞翔。

甚至是一个小人。我会突然忘掉它，然后走着走着就发现身后有它在追随，猛地一转身，就看到它。

从作战部走了出来，超一号地下洞穴里，我在一个士兵的带领下，穿越一个挨着一个的洞穴，继续往里走。气味并不因为在地层下会有所减弱，而且越发地怪异。我只要深深地吸上一口恶臭的空气，便明显能听到自己的肠胃发出狂暴的咆哮。一阵之后，我的胃默默地收缩，食物混合着胃酸在冲向喉管——造反！我屏住呼吸（实则自欺欺人而已），狂按住嘴巴，对造反的胃进行宣教、镇压，镇压、宣教。

编号一三八的洞口传来一团混杂的声音：打鼾声、哭喊声、叫骂声、小孩笑声，以及妇人的低泣声。士兵对着已经脸色煞白的我说："谭先生，到了。"我忍不住转身问士兵："为何老张对我这么个流浪汉待遇这么好？"我是指他居然亲自迎接我。

——以前不是这样的。现在很少有人会往我们这边来的，简直是稀罕事物。再说，我们这边尸臭从早到晚，无所不在，吃的、住的、喝的、聊天瞎扯、睡觉做梦，还有啪啪，无时无刻不让那该死的臭味熏来熏去。人被熏傻了，人人一副傻逼模样。需要新的人来冲冲这晦气，铺天盖地的晦气。

——最重要的，我们相信，刚来的人肯定比我们聪明。至于以后……士兵突然间露出神秘的奸笑。

——嘿嘿，都会成一个傻样。

他得意地说完，沉浸在对自己的言语出色表达的欣赏中，一会儿又沮丧地说：

——谭先生，你看我现在这模样，傻不傻？

我和士兵一起绕过地下竖七横八睡的人，靠洞穴最里头，有微暗的光。士兵说，到了。

躺在黑污污的棉被上，洞穴从地到顶有五米高，是家庭或者单个人，用各种布（塑料布、棉布以及像布的材料）相互之间隔开。人声回旋在其间，我注意到离我有十多米的地方，好几个人在盯着我看。我从背包里取出烟叶，卷了一根，吸了起来。这样的举动引起一阵哗然，几个人走了过来。

我出了冷汗。

"这是一场发着恶臭的噩梦啊。"

二

一切要从"上帝重塑人类计划"开始。

我的童年，我的噩梦。

我见到过于丑恶的东西，太多的丑恶。这个独立的星球，再也没有任何生物像人类那样丑恶了，萦绕我整个人生。我多么想自己过着岁月静好的生活，终其一生该多好啊！

上帝没有死，而且上帝很民主。据说，一天上帝良心发现，决定问问人类，他创造的这些智能生物对自己还满意吗？得知上帝居然放下身段来问，注定是"尘归尘，土归土"的卑贱的人类一时惊喜若狂，自此潘多拉魔盒算是打开了。人最大的问题就是太容易坏掉了，脆弱不堪，完全是上帝造的劣等货。作为地球唯一高等智能生物，肉身强壮不及大象，奔跑不及虎狼，生殖器不及……鼻涕虫，那小小东西，生殖器可达身长几十倍，一次交配时间最长可达数天呢。干吗要造那么多东西？先把自身打造好，就不用费脑子制造工具来弥补自身不足。

人类觉得，上帝应该把造人的能力归还过来。这么多年一直受到上帝的独裁，简直就是毒咒。而上帝也正有此想——把自由归还给人类，自己不再多管闲事，有时间多泡泡妞什么的。反正浩渺的宇宙中不止他一个。

一时间，人类疯狂起来了。"上帝重塑人类计划"正式展开，各国陷入了混乱时期，基因改造就像太阳能一样普及众生。人人都尝试改造自己的基因。最有利的，当然是那些有钱人，社会上有头有脸，买得起奢侈品就能买得起基因改造技术，然后按照自己的想法来改的人，直到把自己改造得完全不是人样为止。

我们的街道，突然变得丰富而怪异起来，平时那些有钱人，即人生赢家们，以瞠目结舌的模样出现在大众面前——

我正走在街道上，不时就从眼前掠过一个长着大翅膀的胖子腾空而起，在离地五十米的高处得意地大笑，引起一群人仰视。人群中喊道：高董事，你太厉害了。不一会儿，一个长着八条腿的怪物掠面而过，人们还未看清是谁，只听到"你们猜啊猜"的声音。一个庞大的大甲虫横行无忌地出现在大家面前，说没有任何东西能让他受到一丁点儿的伤害。于是就有人拿棍棒、刀具，在大甲虫身上乱打乱砍，只听到像碰到了钢铁一般的闷响，而大甲虫毫发无损。

还有些怪物浑身发光，像个巨大的手电筒，直立地行走。

越来越多的富人变成了怪物。这些怪物从一开始的好玩，到后来越来越变得暴力。

它们白天食人，晚上宣淫。

我父亲不再上班，留在家里，把家里的门窗全部钉死，周围的邻居也是如此。不被攻击只能算是侥幸，许多人都被怪物们生吞活剥了。政府下达命令，授权军队对怪物们进行猎杀。街道上到处都是怪异的死尸——曾经的富翁，有钱人的尸体。

一些怪物逃向汽车公墓。

这是"上帝重塑人类计划"第一阶段的人类悲惨的下场。

政府将那些有钱人的公司资产、家产全部回收，基因改造由政府垄断，继续出台了"上帝重塑人类计划"。

这是我们曾经有过的历史啊。

他们自认为已经一劳永逸地解决了人类的问题，至少他们解决了他们的问题。

　　　　我既能生男人，也能生女人，还能生下我自己。

他们没有通过上帝，或者说他们就是上帝，重新塑造了他们自己。

316

三

诺娜是个活泼的女孩。她一口鲍牙，牙齿黑黄，靠近我坐着，她爷爷抽着我递给的烟，不断地夸着烟品质如何好，他满嘴的牙齿稀稀拉拉的已经没几颗。

——谭老师，能不能把你的手机让俺们瞧瞧？诺娜的爷爷问道。

我把背包里的手机掏给他，已经没电了。没电有两个原因，一是我自离开那座虚拟城市后，没找到能充电的地方；二是我也没有什么可以联系的人。

老头拿着我的手机看来看去，长叹了一声，眼角滴下了一颗浑浊的老泪。

——与我们一样哪，都是普通手机，而不是智机。

——老张是好人，但他不是大圣。但老张很有骨气，虽说早就知道能反抗个啥，但人总得有点精神，对吧？

诺娜的爷爷颤声说道。周围几个人连连点头。毫无疑问，诺娜的爷爷是这里的精神领袖。我不得不对他表示敬意，又掏了一根香烟递给我们的精神领袖。

这里没有书，没有智机，没有文明。

——我们生活在这个烂死人世界，还有没有天理？

我无言以对，也知道他们这么说无非是自言自语。

过会儿，老头脸上突然散发出自信的红光，说道：我们虽说脑残，但我们是人，他们不是人。我们有同情心，而他们呢？除了智商高，有什么了不起的。

一阵咯咯的笑随即而起，老头有气无力地笑着，双肩抖动，像要抖掉肩膀上什么东西似的。笑了一会儿，咯咯的笑变成粗声的喘息，他双手捂着胸，大喊救命，脸呈死灰色。过了一会儿，他脸色转白，好起来了。他完全被自己笑虚脱了。

诺娜的爷爷在几个人搀扶下，回到布栏处。诺娜还在。

——你看他们多漂亮，一个比一个完美，一个赛一个天仙。

她带着那种发痴的少女心对我说。

——我们丑死了。难怪他们叫我们是污人。

我只能重复她爷爷的话——我们是人，有同情心。而他们全然丧尽同情心，他们不是人。

我看着诺娜，微笑着。

是啊，他们精益求精，有机械的冷，是一种完美的艺术。他们的眼里没有怜悯，就不是人类。

他们俨然解决了因贪婪而丑陋的这个人类自古以来的定律，他们贪婪而美丽。这才是最糟糕之处。

我想起他们说的话：你们活着，在于我们仁慈。

自从政府垄断基因改造技术，继续推行"上帝重塑人类计划"，如我等普通人很快明白：谁掌握计划，谁就能拥有重塑自我的特权。于是拥有特权的人越来越完美，越来越聪明，他们的思维和身体都趋向"神"的境界。而没有特权的我们，即普通大众开始引起了惊慌，真正发自内心的恐惧。

……

当一个人的智商足够高的时候，看到别人都是傻逼。那些特权者，拥有了高度发达的头脑之后，开始蔑视没有特权的我们这些普通人，街区划分为智区和愚区。最好的医院、学校、服务业全部被特权者掌控。先是把普通人称为愚人，后来，就愈加蔑视了，直接命名为污人。

谁也不愿意被称为愚人，虽然事实上特权者很聪明。前辈们开始走向街头抗议。特权者他们几句话就把前辈们打发得晕头转向。当前辈发现自己成了蠢驴后，大面积骚乱开始了。骚乱伊始，镇压就随之而来。

终于，他们把我们赶到了汽车公墓。

——那时，我们有点奴性就好了，不要抗议啊，骚乱啊。岁月静好，做个肉人，该有多好！至少现在还和他们在一起，受点欺负和白眼也没关系。最起码不像现在活得人不人鬼不鬼。跟死人骨头在一起，呼吸都是尸臭味。

洞中有微暗的几点火光，更加衬托出黑暗的无边无尽。万古如黑夜，凄凉入骨。我分不清哪些话是飘荡的鬼魂的絮语，哪些话是此时尚未入睡的污人的自语？躺在棉毯上，就像陷在一堆腐烂的死肉中，让人感觉一旦睡去，自己也会变成死肉中的死肉。我悄悄打着火机，瞄了一眼棉毯，是一种红，猩红色，然后绝望地闭上眼。

一会儿睡意袭来，我迷糊了。

月光如水，我一个人跑，脚底下是碎裂的人骨，踩地吱呀作响，越过人骨地，我看到各种各样废弃的汽车，有些还很崭新，车的标志牌清晰可见，跑过废车地，我继续跑……

我像进入一个都市，跻身成为一位名流，我穿戴着浑身上下的世界名牌，顿时一阵清爽，仿佛时光铺上了玫瑰色，散发着迷人的芳香。我也拥有了一部智机，应该是得到了"上帝重塑人类计划"的基因改造特权，我的身体像抛了光的器具。我的眼睛炯炯有神，里面有个小神仙，无所不能，无所不知，无坚不摧。

这种感觉可真他妈的好！

我在一群美眷如云中，谈笑风生；智力的上升让我口吐莲花，各种美食萦绕，而我性欲如猎豹。但我感觉总有些不对劲。终于，我看到了那张熟悉的丑脸——我的妈妈，她在捡拾垃圾，一身臭气，一身肮脏。"这是个坑。"我断定。等我明白这一切时，我发现自己开始支离破碎，像是没有骨头吃的狗，状态变得糟糕起来，游魂一般。原来这一切，是我愚区贱民阶层的妈妈为了让我过上"好日子"，将她全部的福利和她一天接着一天捡拾垃圾的钱换来的，让我进入了虚拟人物中心。我怒火中烧，对我场景中的人每一个都充满了深深的敌意，不过又很快明白——有一个人（不知道是真实人物还是虚拟人物）对我严正警告：你一旦觉醒，系统会立即与你妈妈中断客户合同，你就彻底消失了。我奴颜婢膝、如履薄冰，努力配合场景中的人物，极力巧妙地融入幻象。

但做贼总有一种贼样。我还是被他们发现我的"觉醒"。他们出现在我的面前，在大庭广众之下，宣布我是个"假的"。一道白光，我没有了。

我脸上挂着羞辱的泪水，双拳捏得快爆了……醒来时发现自己醒得过早，时间离天明尚远。我蜷缩如狗，在这个大狗洞里，绝望就像要呕吐出来，翻来覆去，阵阵恶心，间隔一会儿就要吐。我起身拿着打火机，打起亮光走一会儿。不时碰到栏布，潮湿且冷的栏布，黏糊糊的像蜘蛛网，里面有一只或几只蜘蛛，打着鼾，说着含糊不清的梦话。不知是否要把上世没有说完的话，在梦里才能说完。

走到洞口，我一时分辨不清朝哪个方向去走。它，现在对我来说还是个迷宫，我不敢鲁莽，因为我根本对此地一无所知，我也不知道自己走到哪个方向会遇上怪物，那些第一次"上帝重塑人类计划"的失败者，有钱人，逃到公墓的幸存怪物们。会不会有生命危险？会不会被怪物们吃掉？走另一条路，那弯弯曲曲的，老张会不会在这里布置杀器，以防止入侵者和背叛者？各种杀器，人一不小心就会被切割成一摊碎肉，一不小心就会融化成一摊恶水，一不小心就会被压成一片薄纸，一不小心身首分离，一不小心就爆炸成一团血酱？……一时间，各种念头如大军压境，让我呼吸艰难。我得承认，我是个软弱的人。

不得不说，那个梦让我惊悚不安，不好的兆头，我内心退缩了，双腿在打战。我还是往回走，趁现在时间尚早，悄悄地再次躺下，再睡会儿，争取做个好些的梦，把前面的噩梦抵消掉，这方是明智之选。

千军万马呼啸而过。我打着火，七拐八扭，豁然一亮，我看到了一轮明月。它孤苦伶仃地高悬在上，一脸苦相，高智民们都对它不屑一顾，认为它是个废品。我泛滥着同情之心，也为自己的勇敢而兴奋，走出地层，像战胜者般骄傲。

望着托着孤月的钢铁公墓群，仿佛是久远年代一部电影中的人类终结之后的景象，是死掉的变形金刚们的墓地，而非人类。或许我站在灯尽油枯的末日，高智民们在变异成"新人"，在摆脱原来人类的属性，向更辽阔的宇宙深处进军。而我们这等污人只能苟且偷生。

未来全让他们窃取了。

我一边乱想，一边顺着灰烬色的路上迈步。

走了几步，听到时低泣又时咆哮的声音，转了个弯，就看到一溜挨着一溜的大铁笼，我内心咯噔了一下，原来这里圈着的是逃出公墓的"上帝重塑人类计划"的失败废品，那些怪物。铁笼上挂着沉重的铁锁，有几个衣衫褴褛的士兵在看守。

——我们要渡劫！

——我们要续命！

——我们要争取我们的合法权益，而不是像禽兽一般被圈在铁笼里！

——这是反人性，你们这么做，与高智民们并无不同！

它们是放大的贪婪和欲望，奇形怪状，能力非凡，现如今一个个在笼子里，只能当成人类唾弃的怪物，苟延残喘，生死不明。我怀着深深的厌恶，却一时不知怎么办。

我怔了会儿，心里想着自己还是回到地层上为妙，以防被老张他们视为潜过来的高智民们的间谍。（按照高智民们的智商，根本无须用这么老套的办法针对污人。但老张呢，谁知道呢？）

我折了回去，再次躺在潮湿的布栏里，一时竟然睡着了。

一个疑惑的眼神飘来，又一个质问的眼神飘来，一双双不怀好意的眼神，一双双带着嘲讽和羞辱的眼神纷纷袭来，他们早已看穿我拙劣的表演。他们打算一齐把我推下悬崖，让我永无翻身。

我那可怜的母亲突然挺到我的面前，用乞求的哭腔说道，我们错了，求求你们留下他，我当猪当狗也一定把费用交清的……

——我是污人。

生为污人，我很惭愧。

我又出了一身汗。

我茫然四顾，心生绝望。

四

布栏里的各种响动杂起，老的少的，男人和女人，稀稀拉拉地朝着洞口走去。我拍打下自己的衣服，想找到有水的地方，就起身朝着洞口的方向走去。

——今天是至高无上节？至高无上？

旁边一个头耷拉到腹腔的老妇，看到我充满疑惑的口吻重复"至高无上"四个字，嘿嘿笑道。她的口臭和唾沫犹如鼹鼠味。

——就是老张的节。

我忽然明白了，老张是公墓里的头领，我们的头头。这世界怎么变怎么烂，怎么进化退化，都会有个叫作头头的人，来当我们的头头，除非你自己能当上。

一张巨大的脸冉冉升起，那是老张的脸。我内心纳闷，怎么这么招摇过市，不怕引起高智民们的兴趣？这简直就是不自量力的挑衅，滑稽的挑衅。

老张站在超一号作战室向外延伸出的"阳台"上，开始讲话。

——如果在这个星球上还存在像高智民一样的精神病人、侵略狼群，就不会有这块疆土的正义、自主、和平，以及我们最大的夙愿——摆脱压迫，争取与他们共享地球的权利。

——就算千万大敌一齐来犯，天崩地裂，全体公墓人民要做千层万层的天然要塞、坚不可摧的防弹壁，誓死保卫人类的尊严。

——我们将清楚地看到，让爱玩火的死流氓、黑帮高智民们违背天理怎样宣告灭亡。

不一会儿，从天际"飘"来了几个人，他们的俊秀立即让整个公墓群众黯然失色，他们的美丽如烟火般闪耀在公墓的天空。

大家一边惊慌失措，一边又对天空上的人发出啧啧的惊叹声。

——哇，他们来了，快跑。啊！那帮狗日的真是太漂亮了。

我仰着脸看着，一时竟无法形容他们的容颜，那一张张脸完全像是雕起来的，精巧的脸庞，秀美无比，而身材飘逸如仙，黄金般均匀。

他们手持发光的弓箭，优雅地微笑，徐徐地拉开弓弦，开始猎杀我们。

一个少女中箭了，倒在地上，满脸幸福地、陶醉般地发出呻吟声——他们简直太完美了，天仙，仙人般……呃，我太有幸能死在漂亮的箭下。旁边有个老头恶狠狠地啐道——还仙人……仙人个板板，贱货。

那长了双金鱼眼的老头胡子飞扬着，咆哮的嘴角喷出——他妈的！死贱死贱的贱货，死在狗日的毒箭下，还说人家的好话。恬不知耻，无耻啊无耻。

高智民们的少男少女停下射箭，俯看着我们。我躲在街角一个窝棚偷偷朝上看，这时看清是两男两女，约莫二十岁，衣着华艳，脸孔精致非凡，一时也是看得惊呆了。

——白骨如山忘姓氏，无非公子与红妆。其中一个少女笑吟吟道。

——小莫，你可知，万两黄金容易得，知心一个也难求。一个少年回道。

——你倾国倾城颜，奈何我多愁多病身。一个身材修长的少年说。

华厦再富丽堂皇，也只是坟上楼阁。你俩调情，我们回了。另一个面白如霜的少年说道。

然后四个少年在天空上花枝招展地笑成一团。

正看着，倏忽间，一个少年朝天空那张老张的大苦脸弹指了一下，只见老张的脸刹那间燃烧起来，便成灰四散落去了。随着一阵欢笑声，两男两女不见了。

而此刻，街衢巷陌死状惨烈，到处是哀号。

我听见诺娜的声音。

——爷爷，你别死啊。

我走过去，看到诺娜的爷爷倒在地上，胸口上冒着烟，一股烤焦的味道，令人作呕。诺娜哭哭啼啼，我一时不知道如何劝她。

这时，老张终于出现了。

——对侵略和战争元凶高智民们毫不留情地宣告，死刑时刻到来了。

——高智民们是疯狂企图在这一星球上消除公墓人民的强硬堡垒、灭杀人类唯一希望的举世罕见的食人生番、恶魔帝国——食人生番头子妄称要灭绝我们，这是危在旦夕的精神病人的唠叨，是旨在阻挡我们向着光明未来疾风般地突飞猛进的最后挣扎。高智民们公然屠杀我们民众是做出的最为残暴的宣战，我们将以史上最高级别的超强硬应对打击，千百倍地讨还代价。与邪恶出生的高智民们野心狼决一死战，一定要把猖狂图谋摧毁我们的人间废品、政治幼儿、痞子头目高智民及其走狗扔进历史的污水坑里。

——我们将就一鼓作气地把邪恶大本营夷为平地，胜利结束反高智民对抗战。

老张满脸红光，双眼圆睁，陶醉在自己铿锵有力的演讲中。我看着他口吐白沫，精神亢奋如发情的狗。

五

"潜回去，打倒他们！"

汽车公墓里每座公墓、每条街道，都张贴着这样的宣传语。我是没有被尸臭熏坏掉的清醒者。

老张的儿女越来越多，口号空荡荡回响在公墓的各大群落里，以及大街小巷。在柏拉图的《理想国》中，苏格拉底说，只有当最好的公民才会被赋予交配的权利时，人民才会得到提高，就像鸡和狗一样。

除非对自己有利，没有人需要正义。

居民们开始惊讶那些长得美极了的少男少女不再侵扰公墓已经好长时间了。

我们，在第三十三次的"至高无上节"的一天，在老张的带领下，踏向了辉煌无极的高智民大大小小的城市，发现一片空荡荡，连"肉人"——高智民们的宠物也没有。

一切像是崭新的世界。我们衣衫褴褛，浑身上下散发着阵阵肮脏恶臭的气味，一个个土鳖似的站在崭新的新世界，一道道缤纷的光彩刺得我们的眼睛生生发疼。一些污人晕倒在地，抽搐了起来；一些污人开始了抢掠。不用说，高智民他们已移民外太空了，向更大更美的新宇宙奔去。

老张花枝招展地说，我们终于战胜了高智民们，胜利属于人民，人民万岁。

我内心有所失，望着洁净如梦的占领区。

我看到老张流着哈喇子，黑污的口水像一条条扭曲的蛆。